公主騎士的小白臉

He is a kept man
for princess knight.

白金 透 | Illustration マシマサキ

2

Kadokawa Fantastic Novels

CONTENTS

序章

小白臉的災難

深灰色的烏雲靜靜地下著雨，我從懷裡拿出半透明的水晶球。

「『照射(Irradiation)』。」

耀眼的光芒照耀著身體，我感覺全身充滿了力量。

我衝向那群被突然出現的光芒嚇到，趕緊伸手捂著臉的男子。

事情一瞬間就搞定了。我折斷其中一人的脖子，抓著另一人的頭去撞牆，還掐爛最後一人的喉嚨。確認他們都死光之後，我收回飄浮在半空中的半透明水晶球，放進褲子的口袋。這是一種可以儲存陽光的魔法道具，名叫「片刻的太陽(Temporary Sun)」。

我拿起對方帶來的提燈，照亮那三具屍體。其中兩人是「禁藥」的藥頭，剩下的那人則是買家。我拿起他們手中的小袋子，確認裡面的東西。絕對錯不了，這是「解放」。

這東西對我來說是可恨的「禁藥」，也是艾爾玟不為人知的天大祕密。

自從得到這個「片刻的太陽」後，我要取得「禁藥」就變得輕鬆多了。

就算在大白天，只要跟現在一樣遇到陰天或雨天，陽光無法照在我身上，我就會變成一個廢物。

雖然時間不長，只要有這個東西，我隨時都能發揮出過去的實力。如果這不是那個混帳太陽神的力量，我應該會更開心吧。為了對抗自己受到的「詛咒」，竟然得借助「詛咒」我的傢伙的力量，這樣不就等於完全任由對方擺布嗎？

「嗯？」

我發現那名準備購買「禁藥」的男子衣服底下好像有東西。我把手伸進去，拿出裡面的東西，結果發現那是一條奇形怪狀的項鍊。我忍不住板起臉，因為上面有著太陽神的紋章。

「灰色鄰人（Gray Neighbor）」裡也有兩間太陽神教會，但這可不是那兩間教會的紋章。

最近在信仰太陽神的宗派之中，「神聖太陽（Sol Magni）」這個宗派的信徒增加了許多。雖然崇拜那個智障太陽神的傢伙當然都不正常，但「神聖太陽」裡都是些腦袋特別有問題的傢伙。根據我四處調查的結果，他們似乎會用強硬的手段逼人入教，還會暗中從事走私與殺人這類不法勾當。

我可沒忘記那傢伙叫羅蘭來淨化這個城市的事情，看來那個嘔吐物太陽神肯定有著某種企圖。那傢伙應該又打算給某個瘋子「啟示」，把自己操控的怪物派來這裡了吧。儘管這個城市與這裡的居民也很垃圾，我還是不打算讓那傢伙在這裡肆意妄為。不管對方是神還是惡魔，我都不會讓任何人阻礙艾爾玟。

無論對方是誰，有何企圖，我都會把他宰掉。

當我在雨中藏身於巷子裡時，有個戴著寬簷帽的黑衣男子現身了。

他是「掘墓者（Gravedigger）」布拉德雷，是一位棺材工匠，也是處理屍體的專家。我把服務費拿給他之後，他就開始默默地拿布裹住那三具屍體。要是這些屍體被人發現，難搞的黑社會組織也會有所動作。就算需要花錢，請人幫忙處理掉屍體也還是比放著不管來得保險。

我是在一年多前開始請他幫忙，現在早就變成常客了。我頭一次請他幫忙處理的是某位「禁藥」販子的屍體。那傢伙害我不得不親手殺死朋友。雖然我不後悔，偶爾還是會在不知不覺中默默看著自己的雙手。

我努力無視那種湧上心頭的討厭的感覺，布拉德雷依然讓自己淋著雨，默默地處理屍體。不過，他本來就無法說話就是了。

「喂，我好歹是老主顧了，你偶爾也該給我一點優惠吧？」

聽到我這麼說，他還是毫無反應，只顧著動手打包屍體。

雖然態度不是很好，辦事倒是可以放心。把三具屍體都打包好之後，他就把屍袋拖到停在路邊的帶篷馬車裡放好。他看起來很瘦，但很有力氣，跟現在的我完全相反。

「辛苦你了。」

坐上馬車之前，布拉德雷轉過身來，把一個小袋子丟了過來。這個袋子剛好可以一手掌握，而且袋口綁得很緊。我把臉靠過去，結果聞到酸酸的怪味道。

正當我感到疑惑時，布拉德雷舉起自己的手臂聞了幾下。

「我明白你的意思了。」

這應該是用來消除氣味的除臭袋。雖然今天有下雨，味道還不至於太重，但我上次可是把現場搞成一片血海，就算身上都是血腥味也不奇怪。

「不錯，我很喜歡。謝謝你。」

聽到我這麼道謝，布拉德雷輕輕點頭，然後坐上馬車。我聽著車輪滾動的聲音，也跟著離開現場。走過幾個轉角後，我找了個有屋簷的地方躲雨。我先確認四下無人，然後打開拿到的除臭袋。我忍不住發出呻吟。因為袋子裡裝著蟲子的屍體。這東西應該還有用藥物或某種東西浸泡過。黃黑色的蟲子有著兩根觸角，六條腿全都縮了起來。而且因為蟲子的內臟都跑了出來，讓袋子裡充滿酸味，害我忍不住皺起鼻子。

「喂。」

有人從後面叫住我。

我很自然地回過頭，看到一名手臂上有著天使刺青的男子走了過來。刺青的天使原本應該刺得很好看，卻因為他的手臂肌肉高高隆起，變得跟嘴裡含著胡桃的松鼠一樣腫脹難看。一道巨大的傷疤從他的右側眉毛一直延伸到臉頰上。

「臭小子，雨下得這麼大，你在這種地方做什麼？」

那傢伙從身後拔出短劍，小心翼翼地環視周圍。

「你看起來不像客人……凱爾跟威利跑去哪裡了？」

這傢伙是「禁藥」販子嗎？原來那兩個傢伙還有同伴。

也許是從我的表情看出了什麼，刺青男子露出冷笑。

「你好像知道些什麼。大個子，看來我還是直接問你的身體比較快。」

他瞇起眼睛，眼神充滿殺意。我再次拿出「片刻的太陽」，同時詠唱咒語。可是，這個半透明的水晶球沒有發光，只是在我掌中任憑雨水拍打。糟糕，時間用完了。一旦它不再發光，就得拿去太陽底下曬個半天。不過，就算這樣也只能使用三百秒左右，實在很不方便。

「你這是什麼意思？你現在是要幫我占卜嗎？」

「沒錯。」我這麼說道。

「你的運勢差到了極點。給你一個忠告，你最好趁現在立刻回家，準備把洗好的衣服拿去晾乾，否則這將會是你人生中最糟糕的一天。」

「我以前好像也遇過一位占卜師。」

男子歪著頭思考。

「他很喜歡翻卡片，還跟我說什麼『你今天運氣超棒，不管做什麼都會很順利』。我信了那傢伙的鬼話，把所有財產都拿去賭博，結果輸到脫褲子。你知道那位占卜師後來怎麼樣了嗎？他被自己的卡片噎死了。」

我露出諂媚的笑容。

「至少你『殺人的時候』很順利不是嗎？」

「是啊，就跟把老婆的衣服塞進衣櫃裡一樣簡單。」

語音剛落，男子就撲了過來。我踢開腳邊的垃圾轉身就跑。

「給我站住！」

男子一邊吶喊一邊追了上來。雖然雨勢減弱了，但石頭路早就濕透，實在很難在上面奔跑。

我不斷濺起水花，好幾次差點跌倒，就這樣衝過轉角。明明可以放棄，男子還是執著地追了上來。他好像跌倒了兩次，但還是立刻爬起來，努力朝我逼近。「詛咒」也奪走了我的腿力。

「占卜師，你完蛋了。」

我突然發現前面是死路。回頭一看，男子正拿著短劍走過來。

在我們玩鬼抓人的時候，雨也已經停了。儘管下雨的時間很短，還是把我們淋成了落湯雞。

狹窄的巷子裡多了幾個小水窪，而男子不慌不忙地踩過那些水窪。

周圍沒有其他地方可以逃，我頂多只能逃到天上，但剛下過雨的烏雲還覆蓋著天空，逐漸往東方飄走。再這樣下去，我應該不用一百秒就會長出翅膀飛向天空了吧。不過只有靈魂就是了。

我自暴自棄地揮拳打過去，卻被對方用手掌輕鬆接住。也許是因為太過輕鬆，男子的表情甚至顯得有些驚訝。

在感受到衝擊的同時，我突然變得無法呼吸。原來是男子做出反擊，一拳打在我的肚子上。就在我彎下腰時，他又像在踢球一樣，重重地踢了我的臉一腳。我整個人撞到後面的牆壁，就這樣癱坐在地上。

「凱爾與威利跑去哪裡了？快說，否則那顆水晶球就要變成你的眼珠子了。」

男子用短劍的劍身拍打我的臉頰，同時放話威脅我。

「拜託你放我一馬吧。」

我把額頭按在地板上，整個人跪倒在男子腳邊。

「我真的什麼都不知道，只是碰巧路過那邊。請你饒我一命。我身上的錢都給你，要我親吻你的鞋子也行。」

我感覺得出來男子笑到渾身發抖。

「我想起來了。你該不會就是那傢伙吧？就是那個『深紅的公主騎士』養的小白臉……」

男子抓住我的頭髮，讓我抬起頭來。

「想要我饒你一命嗎？」

「是啊。」

「那你就去把那女人帶來這裡。」

「……你想做什麼？」

「那還用說嗎？我要扒光那個臭屁女人身上的衣服，把本大爺的老二塞進去，讓她哭著求饒。反正只要餵她吃點『禁藥』，她就會自己扭腰了吧。」

男子沉醉於自己的妄想，臉上露出奸笑，褲檔也搭起了帳篷。

「……」

「怎麼啦？說話啊。」

「這就是我的答覆。」

我在男子眼前豎起中指。

「臭屁放完就趕快去死一死吧。你這個狗娘養的小屌人渣。」

男子揮拳揍了過來，害得我跟石頭地板接吻了。

「真遺憾啊……虧我還好心想要饒你一命！」

男子露出醜陋的表情，高高地舉起短劍。

「我也來幫你占卜吧……今天要下血雨啦！」

高舉的短劍反射著陽光，照亮我的臉龐。

男子反手拿著短劍，筆直地揮了下來。我從側面抓住他的手腕，就這樣使勁握碎。男子露出茫然的表情。他似乎無法理解自己的手腕怎麼會扁掉，也無法理解為何會噴出鮮血。

「我……我的手啊！」

劇痛似乎總算傳到這個呆子的腦袋。當他發出慘叫倒在地上打滾時，我緩緩站了起來。從雲縫間射出的光柱，就這樣照在我背上。

「我說過了吧？早就叫你快點回家準備晾衣服了。」

這只是雷陣雨，很快就會停，烏雲也很快就會散去。

因為我平常就習慣觀察太陽和雲層，練就了能在某種程度上預測天氣的能力。

我舉起拳頭，揍向倒在地上護著斷手的男子，然後聽到頭骨碎裂的聲音。

男子連慘叫聲都發不出來，就這樣變成躺在石頭地上的屍體。

「今天果然是你人生中最糟糕的一天。」

不管是「占卜」還是「預言」，對我來說都只是小兒科。

當我再次處理掉屍體，回到家裡的時候，才發現有人站在門口。

「你全身都溼透了。」

原來是我家的公主騎士大人回來了。不知道她站在家門口做什麼。

「我忘記帶鑰匙出門，一直在這裡等你回來。」

說完，她拿手帕幫我擦乾頭髮。

仔細一看，門旁還擺著一支雨傘。難道她一直在雨中等我回來嗎？

「歡迎回來。妳會冷嗎？」

我打算給艾爾玟一個擁抱，卻被她退開躲過。

「你剛才跑去做什麼壞事了？」

「咦？」

我的衣服變得破破爛爛是常有的事，剛才噴到身上的血應該也都被雨水洗掉了……我懂了，是因為我的衣服濕透了吧。

「這是什麼味道？臭死人了。」

看來是我聞太久，鼻子好像變得不靈光了。這是剛才那個除臭袋的味道。

艾爾玟伸手摀住自己的臉，還露出不開心的表情。

「你快想辦法處理一下，我的鼻子快要受不了了。」

「遵命……嗚哇！」

也許是因為表皮被藥物軟化了，我拿出除臭袋的時候，不小心捏碎了那種黑色的蟲子。手掌沾滿黃色黏液，感覺噁心死了。我用牆壁擦了擦手掌，還是有味道殘留在上面。

當我準備走向水井，想洗掉那種黏液時，突然有蟲子從我眼前飛過。而且不是只有一隻，同樣的蟲子越來越多。當我回過神時，身邊已經聚集了幾十隻蟲子。

「馬修，這到底是怎麼回事！」

「喂，別過來！給我滾到一邊去！」

難不成這種蟲子有著會被同類體液吸引的習性？

「你快想想辦法啊！」

「我已經在處理了啦！」

我把蟲子的屍體丟到屋外，手上還是留有蟲子體液的味道，讓那些蟲子再次朝我飛過來。

「沒辦法了。」

艾爾玟搶走我身上的家裡鑰匙，就這樣衝進屋裡。

我真不敢相信，她竟然把門鎖上了。

「喂！艾爾玟，拜託開門讓我進去！」

「在你處理掉那些蟲子之前，不准給我進來！」

公主騎士大人隔著門大聲怒罵。

後來不管我洗多少次，都無法消除那種味道。結果一直到半夜，蟲子才完全消失。

布拉德雷那個混帳竟然給我這種奇怪的東西……我會記住這筆帳的。

有點晚才自我介紹，在下名叫馬修。

我過去曾是人稱「巨人吞噬者（Giant Eater）」的冒險者。因為許多緣故，失去了原本的力量，最後流浪到這個名叫「灰色鄰人」的城市。

我現在是公主騎士大人的小白臉，也是她的「救命繩」，而且偶爾還會變成危害公主騎士大人之人的絞首繩。

第一章

公主騎士的決定

我今天也在冒險者公會的二樓，陪德茲這個大鬍子矮人聊天。我們平常總是聊些無關緊要的話題，但偶爾還是會聊比較正經的事。

「德茲啊，難道你就不打算復出嗎？」

要是德茲可以加入艾爾玟的隊伍，我就放心多了。畢竟他的實力與經驗都無可挑剔，還是個愛妻的好男人，不會跟某個叫作拉爾夫的傢伙一樣整天對著艾爾玟拋媚眼。

「沒這個打算。」

「這樣啊……」

這個話題就這樣結束了。反正我也只是隨便問問看，本來就不打算勉強他答應。

「你怎麼還會想問我這種事情？」

這次換德茲一臉狐疑地這麼問。

「因為我家的公主騎士大人心情很差。」

最近有不少外來的冒險者接連來到這個城市，他們的目的當然是世界上的最後一座迷宮「千年白夜」。雖然他們絕大多數都是跟小混混沒兩樣的廢物，其中還是有一些本領不錯的傢伙。

以擅長槍劍二刀流的「雷克斯」為首的「黃金劍士（Chrysaor）」，還有由魔術師「瑪雷特姊妹」率領的「蛇之女王（Medusa）」，以及當過盜賊的斥候「尼克」所屬的「金羊探險隊（Argo）」，這些最近開始嶄露頭角的冒險者隊伍，都不斷往「迷宮」深處邁進。

相較之下，由艾爾玟率領的「女戰神之盾（Aegis）」則是缺乏戰力，只能繼續待在前面的樓層原地踏步，不斷被那些新來的傢伙追過去。這想必讓她不太好受吧。因為她的目標是復興祖國，必須抵達迷宮的最深處，拿到名為「星命結晶」的萬能物質。

「不是聽說會有新人加入他們嗎？」

「其實新人應該早就要到了。不過因為天氣不好與其他原因，新人遲遲沒有到來。」

據說這段旅程原本就長達好幾個月，但老天爺也很不配合。那個噁爛太陽神竟然連這種時候都要扯別人後腿。

「你最好別把那種重要的東西拿來玩。」

聽到德茲這麼說，我才發現自己正在把玩「片刻的太陽」。

「那東西應該是你的保命繩吧？」

「保命繩？我完全不這麼想。」

「那東西前陣子不是幫你撿回了一條命嗎？」

我已經告訴德茲這東西是源自「太陽神」的神器了。我曾經想過這東西或許也能幫德茲暫時解除「詛咒」，就試著照他一下，結果只換來一句「太亮了，白痴」，還順便被他賞了一拳。

我還告訴他原本應該早就死掉的羅蘭變成太陽神手下的「傳道師」復活了。包括我跟那傢伙打了一架，還有太陽神企圖在這個城市做些什麼的事，我也都告訴他了。不過，其實我沒告訴他的事情也很多。

「聽過你告訴我的那些事情，我發現了一件事。」

德茲難得一臉嚴肅地開口。

「那東西該不會是你『專用』的神器吧？」

「你這話是什麼意思？」

「因為只有你身上的『詛咒』與陽光有關。」

「可是，又不是只有我能使用這東西。」

畢竟給我這東西的凡妮莎也用過，我之前讓德茲試用的時候，這東西也能正常發光。

「如果太陽神為了製造『受難者』，到處對人下『詛咒』，那應該也有人受到同類型的『詛咒』，跟你一樣只能在陽光底下發揮實力吧？」

也就是說，這是給同類型「受難者」使用的東西嗎？德茲難得這麼敏銳。只要這麼一想，我就覺得給人這種只能短暫使用的神器，實在很像那個下賤太陽神的作風。

「這就代表適合給你和其他人使用的神器，也存在於世界上的某個角落嗎？」

「或許吧。」

「你知道『那些人』的下落嗎？」

「我聽說『老大』在東方當上冒險者公會的會長，其他人就完全不曉得了。」

「我也是。」

不光是我，「百萬之刃(Millions Blade)」的其他成員也有許多仇家。因為我們的名聲太過響亮，還被捲進太多紛爭之中。不過，他們也不是那種會被殺掉的傢伙，現在應該都躲在某個地方安然度日吧。

「總之，只要你有找到疑似神器的東西，就跟我說一聲。」

老實說，我覺得自己像是照著那傢伙的計畫在行動，想到就覺得不爽，但手邊的武器還是越多越好。只要能取得神器，要是發生什麼事應該也能派上用場。

「如果羅蘭所說的話屬實，說不定還會有其他『傳道師』混進這個城市。要是你遇上了，就要立刻殺掉對方。他們的弱點是脖子，看你是要拿東西砍斷，還是直接用蠻力扯斷也行。」

當我忙著傳授他這種既大膽又細緻的戰術時，樓下傳來了巨大的聲響，緊接著又是一陣歡呼聲與吵鬧聲。一樓那邊不知道在吵些什麼，難道是那些愚蠢的冒險者又在發酒瘋了？

「那些傢伙還真閒。喂，懶惰鬼，趕快去工作。」

正當德茲露出不悅的表情，準備對我說些什麼時，我聽到某人衝上樓梯的聲音，然後房門就被敲響了。

「德茲先生，大事不妙了！」

原來是艾普莉兒跑來叫人。她是公會會長的孫女，偶爾會幫忙做些公會職員的工作。

「有魔物在樓下的廣場搞破壞！你快點過來！」

她心急如焚地拉著德茲的手臂。德茲的眼神也變了。他拿起靠在牆邊的斧頭，動身趕往樓下。艾普莉兒從背後推著他，一直叫他快點。我也跟著他們前往樓下。

「難道是哥布林從『迷宮』裡跑出來了？」

冒險者公會就位在「迷宮」的入口旁邊。雖然洞口平常都被厚重的門堵住，偶爾還是會有哥布林或狗頭人這種弱小魔物跑出來。

聽到我這麼問，艾普莉兒搖頭否定。

「是冒險者先生剛才帶來的魔物突然復活……」

當我們來到一樓時，立刻有人從外面被打飛進來，打斷我們的對話。那人還碰巧撞到一位公會職員，然後兩個人一起撞上櫃檯發出巨響。他們好像還活著，但已經完全昏死過去。我轉頭一看，發現門外有一頭長著人臉的巨大獅子在吼叫。

那是蠍尾獅。

蠍尾獅是一種人面獅身的魔物，有著跟黃昏一樣不祥的紅黑色皮毛，尾巴前端還長著無數毒針，體格也比我大上一倍。

「怎麼可能……我們明明殺掉那傢伙了……」

一名打扮得像是戰士的年輕男子站在櫃檯旁邊，一臉難以置信地搖了頭。這個蠢貨居然被騙了。蠍尾獅非常狡猾，裝死是它們擅長的伎倆。

蠍尾獅的皮毛與內臟都能賣到很高的價錢。看來是他們嫌宰殺麻煩，又不想浪費時間，直接就讓「搬運者」把蠍尾獅搬回來，才會釀成這次的意外。

蠍尾獅的身體與四肢都還在流血，但還是不斷發出低吼聲，擺出一副要咬人的樣子，威嚇著周圍的冒險者。因為身上受了傷，也讓蠍尾獅變得更加凶暴。要是讓這傢伙跑到街上就糟了。

「德茲，該你上場了。」

「交給我吧。」

德茲扛起斧頭走向外面。

就在這時，一陣風從他身邊吹過。

那是一名年輕女子，年紀應該跟艾爾玟差不多。她有著一頭及肩的整齊黑髮，還有一雙不大的藍色眼睛。她穿著泛紅的黑色披風與皮鎧，那副黑色手甲特別巨大，與她的體格完全不搭。

這個城市裡的冒險者我幾乎都認識，但我從未見過她。

女子在奔跑的同時拿出一顆黑球，朝蠍尾獅扔了過去。蠍尾獅用尾巴輕輕拍開黑球的瞬間，一陣灰煙立刻從黑球的裂縫猛然噴出。

那是「煙霧彈」。

煙霧蒙蔽了蠍尾獅的視線。女子跳了起來，同時從手甲裡拔出巨大刀刃。她高高舉起那種像是柴刀的武器，從根部斬斷蠍尾獅的尾巴。

鮮血四處飛濺，現場響起尖銳的慘叫聲。

即便痛得在地上打滾，蠍尾獅依然鼓起鬥志與怒火。它露出尖牙，揚起沙塵衝向那名女子。只要被它撞到，可能就會飛到屋頂上，但女子反而朝蠍尾獅衝了過去。就在雙方即將撞上的瞬間，女子往右邊一個閃身，然後踩著蠍尾獅的前腳，一口氣衝到它背上。女子騎在蠍尾獅巨大的身體上，把刀刃插進蠍尾獅背後。蠍尾獅發出慘叫，巨大身軀也跟著仰起。

蠍尾獅想要把女子甩下來，故意讓身體失去平衡，直接由臉部撞向地面。

女子搶先一步跳了下來，蠍尾獅的背後仍噴出鮮血。蠍尾獅似乎傷得很重，只能痛苦地躺在原地掙扎。它發出低吼聲，倒在地上打滾，後腳還踢飛了剛被砍下來的尾巴。長著毒針的尾巴被輕易踢飛出去，眼看就要砸到那些在遠方觀戰的公會職員。

「危險！」

不知道是誰叫了出來。儘管那些人趕緊逃開，還是有一位跌倒的白髮老人來不及逃跑。看著快要砸到自己頭上的尾巴與毒針，他大聲慘叫，忍不住轉過頭去。就在老人快被刺穿的前一刻，一把劍從旁邊衝了進來，擊落那條尾巴。

「這位老先生，你沒事吧？」

那人有著正氣凜然的聲音。

現場響起了歡呼聲。

這位拯救老人的英雄就是「深紅的公主騎士」艾爾玟・梅貝爾・普林羅斯・馬克塔羅德。我美麗的公主騎士大人出現了，「女戰神之盾」的其他隊員也在她的身後。看來他們似乎剛從「迷宮」回來。

「謝……謝謝妳。」

艾爾玟伸出手，老人立刻向她跪拜。

「這裡很危險，你快點找個地方躲起來。」

老人依然跪在地上，艾爾玟給了他這個忠告後就立刻衝向蠍尾獅。

「就算敵人受傷，也不能掉以輕心。大家小心點！」

接到艾爾玟的指示後，其他隊員也跟著衝向蠍尾獅。

一道黑影從他們頭上閃過。

「喝啊！」

剛才那名女子跳過艾爾玟等人頭上，把刀子刺進蠍尾獅的額頭。

紅色獅子的身體不斷痙攣，就這樣側身倒在地上。最後它閉上黑色的眼睛，一動也不動。

現場響起掌聲與歡呼聲。

大家稱讚的對象當然不是公主騎士大人，而是那名身材嬌小的女子。

「那個人好厲害喔，一個人就能擊敗那麼巨大的魔物。」

艾普莉兒的眼睛亮了起來，興奮地這麼說著。

女子完全不把這些聲音放在心上，準備把刀子收進手甲之中，結果不小心從懷裡掉出一塊金屬牌。那是冒險者公會的會員證。會員證上都會刻著與等級相符的星星，但那個女人的會員證上「連一個星星」都沒有。

也就是說，她是個才剛完成登記的新人。

不過，那可不是菜鳥會有的實力。她看起來很習慣跟魔物戰鬥，原本應該是傭兵或獵人，最近才轉職成冒險者吧。畢竟只要沒有登記為冒險者，就無法踏進「迷宮」。

「那傢伙還挺有本事的。」

德茲不但姍姍來遲，還說出這樣的蠢話。

「你到底跑去哪裡鬼混了？」

德茲用下巴示意。我看到六名冒險者被五花大綁，把蠍尾獅帶來的罪魁禍首也在裡面。看來這些傢伙是想趁亂逃跑，德茲才去把他們抓了起來。正是因為看出那女人的實力，他才會一句話也沒說就自己跑去抓犯人吧。

後來，德茲準備回去工作，拖著那些被綁住的傢伙走向廣場深處。懲罰的時間到了。艾普莉兒也想跟過去，我趕緊拉住她的衣領。

「接下來是大人的事。妳還是乖乖回家吃水果蛋糕吧。」

「別把我當成孩子啦。」

就是因為妳會為了這種事生氣，所以才是個孩子。在此同時，那位新人冒險者似乎被圍觀群眾團團包圍了。

「小妹妹，妳好強啊。妳叫什麼名字？」

「要不要加入我們的隊伍？」

女子好像發現了什麼，無視眾人的讚美與邀請，就這樣衝了出去。她拍掉身上的灰塵，整理好頭髮，小跑步來到艾爾玟面前，然後屈膝跪下。

「有幸拜見公主殿下，小女子真是不勝感激。」

「殿下就不用了。諾艾爾，在這裡可以免去君臣之禮。」

艾爾玟扶起這位名叫諾艾爾的女子，露出溫柔的表情，還給了她一個擁抱。

「我沒想到那位援軍竟然是妳。妳的本領又進步了呢。」

「我剛剛已經登記成為冒險者了，隨時都能陪您踏進『迷宮』。如果您希望，我現在就能出

發。」

「別這麼著急。」

這女孩還真是氣勢洶洶。她一副隨時都會跪下去親吻艾爾玟鞋子的模樣，讓艾爾玟也忍不住苦笑。

「請您放心交給從小就侍奉公主的我吧。為了實現您的願望，我會賭上性命，代替舅舅『帶領隊伍』。」

「我對妳寄予厚望喔。」

「我會努力的。」諾艾爾大聲回答。

「妳遠道而來應該也累了，今天就好好休息吧。我也想跟妳聊聊。」

「那就讓我陪您回去宅第吧。不管是要當侍女還是僕人都行，我願意做任何事情！」

「不需要。」

艾爾玟露出為難的表情。

「我不是來玩耍的，所以身旁沒有侍女與僕人。自己生活上的事，我全都是獨自打理。」

我忍不住笑了出來。看來我前幾天做菜給她吃，把她的衣服拿去送洗，還幫她打掃房間，全都只是我在妄想。

我努力憋笑，結果被艾爾玟瞪了一眼。她好像注意到我了。我當然不是那種會說出實情，害公主大人顏面掃地的男人。我面帶笑容走過去攀談。

「這女孩該不會就是妳說的新隊員吧？」

「沒錯。她名叫諾艾爾，雖然還很年輕，但實力無庸置疑。」

這女孩應該是她引以為傲的家臣。艾爾玟挺起她那形狀漂亮的胸部。

「她是路斯塔卿的外甥女。」

「妳是說那位老騎士嗎？他是個好人呢。」

雖然他暗戀艾爾玟，還僱用冒險者想殺掉我就是了。

聽說他好像是諾艾爾的舅舅。諾艾爾不太高興地注視著我。

「你是誰？」

「我叫馬修，算是妳們的自己人吧。雖然我不是冒險者，我會在各方面支援妳們。」

要是我說自己是個小白臉，感覺只會讓事情變得麻煩，所以現在就暫時保密吧。反正遲早會有親切的好心人告訴她這件事。

「我跟妳舅舅的感情還算不錯喔。我還曾經帶他去看脫衣舞，結果他開心到不行，還把金幣塞進脫衣舞孃的內衣。」

「別把他跟你混為一談。」

艾爾玟從旁邊輕輕揍了我一下。我才不會做那種事呢，頂多只會塞銅幣而已。

「原來就是你……」

諾艾爾瞇起眼，藍色眼睛充滿敵意。

「妳舅舅是不是跟妳提過我？就是我介紹給他的娼館不但違法營業，還會敲客人竹槓的事。那件事我也覺得很對不起他，我下次會寫信向他賠罪的，還會順便寄對那種病很有效的藥膏。」

也許是覺得我在胡說八道，諾艾爾的目光越來越冰冷。

「夠了。你先回去。」

艾爾玟推著我的背，就這樣把我趕出公會。我回頭一看，發現諾艾爾用可怕的眼神瞪著我。她跟自己舅舅明明長得完全不像，卻在奇怪的地方一模一樣。

不過，她應該沒發現吧。她後面也有三個人用可怕的眼神瞪著她。

我認為她可能會跟聖童貞騎士大人一樣，對我採取某種行動，結果她隔天就立刻登門拜訪了。不知為何，拉爾夫也跟來了。

「艾爾玟剛好不在家。你們要進來坐坐嗎？我想她應該傍晚就會回來了。」

「我有話要對你說。」

說完，他們兩人就走進屋裡。我跟諾艾爾面對面坐下，拉爾夫站在諾艾爾身後的牆邊。我也拿了椅子要給他坐，但他完全不理我。

我問他們有何貴幹，結果諾艾爾就把裝滿錢的袋子擺在桌上。

「這裡有五十枚金幣。請你立刻跟公主分手，拿著這些錢離開這個城市。」

我乾笑了幾聲。

「妳專程跑來這個城市，就是為了跟我說這些嗎？」

「我從舅舅那邊聽說過你的事情。」

「說我是天下第一的帥哥嗎？」

「他說你是個需要提防的傢伙，還叫我千萬不能被你的語氣與態度欺騙。」

看來他沒說出自己丟臉的一面，只對外甥女說了些有的沒的。真是個小家子氣的傢伙。不過，他好像不打算說出我的祕密。這也很正常，畢竟我都那樣威脅他了。

「艾爾玟知道這件事嗎？」

「我會負起全責的。」

沒在這種時候回答「當然」，可見她還算誠實。

我重重地嘆了口氣。

「……我好失望。太失望了。」

「我不知道你對我有何期待，但我……」

「我不是說妳，是說妳後面那小子。」

我用下巴指了過去，拉爾夫板起臉孔。

「想不到他竟然會盲目跟從一個剛認識的小女孩，做出這種蠢到不行的事情。那天那個賭上性命從壞人手中救出我的拉爾夫，到底跑去哪裡了？」

「我是為了公主大人！不是為了你！」

他發自內心感到厭惡地這麼說。

「……更重要的是，你這人實在太可疑了。」

聲音中還隱約帶著畏懼。

「你平常只是那些冒險者想打就打的沙包，我還聽說你連比腕力都能輸給小孩子。不過，你又可以獨自擋住衝過來的林德蟲，這實在太不合常理了。我不能讓你這種可疑的傢伙繼續待在公主大人身邊。」

我想起來了，他是說之前那場亂鬥時發生的事。因為事出突然，我當時無暇掩飾。

「那只是火災現場的蠻力。就算你要我再表演一次，我也做不到。」

「……」

「看你的表情，你好像還是不相信。我好難過。我們明明是曾經互訴衷情的關係……」

「那只是你單方面向我告白吧！再說……」

「總而言之……」

諾艾爾硬是把離題的對話拉回正題。

「你別無選擇。請你閉上嘴巴在這裡簽個名。」

她把紙筆擺在袋子旁邊，我連看都懶得看。反正那肯定是要我再也不准接近艾爾玟的誓約書吧。

「我拒絕。比起這點微不足道的贍養費，跟艾爾玟同居要來得划算多了。」

「我也可以直接把你趕出去。讓你這種……」

「妳是要說『讓你這種齷齪的小白臉待在公主身邊，我光想到就不舒服』嗎？」

諾艾爾一臉不可思議地皺起眉頭。其實我並不是看穿了她的想法。

「有個人也說過跟妳完全相同的話。他叫路特維奇．路斯塔，是個很適合留鬍鬚的大叔。我開始跟艾爾玟同居當天晚上，他就趕來了。他跟妳之間的差別，大概只有他是在我和艾爾玟面前光明正大地說出這些話。」

他當時教訓了我們好久，害我那天睡眠不足。

「……」

「抱歉，我這不是在挖苦妳。妳也有不錯的地方。妳準備了五十枚金幣，但妳舅舅只準備了三十枚，他比較小氣。」

「我不允許你汙辱我舅舅。」

諾艾爾的手指稍微靠向胸前。看來她是打算拿出藏在懷裡的匕首。

「別衝動，我知道了啦。只要簽名就行了吧？」

我可不想被人大卸八塊。我嘆了口氣，拿起桌上的筆，在那張紙上隨便揮個幾下，然後就交了出去。拉爾夫看了上面的簽名一眼，立刻面紅耳赤，把誓約書狠狠甩在桌上。

「你這是什麼意思！」

「啊，不好意思，我好像不小心寫成你的名字了。不過，我應該沒搞錯拼音。你仔細看清楚，我沒寫錯吧？這裡寫著『臭小子』喔。」

「你開什麼玩笑啊！」

他最後還是拔出劍來，拿劍指著我的鼻子。這傢伙還真是衝動。

「我是無所謂啦。不過砍死我了，你會負責善後嗎？你該不會是想讓艾爾玟自己處理吧？」

聽到我這麼威脅，拉爾夫小弟吞了口口水。如果不敢殺人，從一開始就不應該拔劍。

「總之，我拒絕簽名。艾爾玟需要我，我也不打算跟她分手。如果你們要殺我，那就儘管動手吧。不過，到時候你們的公主騎士大人可能會遇到一點麻煩。她應該會無法繼續待在這個城市吧。」

「你這個卑鄙小人……」

拉爾夫恨恨地這麼說，然後把劍收了回去。

他們似乎誤以為只要殺了我，就會有人到處散布艾爾玟的醜聞。當然，我是絕對不可能做那種事的。

「好吧。那我今天就先回去了。」

稍微想了一下後，諾艾爾站了起來。儘管我可能只是在虛張聲勢，但只要可能性不是零，她就無法輕舉妄動。就算她可以拷問我，也無法保證能在艾爾玟回來之前讓我說出一切，而且還會讓鮮血弄髒房子。她應該是認為回去重新擬定對策比較有利，還把那袋金幣也收了回去。那個明明可以放著就好。

「我要給妳一個忠告。」

當諾艾爾準備走到屋外時，我從後面叫住她。

「妳來到這個城市，應該是為了幫助艾爾玟吧？比起我這種傢伙，妳更應該多注意自己身邊的人。『迷宮』可沒那麼簡單，不是空有一身本領就能順利征服。」

從她在公會裡戰鬥的樣子看來，她的身手不錯，也經過鍛鍊。如果只論實力，她應該還贏過自己的舅舅。但也就只有這樣。她「無法成為下一個路特維奇」。

諾艾爾斜眼看了過來，不過一句話也沒說就走出去了。

「拉爾夫，你也是。」

我還順便好心給拉爾夫小弟一點建議。

「不會自己動腦思考的冒險者絕對活不久。行動之前多想一下吧。」

這傢伙死在路邊也不關我的事，然而他畢竟是「女戰神之盾」的成員。要是他死了，慈悲為懷的艾爾玟也會傷心。

拉爾夫用鼻子哼了一聲，然後就用力把門關上。這傢伙真沒禮貌，我一定要跟艾爾玟告狀。

時間來到傍晚，艾爾玟也回來了，於是我立刻向她告狀。

「真叫人傷腦筋呢。」

艾爾玟眉頭深鎖。

「我就說吧？我覺得妳應該快點趕走那個臭小子，讓本領更高強的傢伙加入比較好。」

「我是說諾艾爾。」

她一臉疲倦地坐在椅子上。我把綠色的藥草茶擺在她面前。那是先用火烤過藥草之後，再拿去熬煮而成的藥汁。為了讓她容易飲用，我還加了蜂蜜。

「那女孩好像有點不諳世事。」

「比妳還慘嗎？」

「比我更慘。」

據說諾艾爾的父親是馬克塔羅德王國的頂尖武士，也是負責守衛邊境的人。他好像一直在深山裡的要塞與魔物戰鬥，諾艾爾也是在那裡出生長大。

「因為她是女孩，她父親沒有讓她參戰，但她還是從會在要塞活動的斥候與武士身上學到了戰鬥的技巧。」

那些傢伙應該只是想打發時間，然而諾艾爾剛好也有天分。隨著時間經過，她逐漸成長為一名出色的戰士。她會跟野獸一樣在山裡四處奔跑，解決遇上的魔物。

「她從小就待在人跡罕至的地方，而且整天都在戰鬥，也沒有同年齡的朋友。也許是因為這樣，她有時候會讓人覺得很難溝通，也無法溶入人群。」

「不過，我看她跟妳很要好的樣子。」

「我有幾次跟父王一同前往那座要塞視察，我們也是在當時認識。起初是她主動向我挑戰，被我打敗之後就一直都是那樣了。」

聽說她後來還跟艾爾玟有過好幾次書信上的往來。在王國毀滅之後，她聽從路特維奇這位舅舅的命令，在舊王國境內四處討伐魔物，還會幫忙回收遺物。而她這次則是為了填補舅舅留下的空缺，來到「灰色鄰人」支援艾爾玟。

「總之，我會去跟諾艾爾與拉爾夫好好談談，你就別放在心上了。」

「謝了。」

聽到我這麼回答，艾爾玟扶著自己的腦袋，一臉為難地小聲低語。

「不過，諾艾爾那邊好像有點……」

「那位外甥女有什麼問題嗎？」

「不，諾艾爾本身沒有任何問題。她的實力如你所見，還是個認真的女孩，肯定能在挑戰『迷宮』的時候派上用場。她毫無疑問能成為戰力。」

艾爾玟慌張地幫諾艾爾說話。可是在我看來，她這些話像是要說給自己聽。

當天晚上，我來到冒險者公會附近的酒館，跟三名男女一起喝酒。

「對了，艾爾玟最近狀況如何？」

當我倒好第二杯酒時，一位年過三十的男子說了句「又要問這個啊」，還打了個酒嗝。他留著一頭灰色短髮，長著一張馬臉，但體格還算不錯。雖然比我矮一些，身材卻是相當壯碩。

「沒什麼變化，就跟平常一樣。不過，她好像有些焦急。我猜應該是因為挑戰『迷宮』這件事毫無進展吧。」

他是名叫維吉爾的戰士，出身自馬克塔羅德王國，原本在其他國家當冒險者，後來被路特維奇邀請，就加入了這個隊伍。他的經驗算豐富，體力也很好，確實是個靠得住的傢伙。

「才不是呢。我猜是因為那些新來的人太囂張了。」

一名穿著綠色大衣的青年從旁插嘴。

「尤其是瑪雷特姊妹那邊的人，一直到處放話說要征服『千年白夜』。我不知道他們是哪個門派的弟子，只知道教育弟子的方式很失敗。」

他紅著一張臉，說著這種瞧不起人的話。我聽說他今年二十四歲了，但他那雙圓滾滾的綠色眼睛，還有整齊的瀏海，讓他看起來比實際年齡還要年輕，而且他的聲音也像個孩子。他是名叫克里夫的魔術師。

魔術師是一群封閉的人，他們會組成名為「門派」的組織，只傳授魔術給加入組織的人。這種師徒關係就是如此堅定。克里夫是在十四歲時拜師學習魔術，聽說他會加入這個隊伍都是因為他的師父與路特維奇是朋友，把他推薦給路特維奇。

「艾爾玟大人是個很會忍耐的人，我只希望她別太勉強自己。」

有著銀色長髮的女子說出這句話，把杯子裡的葡萄酒一飲而盡。她看起來像是二十歲左右，但我不知道她的實際年齡。她穿著灰色長袍，把橡木杖立在椅子旁邊。儘管她是個鳳眼美女，但我不喜歡那種消瘦不自然的臉龐。她是負責治療的賽拉菲娜。

在魔術師之中，只有那些鑽研治療魔法的門派算是例外，向來都是來者不拒，還會積極招募徒弟，所以都特別興盛。治療師可說是冒險者的保命繩，所以不管是在哪個隊伍，本領高強的治療師都能得到很好的待遇。

她原本是沒有隊伍的獨立治療師，因為得到路特維奇的賞識，參加了馬克塔羅德王國騎士團的遠征。她就是在那時認識了艾爾玟。後來，她聽說王國毀滅與艾爾玟打算征服迷宮的傳聞，就在路特維奇的推薦下志願加入隊伍了。

「深紅的公主騎士」艾爾玟、戰士維吉爾、魔術師克里夫、治療師賽拉菲娜，還有湊人數的拉爾夫，這就是「女戰神之盾」目前的成員。

我偶爾會跟這些人聯絡感情，順便收集情報。既然我無法踏進「迷宮」，就只能靠這些傢伙保護艾爾玟了。我想盡量弄清楚他們是怎樣的人，實力大概在什麼程度，還有艾爾玟在「迷宮」裡的情況。我會像這樣跟他們三個人一起喝酒，也會跟其中一人單獨喝酒。

唯一不曾跟我單獨喝酒的人是拉爾夫。不管我邀請多少次，那傢伙總是拒絕。

「你這人還真是愛操心。既然這麼在意，你也可以跟我們一起進去啊。」

「下次有機會再說吧。」

我笑著輕輕帶過維吉爾的玩笑。

「畢竟他可是馬修，能不能打贏哥布林都還是未知數呢。」

「不過，我覺得這樣會很有趣。他在休息時間應該也能派上用場。」

克里夫與賽拉菲娜也跟著這麼說。從他們那種不懷好意的語氣就能聽出話語中充滿對我的輕蔑，但我並不在意。

比起讓他們把我當成寄生在公主騎士大人身上的礙事小白臉，選擇跟我保持距離，這樣要好多了。我會特地找他們一起喝酒，也是為了避免他們有這種想法。只要他們願意認真地挑戰「迷宮」，不要跟某個舅舅一樣試圖除掉我，我就心滿意足了。

「對了，你們覺得那女孩怎麼樣？我是說諾艾爾。她看起來好像頗有實力。」

我發現在我說出這句話的瞬間，現場氣氛好像變得有些緊繃。

「她確實似乎有點實力。雖然個子嬌小，但應該能成為戰力。」

「是啊。至少在對付魔物這方面，她可說是幾乎滿分。」

維吉爾與克里夫接連給了她這樣的評價。

「是啊，她跟艾爾玟大人好像還是老朋友，我想應該可以信任。」

賽拉菲娜也輕輕點頭。

「沒錯，她可是那位路斯塔卿的外甥女，我想她肯定會立下大功吧。絕對錯不了。」

他們三人突然陷入沉默，現場氣氛也越來越尷尬。

「可是，我聽說她還是個菜鳥冒險者，也是頭一次準備踏進『迷宮』。」

「是啊，這也是我擔心的地方。」

我不著痕跡地套了一下話，維吉爾立刻點頭表示贊同。

「而且她還很年輕。聽說她一直在邊境戰鬥，有些不諳世事。」

「我也明白艾爾玟大人很信任她，但信任過頭也是個問題。」

他們三人越聊越開心，話題也逐漸變成對諾艾爾的批判。

我就知道會是這樣。這下子該如何是好？我暗自盤算著今後的對策。

隔天，艾爾玟帶著多了諾艾爾的「女戰神之盾」隊員踏進「迷宮」。他們打算先在前面幾層確認團隊默契，等適應之後再前往未知的樓層。

結果很快就發現問題了。

「諾艾爾跟其他人合不來。」

幾天後，艾爾玟從「迷宮」回來，在吃早餐時說出心中的煩惱。

「她很少跟其他人說話。她剛開始還會主動找人說話，但說話次數越來越少，最後一天甚至連一句話都沒說。」

那些傢伙竟然這麼快就開始亂搞。

「不光是這樣，自從路斯塔卿離開後，大家就變得很少說話了。最近只要踏進『迷宮』，隊伍的氣氛就會變得很糟糕，我完全不知道問題出在哪裡。」

她抱著自己的腦袋，手肘撐在桌上。真沒規矩。吃飯的時候可不能想東想西，不然食物會變難吃。

「答案很簡單。」

我這麼說道。

「因為『女戰神之盾』『不是妳的隊伍』。」

艾爾玟驚訝地睜大雙眼。

「真正的隊長是路特維奇。『女戰神之盾』其實是那個舅舅大人的隊伍。」

實際以重振王國為名義，利用艾爾玟這面大旗招募隊員，並且有效率地加以運用的人是路特維奇。

就我所知，各種繁瑣的交涉與後勤工作全都是由擔任軍師的路特維奇主導進行。艾爾玟只負責決定方針，還有下達命令。這應該也是因為公主大人缺乏經驗，無法負責實務工作。事實上，現在這些隊員也都是路特維奇找來的。就是因為這樣，我才沒殺掉他。我不能那麼做。

「所以一年前發生綁架事件時，才會誰也不願意出手幫忙。因為隊長反對去救人。」

路特維奇或多或少都有恩於他們三人，所以他們也很難反對其方針。也許是想起當時的失望與無力，艾爾玟露出懊悔的表情。

「這種領導模式過去不曾出過問題，所以我也沒有多說什麼。畢竟要是隨便做出改變，結果反而搞砸一切就糟了。」

有些隊伍是大家平起平坐，也有些隊伍是讓一位強大的隊長任意指揮同伴。重點只有這樣能否讓隊伍順利運作，沒有正確答案。

「路特維奇離開後，那些人都想接手空出來的隊長寶座。他們想成為下一個路特維奇。」

路特維奇離開之後，戰士維吉爾就是隊伍中最年長的人，他認為自己最有資格擔任隊長。魔術師克里夫仗著自己知識淵博，而且頭腦聰明，總是反對別人的意見，想讓隊伍照著自己的意思去做。

治療師賽拉菲娜是隊伍中認識艾爾玟最久的人，常會擺出一副自己深受信任的樣子，但諾艾爾加入後，讓她擔心這個位子會被人搶走。

然而，他們三人都無法取代路特維奇。因為那個聖童貞騎士大人也頗有實力，不但經驗豐富，人脈也廣，而且深諳處世之道。

他甚至知道要僱用冒險者除掉我這個礙眼的小白臉。

「他們三人的地位幾乎平等，但在他們互相牽制，隊伍還能保持平衡的時候，那位外甥女出現了。」

諾艾爾明明是個新人，還是個沒有星星的菜鳥冒險者，卻想繼承路特維奇留下的寶座。那些跟艾爾玟患難與共的人絕不可能容許這種事情。

「他們現在還只會做些不成熟的舉動，但這種情況會隨著時間經過不斷惡化。如果要想辦法處理，就只能趁現在了。」

要是沒有處理好，這些隊員也可能暗中爭鬥。

「那……只要我像路斯塔卿那樣，對任何事都逐一下達指示就行了嗎？」

「我勸妳最好還是別那麼做。」

我搖搖頭。

「每個人都有擅長與不擅長的事情。妳不適合處理財務，也不適合去跟商人交涉。我之前不是說過嗎？妳最好不要把所有事都攬在自己身上。」

想擁有領袖風範有個前提，那就是「不能失敗」。若她勉強去做自己不擅長的事，失敗次數也會變多，這樣只會讓其他人更急著爭奪隊長的寶座。大家不需要她站出來處理瑣事與管錢，只需要她憑著強大的武力率先衝向敵人。

「那我到底該怎麼做？」

艾爾玟懊惱地抱著頭。老實說，我不是很想給她建議。「不給她建議才是對的」。一個連隊員都不是的小白臉說的話，不該左右隊伍的未來。要是這件事曝光了，隊員都會對艾爾玟失去信任，還會讓隊伍四分五裂。而這正是路特維奇害怕的事情。所以，我一直避免在冒險與經營隊伍這方面直接給她建議。不過，路特維奇已經離開，剩下的每個人都無視船長，搶著去握「女戰神之盾」的船舵，根本不管海圖與羅盤。這樣船遲早會觸礁沉沒，不然就是被海賊船擊沉。

「……我還真是沒用。」

艾爾玟撩起頭髮，小聲說著這句話。

「看來我還無法成為『卡麥隆的大樹』。」

「那是什麼東西？」

「那是一棵種在城裡庭院的大樹。」

據說那棵樹是在馬克塔羅德王國建國的日子種下，樹齡達幾百年之久，每年春天，粗大的枝幹上都會開滿白花。下雨的時候，大樹會用葉子幫人擋雨；颳風的時候，大樹會用樹幹保護人們。一旦順利度過寒冬，大樹又會再次開花。

「在城外也能清楚看到那棵大樹，人民都很期待看到那棵大樹開花。那棵樹可說是馬克塔羅德王國的象徵。」

她露出懷念的表情望向遠方。我猜她眼中肯定映著昔日的故鄉。

「我想要像『卡麥隆的大樹』那樣保護國民，受到國民景仰。我想成為那樣的人，那也是我練劍的初衷。」

「妳已經很了不起了。」

艾爾玟搖搖頭。

「我是在八歲的時候立志變強，把父王賜給我的短劍埋在樹下。我當時心裡想著，等我十年後成為一名出色的騎士，我就要拿起那把劍，為了國民挑戰各種困難。」

「結果呢？」

艾爾玟露出自嘲的笑容。

「結果十年都還沒到，魔物大軍就來襲了。」

馬克塔羅德王國毀滅了。艾爾玟同時失去雙親與故鄉。

「也就是說，那把短劍還埋在樹下嗎？」

「前提是那把短劍沒被魔物踩爛。因為我當時還是個孩子，地又很硬，我沒有埋得太深。」

「……」

「『卡麥隆的大樹』應該也早就被魔物踏平，不然就是被吃掉了吧。如果我當初至少有帶走一根樹枝就好了。」

「那棵樹也不是從一開始就那麼巨大吧？只要花時間慢慢成長茁壯就行了。妳總有一天也會變成那樣。」

「你真的這麼認為？」

「不然我就不會在這裡了。」

「可是，我還有眼前的問題要解決，而且時間有限。我到底該怎麼做？」

艾爾玟再次抱頭苦惱。

沒辦法。儘管公主騎士大人憂鬱的臉龐也很美，但我實在看不下去了。

這種主導權之爭，我在傭兵時代與冒險者時代已經看過不少。我曾經被牽扯進無聊的暗鬥與互扯後腿，也曾經成功解決這種問題。我能得到「巨人吞噬者」這種誇張的稱號，可不單純是靠著武力。

「他們想當隊長不是嗎？既然他們想當，就讓他們去當。」

當天傍晚，我出門來到街上。艾爾玟一直懷疑我又要跑去娼館，但其實我另有目的。不，我真的沒騙人。

我來到一間名為「五羊亭」的三層樓旅館。一樓是酒館兼餐廳，二樓與三樓則是旅館。因為這裡離冒險者公會很近，每天都有許多冒險者在這裡走動。艾爾玟以外的「女戰神之盾」成員也都住在這裡。

我固然很想教訓一下那三個害公主騎士大人煩惱的笨蛋，還有拉爾夫那個臭小子，但我今天不是來找他們的。我在樓下的餐廳喝酒打發時間，結果要找的人很快就出現了。當然，她現在沒有穿戴大型手甲與披風這些裝備。

「嗨，諾艾爾。」

看到她下樓，我立刻向她打招呼，而她也毫不掩飾臉上的厭惡。

「妳還沒吃晚飯吧？我想邀妳一起吃頓飯，順便增進一下感情，不知妳意下如何？當然，我請客。」

「我拒絕。」

她冷冷地丟下這句話，轉身就要離去。這傢伙還真是冷淡。

「別這麼說嘛。我也想跟你們打好關係。我經常跟其他人一起喝酒，也曾經跟妳的舅舅單獨喝酒。」

這是事實。不過，他只喝了一杯就立刻離開了。

「拜託啦。我想聽妳聊聊艾爾玟的過去，難道妳不想聽聽她最近的事情嗎？」

「……」

「我沒打算對妳亂來。不管是要在這間餐廳吃飯，還是要換個地方都可以，由妳來做決定。如果妳不想吃飯，只陪我喝一杯酒也行。」

「……好吧。」

到了傍晚，從「迷宮」回來的冒險者變多了。店裡的桌席都客滿，我們只好並肩坐在吧檯旁邊。我把菜單拿給坐在左邊的諾艾爾。

「妳要喝什麼？這間店的葡萄酒還不錯，麥酒就不推薦了。雖然不能大聲張揚，但這裡的麥酒喝起來就跟馬尿差不多。其他還能喝的大概就是蘭姆酒了吧。」

「給我一杯水就好。」

她毫不考慮就要了一杯水。不知道她是不會喝酒還是擔心被我灌醉，不過像她這種戒心很重的人，正好適合擔任艾爾玟的護衛。我幫自己點了一杯蘭姆酒。

「你為什麼要找我吃飯？」

諾艾爾喝了一口送上來的水，然後向我如此問道。

「因為我是真心想跟妳打好關係。妳對我有所誤會，而我想解開誤會。」

「我們之間沒有誤會。其實我根本不想與你這種人扯上關係。」

她不太情願地這麼說，連看都不看我一眼。

「真的嗎？」

「是啊。」

「難道妳舅舅沒有叫妳砍下我的腦袋？」

哎呀，她終於願意轉過頭來了。這句話還真是說對了。

「這只是我亂猜的。因為他就是能若無其事下達那種命令的人。妳之前到家裡找我的時候，我還以為妳是要來殺我的。」

可是，不知為何連拉爾夫都跟著一起去了。那傢伙根本不適合做暗殺那種事，頂多只能被真凶拿來當頂罪的替死鬼。

「我感覺不出妳有想要動手的意思。不過，我倒是可以感受到妳的敵意。而妳實際行動與態度上的落差，讓我覺得莫名在意，才會跑來找妳吃飯。」

諾艾爾眯起眼睛。我知道她在感到驚訝的同時也迅速提高警覺。

「你到底是什麼人？」

「妳舅舅沒告訴妳嗎？我是天下第一帥哥，現在則是公主騎士大人的小白臉。妳知道小白臉是什麼意思嗎？」

「那種事我當然知道！」

她激動地反駁我。我猜她應該是在聽說我的事情之後才順便得知這件事的。

「不就是女性公敵嗎？」

「不，我自認是女性的夥伴。」

儘管有許多像艾爾玟這樣的女人可以理解，但也有許多女人把我這種人當成眼中釘。我還曾經被當冒險者的大姊姊拿著武器追殺，現在也偶爾會夢到當時的事情。

「再說，你為什麼要當小白臉？你怎麼不去工作？」

「因為我不想工作。麻煩死了。」

「我不知道你信仰哪個宗派，但所有神明都說勤勞是一種美德……」

「如果想讓我工作，妳可能得把魔王請來。」

我可不想在酒席上聊起神的話題，而且我只相信一位女神。

「原因到底是什麼？妳不想要我的腦袋了嗎？」

諾艾爾顯得有些猶豫，低頭看向杯子裡的波紋。

「……我確實有接到那樣的命令。」

我就知道。下次遇到那傢伙，我一定要把石頭塞進他的屁眼。竟然連要她暗殺的對象是誰都沒說，這個舅舅還真是過分。不過，這可能是因為我的威脅真的有效，也可能是他覺得憑諾艾爾的本事足以除掉我，不然就是擔心她聽到「巨人吞噬者」這個名號之後，會因為畏懼而無法發揮實力。

「不過，其實我不是很確定。我不知道到底該不該除掉你。」

說完，諾艾爾從懷裡拿出一封信擺在桌上。

「這是公主寫給我的信。」

我記得艾爾玟好像說過她們曾經當過筆友。

「公主來到這個城市後，我還有收到幾封她寄過來的信。她在信裡都說自己平安無事，但我在字裡行間感受到了完全相反的情感。」

不管是誰都好，拜託來個人把「忍耐」這個詞彙從艾爾玟的字典裡刪掉吧。

「那種情緒就是不安。如果情況允許，我真想『在事情無法挽回之前』，盡快趕來這個城市幫助公主。」

我喝了一口蘭姆酒，把衝到嘴邊的話語隨著熱流一起吞回肚子。

「可是，大概在一年前左右，公主又變得不一樣了。她變得跟以前一樣開朗可靠，變回那個大家都崇拜的公主殿下。」

「就是她開始跟我同居的時候吧。」

諾艾爾點了頭。

「她也有在信裡提到你。」

「說她跟帥氣完美的馬修大人過著恩愛的生活嗎？」

「不，她說你是個人品低劣又寡廉鮮恥，嘴巴與個性都爛到極點，一無是處且無可救藥的男人。」

「有必要說成這樣嗎？」

就連路特維奇都沒有說得這麼過分。

「我前幾天冒昧問過公主了。我問她為何要讓你這種男人待在身邊，結果她說『就算馬修是這種人，也是我最重要的保命繩，我希望妳不要過問太多，只要相信我就夠了』。」

「……」

不過，這種讓人難為情的話，她也能光明正大地說出來。

這位公主騎士大人還真叫人頭痛，害我快要哭出來了。

「我來到這裡是為了公主，不是為了馬克塔羅德王國，也不是為了人民，就只是為了她這個人。」

她應該是個不太會說話的人吧。明明說話時都很小心翼翼，就只有說這番話的時候完全沒有經過思考。

「如果你是讓公主改變的原因，也是對公主來說不可或缺的人，那我就不能殺你。」

「所以妳才故意用錢試探我嗎？」

諾艾爾點了頭。

「如果我選擇收下那些錢，妳會怎麼做？」

「我會動手執行舅舅的祕密指令。當然，我會先對你嚴加拷問，問出你真正的意圖。」

因為她覺得會被錢收買的人沒資格待在艾爾玟身邊，才會想在醜聞傳開來之前，把這種人解決掉嗎？

看來我們應該很合得來。

「原來如此。不錯，我很喜歡妳的忠誠與決心。」

我拍了拍她的肩膀。

「我們應該可以變成不錯的朋友。來，讓我請妳喝一杯吧。喝完我們再來慢慢聊。」

雖然有點不近人情，但她的忠誠是貨真價實。這樣她應該也會在「迷宮」裡拚命保護艾爾玟，這點算是及格了。再來只要她能跟其他人好好相處，就無可挑剔了。我就陪她喝酒聊天，慢慢告訴她當一個冒險者的心得吧。

我幫諾艾爾倒好的蘭姆酒讓她皺起了眉頭，不過她最後還是捏著鼻子一口氣喝光。

「——結果就變成這樣了。」

她整個人靠著我的手臂睡著了。她應該不是酒量不好，而是根本沒喝過酒。她大概沒想過自己的酒量竟然差成這樣。

她小聲說著夢話，身體也稍微動了一下，讓我聞到桃子般的芳香。可愛的睡臉充滿稚氣。

「我現在該怎麼處理這傢伙？」

以前的我會直接把她帶進房間，就這樣度過一晚，但憑我現在的臂力可能有些困難。而且我不能對艾爾玟的隊員出手，這不是道義上的問題，而是攸關我的性命。

我覺得自己還是應該叫醒諾艾爾，於是轉頭看了過去，結果因為身高有段差距，變成我低頭俯視著她。我看到形狀漂亮的胸部靜靜地上下起伏，不該看到的東西好像快從領口露出來了。

「嗯……」

為了避免吵醒她，我小心翼翼地伸出另一隻手，用手指勾開她的領口。

哎呀，真可愛。顏色也很漂亮。她該不會還是處女吧？

「看來我得給她點忠告，免得她被奇怪的傢伙纏上。」

「是啊，我也是這麼想的。」

聽到這聲音的瞬間，我立刻冷汗直流。

「我會再三提醒她，免得她被你這種人品低劣又寡廉鮮恥，嘴巴與個性都爛到極點，一無是處且無可救藥的男人拐走。」

我回頭一看，發現親愛的公主騎士大人面帶笑容站在後面。

「馬修，你不會反對吧？」

她在我右邊坐下，大搖大擺地蹺起二郎腿。

「這個嘛……該怎麼說呢？」

我拿開手指，小心翼翼地讓諾艾爾趴在桌上，免得不小心吵醒她。

「我知道妳想說什麼。不過，我沒有犯下妳所想的那種過錯，也絕對不會那麼做。我們之間有些誤會，我們應該好好談談。」

「好啊，我會聽你慢慢解釋，聊聊你對我重要的同伴做出猥褻行為的罪行。」

她一把抓住我的胸口，使勁往上揪。

「夜晚還很長，給我做好覺悟吧。別以為我今晚會讓你睡覺。」

真希望她能用更溫柔的語氣，在床上對我說出這句話。

「問題算是暫時解決了。」

幾天後，艾爾玟再次從「迷宮」回來，臉上掛著放心的笑容。

我給艾爾玟的建議其實就是分工制。換句話說，讓每個人都在某方面做隊長的事情。交涉、後勤、指揮、雜務……就是因為沒把每個人的職責分清楚，才會產生糾紛。既然如此，只要把任務與責任分配給每個隊員就行了。如果他們想要屬於自己的地位，那就給他們吧。分工制也能讓大家發揮自己的專長。讓他們擁有名為「負責人」的地位，應該能稍微滿足他們對認同的渴望。這樣也能增加他們交談的機會，隊伍也變得會互相配合了。

「這都是你的功勞。謝謝你。」

「沒事就好。」

竟然讓公主騎士大人為了那種無謂的紛爭擔憂，真是群不識相的傢伙。害得晚飯都變難吃了。虧我還對今晚的香草湯與藥草醬雞肉很有信心。

「可是，大家心裡好像還有些疙瘩。」

「我想也是。」

畢竟這種辦法只能應急。他們那種山大王心態，也會演變成排他的舉動。如果大家沒有敞開心胸好好談談，就不可能互相理解。

「你遇到這種情況都是怎麼做的？」

「跟對方打一架。」

我可不是在開玩笑。冒險者就是弱肉強食的世界，如果想知道對方的實力，或是讓對方知道自己的實力，以拳交心就是最快的方法。不管是誰，在踏進強者的地盤時都會變得謹慎。只要能用實力讓對方明白，要是敢冒犯我就會受到反擊，對方便會收斂那種看不起人的態度，也能得到對方的尊敬。會跑去當冒險者的人，基本上都是實力的信徒。那幾個傢伙也是冒險者，這個道理應該也能套在他們身上。

我在冒險者時代也經常跟別人打架。每當有戰士或劍士那種自認厲害的傢伙加入隊伍，我都會故意跑去找碴，跟對方培養感情。我也會反過來被人找碴。只要覺得不爽，我就會直接把對方打到趴下。我有時也會故意手下留情，給對方一點面子。我從來不曾打輸，全力以赴也只能打成平手的傢伙就只有那個大鬍子。

「不管是拿棍棒還是什麼都好，只要把所有人都打趴就行了。給他們一點教訓，他們就會明白誰是主人。這妳應該辦得到吧？」

事實上，諾艾爾也是因為在小時候打輸艾爾玟才會效忠於她。

「姑且不論維吉爾，我不認為這種做法能讓克里夫與賽拉菲娜服氣。」

「或許吧。」

畢竟那種腦袋聰明的傢伙自尊心都很強，而且每個都很陰險。就算表面上服從，應該也會一直懷恨在心。

「如果是這樣，再來就只能……」

正當我準備說出下一個辦法時，我聽到了敲門聲。

「公主大人，大事不妙了！」

是拉爾夫的聲音。現在已經是半夜了，就算要來夜襲，也不該這麼大聲吧。

「小子，怎麼了嗎？你該不會是染上了奇怪的病吧？我明明再三提醒你要慎選娼館……」

我幫他開門後，他完全沒有理會我的玩笑話，臉色蒼白地衝去找艾爾玟。

拉爾夫氣喘吁吁地這麼說：

「維吉爾先生他們……跟黑道打起來了……」

起因是常有的事情。當他們在冒險者公會附近的「奔跑樹妖亭」這間酒館喝酒時，有小混混為了雞毛蒜皮的小事跑去找他們麻煩。冒險者不能出手對付善良百姓，因此經常被一些想試膽的臭屁傢伙找麻煩。不過，那種被人毆打還能笑著原諒對方的聖人君子根本不會跑去當冒險者，而且想當也當不了。說起來，那些小混混經常搞不清楚一件事，那就是冒險者是被允許為了自衛而抵抗與反擊的。更重要的是，那種會跑去找別人麻煩的小混混在世人眼中也不算是善良百姓。

他們當然會毫不客氣地揍人。如果是聰明點的傢伙，還會先故意讓對方揍一拳，再乘以十倍揍回去。

如果對方這樣就夾著尾巴逃走，當然是最好的結果，但有時候也會有真正的黑道找上門，說要幫他們的小弟討個公道。通常在這種時候，只要請對方喝杯酒就能和平解決糾紛。不過，要是連這種人都揍下去，事情就會變得非常麻煩。

因為對方所屬的黑社會組織很快就會成群結隊地找上門來。

就算不論實力，人數也會是對方比較多，想對付並不容易。即使是單挑可以輕鬆打贏的對手，一次要對付幾十個人還是有些不利。只要對方全部圍上來，就會無法施展拳腳，最後只能被人五花大綁。到了這種地步就沒救了。不管是要圍起來痛毆一頓，還是把人帶回去強姦，全都是對方的自由。

「他們三個是被什麼人抓走？」

「是『群鷹會』的人。」

「他們怎麼會惹上那種難搞的傢伙……」

對方表面上是經營鹽業的商會，私底下其實是以城裡的東南一帶為地盤的黑道。主要事業是走私、經營地下賭場與擔任保鑣。他們是知名的武鬥派黑道，養了許多愛打架的笨蛋。我也有好幾次被他們的人毆打，搶走身上僅有的一點零用錢。

「對方剛開始只有幾個人，後來有個名叫奧斯華的男子帶著二十個人找上門，然後維吉爾先生他們就被抓住了。」

奧斯華是「群鷹會」的幹部。他是個年過五十，長相凶惡的人，有著禿到頭頂的白髮與落腮鬍，那對粗眉毛底下的黑色眼珠總是閃爍著銳利的光芒。

「對方的要求是什麼？」

如果對方只是要殺了他們，拉爾夫就不會在半夜跑來求救了。這傢伙就是負責傳話的信使。對方應該是提出了不合理的要求，讓他不知道該如何是好，最後才會跑來討救兵吧。

拉爾夫悵然若失地這麼回答：

「……是公主大人的腦袋。」

「那就不用談了吧。」

那三個蠢貨的命跟艾爾玟根本沒得比。

「說不定可以拜託公會幫忙調解。」

「想也知道公會不可能出面吧。」

拉爾夫小弟的想法太天真了。冒險者公會很不喜歡處理麻煩事，尤其是跟黑道扯上關係的糾紛。因為處理起來很費力，又得不到太多好處。公會才不會主動插手這種事，所以我也無法請德茲出面。

「艾爾玟，放棄吧。是那些傢伙運氣不好。妳可以再去拜託路斯塔卿幫忙招募新同伴。」

「我不能這麼做。」

艾爾玟站了起來。

「我要去跟對方談談。」

她應該是打算去把他們帶回來吧。她明明只要袖手旁觀就行了。不過，既然她都這麼說了，應該也聽不進我的勸告。

「我跟妳一起去。」

我不太情願地說要一起去，讓拉爾夫露出厭惡的表情。

「算了吧。這裡沒有你的事。」

「如果你比我還要熟悉這個城市的『江湖事』，我當然不會出面。」

如果他們熟悉這些事情，這種糾紛應該就不會發生了。不光是艾爾玟他們，那些整天窩在「迷宮」裡的冒險者，其實意外地都不太了解這方面的事情。

「那你就知道了？」

「知道不少。」

自從來到這個城市，我就開始積極收集那方面的情報。因為要是跟奇怪的傢伙起衝突，我就死定了。只要對那些老人說幾句好聽話，順便請他們喝點酒，對方就會在自我吹噓的時候順便告訴我許多事情。這也讓我變得很熟悉這個城市的黑社會。在我找尋「禁藥」的交易地點時，這些情報也派上了用場。

「我不會礙事的。你只要把我當成顧問就行了。」

「那就隨便你吧。」

這傢伙明明沒有決定權，卻擺出一副高高在上的樣子。

我原本以為維吉爾他們已經被帶到對方的巢穴，但聽說他們還在酒館裡面。他們現在應該是在一大群黑道的陪同下，苦苦等待公主騎士大人的到來吧。我倒是希望他們三個乾脆一點，直接咬舌自盡算了。這樣我們也能省去不必要的麻煩。

「請跟我來。」

忠犬拉爾夫走在前面帶路，艾爾玟也神色緊張地走在他後面。因為沒時間讓她穿上鎧甲，她只穿著便服與披風，還帶著自己的劍。

我走到艾爾玟旁邊，在她耳邊小聲說道：

「妳有什麼計畫嗎？或是能解決這件事的想法？」

「沒有。」

「我就知道。」

「你覺得應該怎麼做？」

子。

「如果可以用錢解決倒還好，但我想應該不可能。」

冒險者與黑道有不少共通之處。他們都是法外之徒，靠著武力討生活，而且很重視同伴與面子。

要是隊員被黑道打得落花流水還付錢求饒這種事傳出去，「女戰神之盾」就會名聲掃地，今後恐怕永遠都會被其他冒險者瞧不起。

「而且『群鷹會』的目標打從一開始就是妳，那幾個只是落入圈套罷了。」

如果這是突如其來的糾紛，對方實在是準備得太過周到了，奧斯華趕到現場的速度也很快。對方從一開始就是以「深紅的公主騎士」為目標，才會對她的隊員設下圈套。

「你是說，他們想要我的命？」

「不，妳錯了。」

對方應該不是認真想要艾爾玟的首級。雖然這種可能性不是零，但如果對方想要艾爾玟的命，讓小混混在她從「迷宮」回來時動手，成功率還比較高一些。

「對方的老大應該是想得到妳的名號與身體吧。」

畢竟艾爾玟以前是王族，還是既強大又美麗的「深紅的公主騎士」。如果可以跟她打好關係，肯定很有利用價值。當然，對方應該也想跟這種美女共度春宵。聽說奧斯華是個好色之徒，現在也是妻妾成群。

「據說他跟冒險者公會的會長勢同水火。也因為這樣，他好像從以前就很討厭冒險者。」

他會盯上艾爾玟，八成也是因為想羞辱公會的名人吧。

「開什麼玩笑。」

「就是說啊。」

我嘆了口氣。

「公主騎士大人明明已經有我這個男人了。」

我走到艾爾玟背後，用雙手緊緊抱住她的柳腰，還把下巴靠在她的肩膀上，緊貼著她的臉頰。因為我們的身高有段差距，我必須彎著腰。我聞到甜甜的香味，臉頰也碰觸到她那頭紅髮，柔順的觸感讓人心曠神怡。

艾爾玟羞紅著臉，用手肘揍了我一下。有點痛。

「放開我。這樣我不好走路。」

「啊，抱歉。那這樣可以嗎？」

這次我走到她旁邊，溫柔地摟住她的肩膀，輕輕把她擁入懷中。因為我有配合她的步伐，應該不會讓她不好走路。

艾爾玟瞥了我的手一眼，輕輕點頭表示同意，然後再次邁出腳步。夜風從街上呼嘯而過。

「冷不冷？」

「還好。」

「我們是不是應該貼得更近一些？那樣應該比較溫暖。」

「那你可以走在前面，正好幫我擋風。」

「妳要不要乾脆從背後抱住我算了？」

「這樣我看不到前面。」

「不然這樣吧，我們可以面對面擁抱，然後橫著走路……」

「你給我適可而止！」

一直走在前面的拉爾夫激動地大聲怒吼。

「我們可不是要去玩的。如果你要胡鬧就給我回去！」

「我只是想善盡自己的『職責』，才會認真地跟艾爾玟打情罵俏。要是我不夠常碰她，她反倒會罵我呢。」

「笨蛋。」

她這次揍了我的側腹。

拉爾夫不甘心地皺起臉，踩著大步往前走。他打算丟下重要的公主不管嗎？真是個欠教訓的小子。

最後我做出妥協，再次走在艾爾玟旁邊，摟著她的肩膀。她問了這個問題。

「那你有什麼計策嗎？」

「要不要用美人計試試看？」

「認真聽我說。」

艾爾玟依然朝向前方，在我的手背上捏了一下。就算她這麼說，我連對方有什麼底牌都不知道，很難給她具體建議。

「對方手上有我方的三個同伴可以拿來當成籌碼。即使要跟對方交易，我們應該也很難拿出來吧。如果真的要交易，我們也只能拿出更多籌碼，但這並不容易。」

儘管我有想到幾個辦法，還是只能先到現場看看情況，再決定該怎麼做。

當我們忙著想辦法時，人已經來到了「奔跑樹妖亭」。周圍聚集了許多看熱鬧的人，也許是被「群鷹會」的人趕出來了，有些人還拿著酒瓶與盛著料理的盤子。拉爾夫怯怯地站在門口等我們。

「怎麼了？快點進去，我讓你打頭陣。」

「那個……」

拉爾夫一副欲言又止的樣子。他現在才開始感到害怕嗎？真沒出息。

「我先進去吧。」

結果是艾爾玟率先推開大門，我跟拉爾夫跟著走進去。

「奔跑樹妖亭」的一樓是酒館，二樓是給冒險者住宿的旅館。燭台以同樣的間隔擺在石牆旁邊，綻放燭火的光芒。

一樓的酒館變得一片狼藉。木桌都被搬到角落，椅子也被隨便丟在旁邊。唯一還剩下的那張桌子後方，坐著一個油膩大叔。那個人就是「群鷹會」的奧斯華，我之前曾經見過他，所以絕對錯不了。

他身旁還站著許多長相凶惡的手下。在離他們不遠的地方有三個手腳都被綁住，只能坐在地上的笨蛋。

「這下糟了……」

我小聲叫了出來。

因為諾艾爾就站在奧斯華面前，隔著桌子與他對峙。

「其實諾艾爾小姐先一步過來了……」

這種事應該先說吧。

桌上有個裝滿錢的袋子。不用想也知道她打算怎麼做。

我還知道這樣會讓奧斯華不高興。

「這樣你們滿意了吧？這些錢都給你們。」

即便面對一群心情不好的凶神惡煞，諾艾爾依然不為所動。

「那我要把人帶走了。」

「等等。」

奧斯華雙臂抱胸，狠狠瞪了她一眼。

「我們可不是乞丐。妳該不會以為只用錢就能擺平這件事吧？」

「不然你們還要什麼？這不就是你們的目的嗎？」

世上有著真心話與場面話這種東西。對方想要錢應該也是事實，不過，那種人很重視面子，要是自己膚淺的真實想法被人點破，就絕不能乖乖承認。諾艾爾八成無法體會那些黑道的心情與立場。她應該是想趕快幫艾爾玟解決這件事，只是結果完全適得其反。

「照理來說，我們根本不需要付這筆錢，但我好心給你們了。快點拿去吧。」

這樣我們就不可能用錢擺平這件事了。

「小妹妹，妳說話最好放尊重點。」

奧斯華不屑地笑了出來，然後動了動下巴，對身後的手下做出指示。

手下們拿著刀劍抵住那些笨蛋。

「既然妳擺出那種看不起人的態度，我也不能就這樣放你們回去。」

「那你到底有何目的？嫌這些錢太少嗎？你到底要我付多少錢才願意放人？快點說吧。我們可沒有時間陪你們這種人胡鬧。」

奧斯華怒吼一聲，同時伸手抓住桌子。他應該是想翻桌，卻只能讓桌腳浮起來一些。因為諾艾爾迅速跳到桌上，用匕首抵住奧斯華的喉嚨。汗水從他的下巴滑落，滴在諾艾爾的匕首上。

手下們接連拔出刀劍。這下糟了。要是放著不管，肯定會有人流血。就算我們能殺掉奧斯華，也絕對來不及救維吉爾等人。

「住手。」

艾爾玟再也看不下去，只好站出來。

眾人的目光同時看向我們……更正，是看向艾爾玟一個人。

「諾艾爾，放下武器。」

「可是……」

「這是命令。」

諾艾爾靜靜地收回匕首，一個後空翻從桌上跳下來。

艾爾玟代替她走過去，在奧斯華的對面坐下。當然，幫忙拉椅子的人是我。

「我的部下失禮了。承蒙您的邀請，我就是艾爾玟·梅貝爾·普林羅斯·馬克塔羅德。」

「感謝妳如此鄭重的自我介紹。我是『群鷹會』的幹部奧斯華，大家都叫我『鱗雲』。」

這個外號聽起來很風雅，其實由來有些血腥。據說是因為他這個人只要動手，就會跟暴風雨一樣破壞周圍的一切，只留下鮮血與肉片。只要在秋天看到鱗雲（註：即捲積雲），之後就一定會颳風下雨。因為這個緣故，這名經常掀起腥風血雨的男子才會得到這個外號。

「如妳所見，妳的家臣跟我的人起了點衝突，我們這邊有許多人掛彩。而且那位大姊不但拿錢羞辱我們，還用刀子抵住我的喉嚨。」

說到這裡，他揮拳敲在桌子上。

「妳打算怎麼擺平這件事？」

「如果你們想打架，我們也不是不能奉陪，但那樣又會有人受傷，你們應該也不樂見吧？」

說完，艾爾玟斜眼看向我。看來總算輪到我出場了。

「那我有個提議。」

我輕輕拍手，讓眾人看向我。

「這原本就是在酒席上發生的爭執，不就應該用這個來一較高下嗎？」

然後把酒瓶擺在桌上。

「遊戲規則很簡單。你們兩位喝酒對決，喝到其中一方醉倒為止，先醉倒的人輸。而且輸家要幫贏家付酒錢，這樣也能作為給店家的賠償。」

「小白臉，你以為這樣就能讓我們討回面子嗎？」

奧斯華像肉食野獸一樣，眼睛發出銳利的光芒。我們這還是頭一次交談，但他好像也認識我。嚇死人了，我好怕喔。

「我們可是被那個小妹妹當成乞丐羞辱。這樣就想擺平這件事，難道不會想得太美了嗎？」

「可是，就算我們在這裡大打出手，也只會有更多人受傷，衛兵也遲早會趕到。要是大家最後手牽著手一起去坐牢，不是也很搞笑嗎？」

「所以我就要當卒仔嗎？」

「你這個老大可能覺得無所謂，但這對整個組織真的是好事嗎？組織裡有沒有你這個人，也會影響到整個組織的地盤。」

「群鷹會」從以前就跟「斑狼」與「魔俠同盟」關係很差，經常與他們在許多地方展開地盤爭奪戰。要是少了奧斯華這個武鬥派大將，肯定會陷入劣勢。

「如果你為了一點小錢與面子，害整個組織的根基動搖，難道不會對不起組織嗎？」

奧斯華眼裡閃過些許猶豫。我沒有放過這個機會，繼續說下去。

「要是我們贏了，你就放過那三個傢伙；要是我們輸了，那三個傢伙就任你處置，不管你要賣掉還是強姦都行。」

三個笨蛋出聲抗議，但我當然沒有理會。

「對付這種傢伙，只要打垮他們不就行了？為什麼要跟他們比賽？」

諾艾爾也不太服氣，小聲抱怨了一句。

「只要把壞人全部打趴，事情就能圓滿結束——這已經是過去的事了。現在的觀眾都想看到更加曲折離奇的情節。」

假如這是一場戲，我們只要把這些傢伙全部打敗就能開開心心落幕，但在現實中就不能這樣了。如果只是有人受傷也就算了，要是有人因此喪命，接下來就會是永無止盡的復仇。

奧斯華稍微想了一下，然後說道：

「就算我們要比喝酒，你們拿出的籌碼難道不會太少了嗎？」

我就知道他會這麼說。

「我要跟公主騎士大人單挑。如果我贏了，公主騎士大人就得成為我的女人。這樣才說得過去吧？」

艾爾玟皺起眉頭。

「你是要我當你的妻子嗎？」

「不，我已經有老婆了。不過我們結婚超過三十年，她早就是個老太婆了。」

奧斯華自嘲地笑了出來。

「情婦、小妾、小老婆……如果改用那些大人物的說法，大概就是側室吧。當然，我還要妳跟那個小白臉分手。」

真的要這樣玩嗎？

「妳不要的話就算了。那我們就不比了。」

我看穿奧斯華的企圖了。他故意提出不合理的要求，想奪回快要被我們搶走的主導權。我們不需要理會他。正當我打算隨便應付過去時，艾爾玟開口了。

「我無所謂。」

我有點懷疑自己的耳朵。

「艾爾玟……？」

「簡單來說，你就是要我們提高賭注對吧？我答應你。」

不是什麼東西都能拿來當賭注的。

「公主大人，妳不能答應他。」

「公主，不可以。不然乾脆讓我來代替妳吧。」

拉爾夫與諾艾爾趕緊出面勸阻。雖然我這次也站在他們那邊，但公主騎士大人根本不把家臣的苦惱與焦急放在心上。

「對方指名要找我單挑，更何況……諾艾爾，妳應該不會喝酒吧？」

說完，她還瞪了我一眼，讓我趕緊別過頭去。

「你也幫忙勸勸她吧。」

也許是覺得自己勸不動，諾艾爾甚至不惜拜託我幫忙。

我詢問艾爾玟：

「妳要比嗎？」

「我要比。」

「……妳也聽到了吧？」

她這個人只要說出口，就聽不進別人的勸告。

「……公主的酒量很好嗎？」

諾艾爾小聲這麼問我。

「不算差。」

我如此回答。

「不過，我覺得她應該很難贏過奧斯華。」

因為不想對冒險造成影響，就算是放假的時候，艾爾玟也很少喝酒，頂多就是跟我一起喝掉一瓶葡萄酒。相較之下，奧斯華可是知名的酒豪。

「既然這樣，你為什麼要提議比喝酒？」

「因為如果我不這麼說，對方也不可能點頭。」

沒有人會蠢到接受不可能贏的挑戰。我當然打算親自對付他，但是當我準備慢慢談條件的時候，對方就先出招，而艾爾玟也立刻答應了。

「別擔心。」

諾艾爾面色鐵青，讓艾爾玟笑著鼓勵她。

「我一定會贏。」

「妳有什麼計策嗎？」

「只要喝得比那個男人多就行了吧？就這麼簡單。我可不會當卒仔。」

她說得一派輕鬆。這樣我們就無論如何都輸不得了。要是最壞的情況發生，我恐怕只能殺光這些傢伙。不過，這樣我的真實身分應該會曝光，無法繼續待在這個城市。更重要的是，既然已經接下挑戰，艾爾玟大概不會允許我違反約定。拜託妳別鬧了。

正當我覺得心好累的時候，艾爾玟輕輕拉扯我的袖子。

「對了，當卒仔到底是什麼意思啊？」

「就是夾著尾巴逃跑的意思。」

比賽規則很簡單，只要翻轉沙漏，雙方就要各自喝下一杯酒。一旦有其中一方醉倒，或者把酒吐出來，還是沒在沙漏裡的沙子掉完之前把酒喝光，就算輸了。順帶一提，輸家還得負責付酒錢。

對方是由一個名叫赫克托的手下負責倒酒；我們這邊則是諾艾爾。而我負責翻轉沙漏。

酒館周圍聚集了許多看熱鬧的人，等著看誰輸誰贏。

「我們先從葡萄酒開始吧。」

奧斯華一聲號令，紅色液體就倒進雙方的杯子裡。為了公平起見，雙方都是喝同一個酒瓶裡的酒。

「那麼，乾杯。」

雙方的杯子互碰，比賽也正式宣告開始。

他們喝了一杯又一杯，只要杯子空了就會重新倒滿酒。

在喝掉兩三瓶酒之後，差距慢慢開始顯現。

當他們喝完二十瓶酒時，差距就變得很明顯了。

「沙子就快全部掉光了喔。」

「你給我閉嘴！」

奧斯華激動地叫了出來，把杯子裡的酒全部喝光。他用力把杯子擺在桌上，吐出充滿酒臭的氣息。他眼神恍惚，臉也完全紅透，還打了個酒嗝。

「再來。」

艾爾玟也臉紅了，但眼神還沒恍惚。她看起來已經相當醉。可是，她說話還很清楚，也只需要一瞬間就能把酒喝完。

她把空酒杯擺在桌上。相較之下，奧斯華杯子裡的酒還有一半。

「有機會喔。真不愧是公主大人。」

拉爾夫傻傻地稱讚艾爾玟，那幾個被綁起來的傢伙也用期待的眼神看過來。奧斯華趕在沙漏裡的沙子全部落下之前，把杯子裡的酒喝光。他喘著大氣，看起來快要不行了。

「再來。」

看到對手把酒喝光，艾爾玟靜靜地遞出杯子。諾艾爾在杯子裡倒滿白葡萄酒，然後把酒瓶交給對方的手下。

「糟糕……」

手下一個沒接好，不小心讓酒瓶掉到地上。液體弄濕了地板，桌子周圍瀰漫著酒味。

「喂，小心點。」

「對不起。」

手下頻頻低頭道歉，同時彎腰撿起酒瓶。酒瓶裡還有酒。他怯怯地拿著酒瓶，在奧斯華老大的杯子裡倒滿酒。

「再來。」

「抱歉，稍等一下。」

正當艾爾玟打算繼續比下去時，我跳出來喊停。

「從剛才就一直看著你們喝酒，害我都口渴了。也讓我喝一點吧。」

「臭小子，你想做什麼……」

「我只是要這樣做。」

我拿起眼前的酒瓶，直接對著嘴喝。不知道是誰叫了出來。我的喉嚨發出聲響，差不多喝了兩口後，我用手背擦了擦嘴巴。

「好喝。這酒不錯，口感也好，喝起來很順口。」

我把酒瓶放回桌上。仔細一看就能發現，裡面大概還剩下一杯酒的量。

「來，兩位繼續吧。保證好喝。」

「……」

「你們不喝嗎？如果你們不要了，這瓶酒可以給我嗎？諾艾爾，這種酒妳應該也喝得了，非常順口喔。」

「不用了！」

諾艾爾嚴詞拒絕，奧斯華也在同時打翻杯子，讓酒灑了一地，然後殺氣騰騰地瞪著手下。

「喝掉在地上的酒太不吉利了。再拿一瓶酒過來。」

手下連忙跑去拿酒。奧斯華重新看向我。

「……你們那邊也把杯子裡的酒倒掉。我們另外開一瓶酒繼續比吧。」

「了解。」

重新倒滿酒後，比賽再次開始。雙方後來又喝了幾杯，但比賽突然就結束了。酒才倒了一半，奧斯華就連人帶椅摔倒在地上。當他的手下們衝過去時，他已經在大聲打呼了。

「看來是分出勝負了呢。」

聽到我這麼宣布，酒館外面立刻發出歡呼。真是的，害我捏了一把冷汗。

拉爾夫立刻跑去幫同伴鬆綁。

維吉爾等人一臉尷尬地來到艾爾玟身邊，跪下來低頭道歉。

「這次給您添了麻煩，屬下真是萬分抱歉。請您原諒。」

「……」

他們一臉歉疚地這麼道歉，但艾爾玟一句話也沒說。她一手托著下巴，一手緊握著空酒杯。

「公主，您是不是身體不舒服？」

聽到諾艾爾這麼問，艾爾玟迅速遞出杯子。

「再來。」

我們幾個面面相覷。

「那個……公主大人，比賽已經結束了……」

「再來。」

她好像聽不見拉爾夫這句話，再次要求我們倒酒。我探頭看向她的臉，還在她面前輕輕揮手，但她毫無反應，就只是擺著臭臉看向遠方。

「妳……該不會早就醉倒了吧？」

「再來。」

最後是由諾艾爾負責揹爛醉如泥的艾爾玟。因為艾爾玟比較高，諾艾爾揹起來不太輕鬆，但我可不想讓其他男人碰她，拉爾夫就更不用說了。其實我原本是想自己揹她回去，然而現在可是半夜，我應該走不到五步就會倒下。

「她睡得還真香。我可是嚇得心臟都要停了。」

她在諾艾爾背上睡得香甜，害我很想直接親下去。

拉爾夫抱著艾爾玟的劍，擺出一張臭臉給我看。

「你當時明明還搶酒來喝，怎麼有臉說那種話。」

「那不是酒，只是普通的水。」

眼看形勢不利，對方就決定出老千了。當我們這邊專心比賽時，對方讓手下把酒瓶裡的白葡萄酒偷偷換成水。對方故意弄倒酒瓶，趁亂拿出裝著水的酒瓶。因為當時是半夜，而且現場光線昏暗，對方才會認為應該不會被發現。不過，他們還是騙不過我的眼睛，因為水和葡萄酒的黏稠度不一樣。

「可是，同一瓶酒之後也得倒給公主大人喝，這樣不是很快就會被識破嗎？」

「所以對方才會趁著瓶子裡快要沒酒的時候動手。如果瓶子裡的酒剩不到兩杯的量，就得另外開一瓶酒了。」

「那你怎麼不當場說出這件事？」

「因為那種人不可能這樣就乖乖認輸。要是我隨便追究這件事，對方肯定會破罐破摔，直接動手跟我們打起來。」

明明是為了避免有人受傷，我們才提議要比喝酒，那樣可就本末倒置了。所以我才會讓對方徹底明白我已經掌握他們作弊的證據，避免他們繼續亂來。對方願意乖乖把三個人質還給我們，應該也是害怕自己作弊的事曝光吧。畢竟酒館周圍有許多看熱鬧的觀眾。

「小子，你最好學著點。想要威脅別人的時候，可不是只能拿刀子抵著對方，重點是能不能讓對方怕你。」

「不過就是抓到一次對方作弊，你少給我擺出一副了不起的樣子。你依然是個廢物。」

「別這麼說。」

我下意識地回過頭，發現艾爾玟抬起頭來，睡眼惺忪地露出微笑。

「這男人還是派得上用場的。」

「早安。妳現在感覺如何？」

聽到我這麼問，艾爾玟緩緩搖頭。

「……糟透了。」

「誰叫妳要那麼亂來。」

看來回家之後得立刻準備水桶了。

「……我還記得自己跟那個男人喝酒的事，但回過神來就在這裡了。那場比賽應該是我贏了吧？」

艾爾玟放心地吐了口氣後，三個笨蛋接連開口道歉。艾爾玟輕輕拍打諾艾爾的肩膀，要她停下腳步，然後從她身上跳下來。她搖搖晃晃地走到我們面前，展開雙手。

「在你們眼中，我是個什麼樣的人？」

「……」

沒人回答這個問題。因為拉爾夫一直說著「您很偉大」和「我很尊敬您」這種蠢話，我只好幫忙說出正確答案。

「就是個酒鬼。而且還醉醺醺的，已經醉得差不多了。」

「答對了。」

艾爾玟笑了出來。

「我根本站不穩，腦袋裡醉茫茫，連話都說不好。別說是戰鬥了，我應該連要自己回家都很困難。如果沒有別人幫忙，我就什麼都辦不到。這就是現在的我。」

雖然這些話聽起來像是在自嘲，卻沒有任何自卑與輕視的意思。

「我不是路斯塔卿那樣的武士，也沒有馬修那麼善於處世。我深知自己是個不可靠的傢伙。不過，我還是發誓要為了人民與復興王國賭命戰鬥。我不是強者，但是會繼續變強。如果各位不介意，希望你們可以繼續跟隨我。」

諾艾爾等人全都愣住了。他們現在應該不知道該做何反應，也不知道該說些什麼吧。我別無選擇，只能親自示範給他們看。

我在艾爾玟面前跪下，輕輕拉起她的手。

「遵命，我的主人。」

如果這裡是王宮，這幅光景應該會更好看些，可惜這裡只是骯髒的路邊。不過，這完全無損她的威嚴。她就是這樣的人。

諾艾爾率先做出反應。她來到我旁邊，深深地低下頭。

「我願意效忠公主殿下。」

維吉爾等人也跟著低頭鞠躬，最後連拉爾夫也擺出奇怪的姿勢。這樣就對了。這樣他們應該稍微明白了吧。眼前這個人不是應該保護的公主大人，而是他們應該侍奉的主人。如此「女戰神之盾」大概也會在真正的意義上慢慢變成艾爾玟的隊伍。

這就叫作因禍得福。雖然發生了一點意外，但結果還算圓滿。

這樣事情就結束了。接下來我只要回到家裡，幫公主騎士大人脫掉衣服，在她身上輕輕撫摸，好好享受……更正，是好好照顧她就行了。可是，有一群人跑來礙事。

小混混從巷子裡的各個角落衝了出來。不用問也知道，這些人都是「群鷹會」的手下。儘管沒看到奧斯華，但對方至少有二十個人。

「這是奧斯華的指示嗎？想不到他是這種小人，竟然做出讓自己蒙羞的事。」

「吵死了！」

對方舉起手上的棍棒與刀劍，朝著我們發動攻擊。這應該是手下們擅自做出的決定吧。如果是奧斯華，絕不會在這種巷子裡動手。因為假如不是光明正大地挑戰我們，就無法幫他自己討回面子。

結果事情還是變成這樣了。看來觀眾還是喜歡直截了當的情節。雖然我想盡辦法要和平解決這件事，但既然事情變成這樣就沒辦法，只能反擊了。

「這裡很危險。妳現在只會礙手礙腳，還是快點逃跑比較……」

我輕輕拉扯艾爾玟的袖子，但她沒有回答，而是就這樣倒在我身上。我探頭一看，發現她已經安靜地睡著了。

「我們的公主竟然睡著了，還真是悠哉呢。」

因為現在是晚上，我也無法成為戰力。

「你快點帶著公主大人逃跑，我們會在這裡擋住敵人。」

拉爾夫拔出劍，還說出這種自以為是的話。

「那就交給你了。」

「我可不是為了你，我是為了保護公主大人。」

「那樣就好。」

就算他叫我快點逃走，憑我現在的臂力，連艾爾玟一個人都抱不起來，只能勉強把她拖到暗處。

就在這段期間，雙方也展開亂鬥。

「別讓敵人跨過這裡一步。準備應戰！」

眾人按照維吉爾的指示擺好陣型。維吉爾與拉爾夫站在前面，克里夫站在他們後面用魔法支援。而諾艾爾就直接衝進敵陣之中到處打游擊，她搶走對方的棍棒，拿來打在那些小混混身上。就算敵人反擊，她也能靈活地左右閃躲，誘使對方打到自己人。當敵人一棒敲在同伴頭上，整個人驚慌失措的時候，她便出現在對方身後，從頭上一棒打下去。

上。

儘管她大顯身手，但對方的人數太多了。她在落地的瞬間挨了一記掃堂腿，整個人趴倒在地

「去死吧！」

小混混舉起棍棒。諾艾爾縮起身體，然而對方遲遲沒有攻擊。

「要死的人是你。」

因為賽拉菲娜從背後狠狠踢中小混混的跨下。

「諾艾爾，妳沒事吧？」

她還伸出手把諾艾爾拉了起來。

「謝謝妳出手相救。」

諾艾爾笑了出來，向她如此道謝。

「別發呆。右邊還有敵人，準備應戰！」

聽到維吉爾大聲下令，其他四人也換上認真的表情。

他們五個人發出吼聲，一起衝向「群鷹會」的那些人。

看來他們也慢慢培養出一支隊伍該有的默契了。

想讓一群關係不好的人團結起來，最好的方法就是給他們一個共通的敵人。

這場架就是一個好機會，畢竟現在剛好有個清楚明白的壞人。

其實我原本是打算隨便準備一個壞人給他們，但奧斯華等人剛好在這時跑來找碴，讓我省去了這個功夫。真的很感謝他。

事情發展到這個地步，我能做的事就不多了，頂多只能丟石頭牽制一下敵人。因為地上都是小石頭，沒什麼殺傷力，但還是可以讓敵人停下動作。

雖說敵人都是武鬥派，那也只不過是跟其他黑道比較的結果。而且這些小混混能在酒館裡打贏只是因為地方太過狹窄，才能靠著人數優勢取勝。如果雙方認真打起來，這些小混混根本不算什麼。

當我回過神，已經有將近一半的小混混倒在地上。

就在戰況逐漸明朗時，一名年近四十的男子慌張地下令，要其他人趕快逃跑。看來那傢伙就是主謀了，他的手臂上還有疑似山羊頭惡魔的刺青。他正是剛才站在奧斯華身邊，那個名叫赫克托的男子。他還知道要帶走昏倒的同伴，這點倒是令人佩服。

不過，我猜他明天就會被奧斯華親手變成屍體，被丟到「迷宮」裡去吧。

赫克托跟手下們分頭逃跑。

「站住！」

明明不需要去追，拉爾夫還是追了上去。那個笨蛋又得意忘形了。

「喂！別追了！」

他無視我的勸告，跑去追逃走的赫克托。他不愧是年輕人，跑起來非常快，轉眼間就繞到前面擋住赫克托的去路。

「該死！」

赫克托怒罵一聲後，現場便響起女子的慘叫聲。赫克托抓住剛好路過的娼婦，把她拿來當成人質。他用一隻手從背後勒住女子的脖子，又用另一隻手拿著小刀抵住女子的臉。拉爾夫的表情動搖了。我就說吧，你看看你。

「卑鄙小人！快點放開她！」

「誰理你啊！智障！」

拉爾夫想叫對方放人，卻換來一陣痛罵。趕到現場的諾艾爾也在找尋機會，但赫克托背靠著牆壁，還把女子當成自己的盾牌。要是我們輕舉妄動，只會傷到那名女子。這種情況通常都是由公主騎士大人負責處理，但她依然醉得不省人事。

「給我讓開。不然這女人的臉就要開花了！」

赫克托是認真的。要是隨便刺激他，他真的會動手，我們只能讓開一條路。

「聽好，誰也不准亂動。在我還沒說好之前……」

赫克托威脅的話語被一陣響亮的腳步聲蓋過。

我們幾乎是同時轉過頭去，看到一名長得很高的男子沿著夜晚的巷子走過來。

他的年紀大概二十歲後半，有一雙猛禽般銳利的栗色眼睛，還把淺棕色的長髮綁成馬尾。雖然臉型與體格都偏瘦，但又不算柔弱，給人一種徹底排除多餘贅肉的感覺。他看上去無懈可擊。看起來像是一名冒險者，卻是一張陌生的臉。不管是配在腰間的那把劍，還是那件白色外套，全都要價不菲。那種舉止與姿態必須經過長年的訓練和教育才能練就。

他應該是一位騎士，不然就是貴族階層的人吧。

我們毫無疑問是初次見面，我卻莫名覺得好像遇過他。

我到底是在哪裡見過他？還是說，他長得跟我認識的某人很像？

當我忙著思考時，男子默默地走向赫克托。

「喂，別過來！你不管這女人……」

赫克托還沒來得及把話說完，男子就拔劍了。銀光閃了兩次。當他將那把類似軍刀的細劍收回劍鞘，赫克托的雙手手腕早已掉在地上。紅黑色的鮮血噴出，掉在地上的手也放開了小刀。

赫克托這時才總算發出慘叫，躺在自己流出的血泊中痛苦打滾。

渾身是血的女子大聲尖叫，一臉害怕地逃走了。

男子似乎想到了什麼，轉頭看向我們這邊。

「你們幾個是冒險者嗎？」

他的聲音聽起來意外地年輕。聲音低沉，但很清楚。

「正是如此。」

我代表眾人出面回答。畢竟艾爾玟還在休息，其他人也都愣住了。即使我其實是個外人，也沒必要跟他解釋得那麼清楚。

「我有個問題想請教一下，請問由冒險者公會負責管理的墓園在哪裡？」

聽到這個意想不到的問題，我疑惑地歪著頭。

「現在都這麼晚了，你還要去掃墓嗎？你該不會是守墓人吧？還是說，你是專門盜墓的那種人？」

「我打算明天過去掃墓，卻想不起來地點在哪裡。我只記得城外的墓園要怎麼過去。」

我還以為他會生氣，但男子完全沒把我的「嘴砲(Wisecrack)」放在心上。

「就在從城外墓園正中央的那棵大樹筆直往西邊走過去的地方。墓園前面有許多生鏽的劍與酒瓶，很容易就能找到。」

「原來如此。謝謝你。」

「順便告訴你，那裡有兩種墓園。一種是個人墓園，另一種則是共同墓園。只有對公會有貢獻的人與知名冒險者會葬在個人墓園，其他人通常都是葬在共同墓園。不過，我也不知道你朋友葬在哪邊就是了。」

反正只要把酒灑在那附近，故人應該就會感到開心了。

「這倒是不成問題。我是要去個人墓園。」

男子對我深深一鞠躬。

「我妹妹就在那裡長眠。」

男子反射性地又說了一次「妹妹」之後，眼神便燃起了怒火。看來他妹妹並非善終。

「啊，找到人了。」

「卡萊爾大人，我們一直在找您呢。」

幾名衛兵慌張地衝了過來。其中也有我的熟人，那就是翹鬍子與黑肉男。看來他果然是個身分尊貴的人。

「抱歉。因為很久沒來，我想在街上逛逛，結果好像不小心迷路了。」

這位被稱為卡萊爾大人的男子隨口道歉後，很快就做出指示，要人把渾身是血的赫克托帶走。赫克托流了許多血，應該還來不及審問就會死於失血過多，然而男子毫不在意。

「來，請往這邊走。領主大人正在等您呢。」

翹鬍子努力說著好聽話，請男子快點動身。

卡萊爾大人走了幾步後，重新轉頭看了過來。

「你叫什麼名字？」

我猶豫了一下，最後還是決定報上名號。

「我叫馬修。你問這個做什麼？」

「原來就是你啊……」

男子心領神會地點了頭，眼裡似乎在一瞬間閃過憎恨的火光。難道這傢伙認識我？

「我叫文森特。再見。」

文森特？

也許是發現我心生動搖，男子露出得意的微笑，就這樣跟著翹鬍子等人離開。

我看著他的背影，同時感覺到自己背上冒出冷汗。我總算想起那名男子是誰了。

那位名叫文森特的男子，正是冒險者公會的鑑定師凡妮莎的哥哥。

第二章

守護騎士的煎熬

小白臉是一種全年無休的辛苦職業，但活動時間幾乎都在半夜，所以早上總是很晚才起床。通常當工匠與商人都起床幹活一段時間後，我才剛要起床，早餐也經常跟午餐一起解決。不過凡事都有例外，我今天趕在太陽升起前就起床了。

「感覺如何？」

聽到我這麼問，趴在餐廳桌上的艾爾玟吃力地轉過頭來。她臉色蒼白。「深紅的公主騎士」正飽受宿醉之苦的折磨。她表情僵硬，慢慢舉起手。

「……我沒事了。」

「看來妳還不太舒服。我明白了。」

我在她對面坐下，把杯子擺在她的臉旁邊。

「妳先喝下這杯水吧。我在裡面加了果汁。」

艾爾玟向我小聲道歉，然後直接喝光杯子裡的水。

「……好喝。」

她放鬆地吐了口氣。

因為昨晚跟黑道老大比酒量，她一回到家裡就倒在床上，而且當然沒換衣服。

這讓我從昨天就忙得要死。我先讓美麗的公主騎士大人喝水，還幫她脫下衣服，讓她在洗衣盆裡洗澡，把水全部擦乾，最後換上乾淨的衣服。因為這份工作實在太累，我無法交給別人來做。犧牲者有我一個就夠了。

不過，我當然還得做些幫忙處理嘔吐物，或是燒開水這種無聊的工作。

「妳今天還是好好休息比較好。應該沒什麼事情要處理吧？如果都是一些雜事，叫其他人去做就行了。我會去幫妳傳話。」

「對了。」

喝下第二杯果汁水後，艾爾玟開口了。

「昨天那位男子好像說他叫卡萊爾對吧？」

「原來妳當時醒著嗎？」

我還以為她完全睡死了。

「我記得那是這個國家的一個騎士家族，對方好像認識你。他是你朋友嗎？」

「我只知道他這個人，昨天還是頭一次見面。」

我這麼回答。

「他是凡妮莎的哥哥。」

他的全名是文森特．巴力．卡萊爾，是效命於列菲爾王國，而且還是王家直屬的騎士。他比凡妮莎大兩歲。雖然他是藝術品商人的長子，但從小就有著出色的體格，也擅長劍術。因此，他被據說是騎士家族的遠房親戚收養了。凡妮莎曾經告訴過我，那個家族的家名就是卡萊爾。

「他父親怎麼會讓負責繼承家業的長子給人收養？」

「聽說是因為他完全沒有鑑定藝術品的眼力與知識。而且他跟父親的關係本來就很差，他父親似乎想讓凡妮莎討個女婿，讓女婿繼承家業。」

就結果來看，他父親的計畫算是成功了一半。雖然家裡的藝術品生意沒落了，然而文森特在養父家裡不斷累積實力，十九歲就獲選成為王家直屬的騎士。

「他現在似乎隸屬於負責守衛王城的部隊。真不知道他怎麼會來到這個城市，總覺得不只是來掃墓的。」

起初，我還以為他是要放下身分前來尋仇，但是看到衛兵恭敬地幫他帶路的樣子，感覺又不是那樣。他看起來也不像是遭到貶職，或是做了貪汙與盜用公款之類的事。他五官端正，又是騎士，應該會是不少女性心儀的對象，卻也不像是好色之徒。他當時甚至沒把艾爾玟與諾艾爾放在心上。

「我想應該是為了『聖護隊』的事情吧。」

艾爾玟抬起頭來，用手梳開自己凌亂的頭髮。

「我之前就略有耳聞，看來王國那邊應該是要認真行動了。」

艾爾玟以前畢竟是個公主，經常會從大人物那邊得到情報。

「什麼意思？」

「簡單來說，就是列菲爾王國直屬的治安維持部隊。」

據說國王與那些貴族從以前就對「灰色鄰人」的治安惡化感到不安。對那些人來說，「迷宮」是為他們帶來世間少有的珍貴寶物的金山，看到那些利益與寶物流入黑社會手中，成為那些壞人的財富，應該讓他們很不開心。

「那是個獨立於領主大人之外的調查機構。城裡的警備工作跟過去一樣由衛兵負責，至於調查犯罪……特別是買賣贓物與走私這類組織犯罪的工作，則會由他們負責進行。」

「哈哈。」

聽起來就像是那些大人物在腦袋裡與桌子上想出來的事。這個計畫肯定會失敗。只準備那一點戰力，怎麼可能掃除這個城市裡的惡勢力？

「那種事絕對辦不到吧。他們最後只會跟其他衛兵一樣被髒錢收買，我敢跟妳打賭。」

「你別說這種話。」

艾爾玟露出寂寞的笑容。

「只要能讓這個城市變得宜居一些，我們就應該支持。至於我這種被這個城市染黑的傢伙會變得如何，就先別管了吧。」

「……」

我給艾爾玟吃的糖果裡面加了名為「解放」的「禁藥」。

我告訴她我是透過住在這個城市的老朋友，拿到製作糖果的材料。一旦這裡的治安變好，犯罪就會跟著減少，違法的「禁藥」買賣也會受到限制，讓「禁藥」變得難以取得。她就是在說這件事。

即便是多數人都樂見的事情，也會給某些人帶來麻煩。能避免她再次犯錯這點固然很棒，但這對她來說還太早了，她還沒恢復到那種程度。

「別擔心，交給我就行了。妳不需要把這件事放在心上。」

只要心裡感到不安，她的「迷宮病」就有可能復發。為了隱瞞病情，她就得服用更多「解放」，我們過去的努力將會化為泡影。這不但算是犯罪，她的壽命也會因此縮短。不過，想要得到「禁藥」的人不會輕易消失。正因為人類是一種愚蠢又軟弱的生物，我絕對能找到取得「解放」的管道。

艾爾玟握住我的手。

「你千萬別太亂來。我不想看到你為了我這個蠢貨死掉的樣子。」

「我完全沒那種打算。」

我這麼說道。

「畢竟『保命繩』可不能先斷，所以我不會死，也不打算去死。」

我同樣握住她的手。要是我死了，又有誰能保護她？

「我向妳保證。無論發生什麼事，我都會保護妳。」

「馬修……」

她感動得熱淚盈眶。

從門口傳來了敲門聲。偏偏選在氣氛正好的時候，到底是哪個傢伙這麼白目？

我心懷不滿地走向玄關。聽到這種敲門聲，我就猜到對方是誰了。我開門一看，果然看到熟悉的面孔。

「馬修先生，大事不妙了！」

她現在應該相當慌張吧。艾普莉兒拚命動著嬌小的身軀，手舞足蹈地這麼說：

「有一群自稱『聖護隊』的人要找你。他們說要向你打聽有關凡妮莎小姐的事情。」

我被帶到冒險者公會附屬樓房裡的鑑定室，而且還是凡妮莎曾經用過的房間。這裡在她死後就沒人使用了。聽說公會要找新的鑑定師，但好像一直找不到合適的人選。

我走進房間，發現有三名男子坐在玻璃窗後面。中間那人正是文森特。他們三人都穿著同樣的服裝，看來那就是「聖護隊」的制服。我感覺到身後有人，回頭就看到四個「聖護隊」隊員手拿長槍站在牆邊。

「感謝你專程跑這一趟。來，請坐，不用太過拘謹。」

有別於口中的話語，他感覺不是很友善。看來這件事會有點麻煩。我一邊暗自感到厭煩，一邊在文森特面前坐下。

「嗨，謝謝你昨天出手相助。請容我再次自我介紹，我叫馬修。請多指教。」

我伸出了手，但對方似乎不想跟我握手，我只能把手收回來。

「我都聽說了。你是凡妮莎的哥哥對吧？文斯，如果你想打聽有關妹妹的事，我覺得我們應該去酒館，而不是來這種地方。」

「叫我文森特。」

騎士大人一臉嚴肅地糾正我。

「如果要用暱稱叫我，也應該先等我們更熟悉彼此。」

「我明白了，卡萊爾大人。」

我正襟危坐。

「聽說你跟凡妮莎交情不錯。」

文森特單刀直入地這麼說。

「是啊。」我直接承認。

「不過，我們不是男女朋友那種親密關係，比較像是朋友。」

雖然我們曾經在這個房間單獨談話，但連接吻都不曾有過。

「我就直接問你了。對於殺死我妹妹的凶手，你有沒有什麼頭緒？」

我睜大眼睛。

「我聽說她是被某個黑社會的傢伙殺死。」

「衛兵們調查的結果也是這樣。不過，那只不過是從間接證據做出的推測。」

因為她男友史達林擅自販賣「禁藥」，無視黑社會私下分配好的地盤，對方發現這件事之後就殺死史達林作為懲罰，還在前去湮滅證據與回收「禁藥」的時候碰巧遇到凡妮莎，於是也殺死了她。

「負責驗屍的人說，史達林是被他自己持有的鑿刀一擊刺穿喉嚨，凡妮莎則是先被勒住脖子，然後才淋上油點火燒死。」

「太殘忍了。」我伸手掩面，小聲呢喃。「簡直就是惡魔幹的好事。」

「可是，衛兵到現在都還沒抓到凶手。他們查不出實際下手的人是誰，也不確定到底是哪個組織下令殺人。雖然有不少傳聞，但每種傳聞都只能算是推測。於是，我想到了一種可能性。」

說到這裡，文森特瞇起眼睛。

「那個黑社會凶手或許從一開始就不存在，真凶其實另有其人。」

如果是黑社會組織下手行凶，就算什麼都查不出來，找不出凶手是誰，也是很正常的事。只要能讓王國這麼認為，就絕對不會查到我身上，至少也能讓我擺脫嫌疑。

「我就坦白說了吧。我會來到這座城市，就是為了逮捕殺死凡妮莎的凶手。」

這個平靜卻強而有力的宣言在屋裡迴盪。

「不是為了『聖護隊』的任務嗎？」

「我當然也會努力維持並改善這個城市的治安，畢竟這是陛下的命令。這跟我要逮捕殺害凡妮莎的凶手並不衝突。」

只要能抓住殺人凶手，這個城市的治安也會變好。這傢伙還真是貪心。

「對於你剛才的問題，我的答案是沒有。我能體會你的心情，也想逮住那個凶手。不過，如果問我還有誰可能殺死凡妮莎，我想應該是她交往過的男人吧。畢竟他們全是些可疑的傢伙。就算可以排除掉史達林，也可能是那些傢伙盯上了她。」

「那你覺得黛安·克拉克這個人怎麼樣？」

「誰啊？」

我對這個名字有印象，只是有點想不起來。

「聽說凡妮莎在遇害前不久，曾經告發她服用『禁藥』。」

我想起來了，他是說那個女人。我還記得她拒絕接受凡妮莎的好意，亂揮刀劍大鬧了一場。我不知道她被德茲抓住，關進地下牢房之後怎麼樣了，然而她在眾目睽睽之下受到那種屈辱，就算懷恨在心也很正常。

「她就是凶手嗎？」

「她有不在場證明。她那天一直待在這裡的地下牢房，現在已經被移送到『更生院』了。」

「那又是什麼地方？」

「簡單來說，就是負責治療『禁藥』中毒者的設施。」

我倒抽口氣。

「原來還有那種地方嗎？」

「還在試行階段。目前是把『聖護隊』的部分設施拿來當場地使用。畢竟光是逮捕那些藥頭與毒蟲，這場鬼捉人遊戲永遠不會結束。如果計畫能順利進行，中毒者數量應該也會減少。」

「這樣啊……」

畢竟凡妮莎也痛恨「禁藥」。他大概是想繼承妹妹的遺志吧。

「你說的那個『更生院』都在做些什麼？會讓中毒者服用治療藥嗎？」

「基本上就是一直把人關在裡面，直到他們戒掉『禁藥』為止。」

那不就沒屁用嗎？我本來還在想如果有治療藥，我就可以去偷出來用了。

「據說王城裡的藥學院已經在研究治療法。只要那邊有了成果，就會立刻交到我們手上。」

「這是件好事，凡妮莎也會很開心的。」

「再來只要能逮住凶手，她的靈魂應該就能得到救贖了吧。」

「……是啊。」

這明明是個讓人感興趣的話題，卻害我說了不該說的話。這讓我對自己的愚蠢感到厭惡。

「我們回到正題吧。證據這種東西總是藏在莫名其妙的地方，有時候只是剛好被人遺忘，一點小事也可能是真凶下手的動機。」

文森特用獵人般的冷酷口吻這麼說。

「我再問你一次。你真的毫無頭緒嗎？」

「要是我想到了，一定會立刻告訴你的。」

我伸了個懶腰，然後站起來。

「該說的應該都說完了吧？你下次要喝酒的時候，記得找我一起去。如果可以，最好是三天前就先跟我說一聲。別看我這樣，我可是很忙的。」

「馬修，你以前好像是個冒險者對吧？」

文森特又問了其他問題。

「我以前都在東方那邊混，結果做了些不好的事情，就逃到這邊來了。」

冒險者或多或少都有些見不得人的經歷。不管我是欠錢不還，還是被黑道追殺，只要是在其他國家犯下的罪行，文森特都沒有告發我的權利。

「我聽說你退休了，但你看起來不像是受過傷的樣子。」

「外表看起來是這樣，其實裡面已經千瘡百孔了。別說是要揮劍了，我連要拿起刀叉都有困難。」

「所以你在流浪到這個城市之後就一直沒去工作，整天到處玩嗎？我聽說你在認識艾爾玟小姐之前，也曾經住在幾名女子家裡當小白臉。」

「不是小白臉，是迷途女子的引導者。」

要是這點沒說清楚，我可是會很傷腦筋的。

「我聽說波莉也是其中之一。」

我驚訝得睜大眼睛。

「你認識她嗎？」

「她是我的老朋友。」

我想起來了。波莉與凡妮莎是以前就認識的老朋友，就算波莉認識她哥哥文森特，也不是什麼奇怪的事情。他們應該算是青梅竹馬吧。

「我聽說你跟波莉好像鬧翻了。」

「所以我才會被她拋棄。她搭乘馬車離開這個城市後，我們就再也不曾聯絡了。」

「不過，這種事根本無從確認。就在這一年裡，你身邊有一個人失蹤，一個人死去。這又該如何解釋？」

「只是偶然罷了。」

不然就是因為名為命運的可笑指南書。

波莉前陣子已經死在這座城市，被當成身分不明的死者扔進「迷宮」，現在應該連骨頭都不剩了吧。

「凡妮莎一直都很關心波莉。她還曾寫信給我，提到這件事。」

我似乎看穿文森特的想法了。他懷疑是我殺死波莉，因為這件事被凡妮莎發現，我才會為了滅口，連凡妮莎也一起殺掉。

真可惜，這推理只有七十分，離真相還有一段距離。

「我知道。她一直把『我或許有機會多為她做些什麼』這句話掛在嘴邊，為此煩惱不已。」

「……」

文森特突然陷入沉默。他剛才明明還在用犀利的言辭追問我，現在卻像是被責罵的孩子一樣毫無霸氣。

「我明白了。」

文森特輕輕搖頭後，彷彿宣告話題結束，站了起來。

「不好意思讓你跑這一趟。要是你有想到什麼，請告訴我一聲。雖然我們的總部位在城北那邊，之後還會在其他地方設立幾間辦公室，冒險者公會附近也會有一間。」

正當我丟下一句「我知道了」轉身準備離開，一根細長的棒狀物體就落到眼前。我發現那是「聖護隊」使用的長槍時，用雙臂接住那把長槍，就這樣往前撲倒。痛死人了。我整張臉都撞到地板了。這根長槍相當重，看起來很細，但裡面可能灌了鉛或其他東西。

「啊，抱歉。他好像手滑了一下。請讓我代替部下向你道歉。」

這絕對是故意的。他應該是想在我沒有提防的情況下，確認我是不是真的手無縛雞之力。

「如果你要道歉，就先把這東西拿開。」

文森特一聲令下，「聖護隊」的士兵就單手拿起長槍，比某個小白臉強多了。

「不好意思，我之後會好好教訓部下的。」

他竟然還能若無其事地這麼說。對付這小子還真是不能掉以輕心。

我一邊輕撫剛才接住長槍的手臂，一邊重新起身。當我準備推開門的時候，文森特又問了一個問題。

「我姑且問你一下。凡妮莎遇害的那天晚上，你人在哪裡？」

「我記得我那天跟德茲喝完酒，就在半夜的街上到處閒逛。至於我當時曾經走過哪些地方，我現在已經記不得了。」

「你當時應該沒有經過『油畫街』吧？」

凡妮莎的男朋友史達林就住在那邊，凡妮莎的家也在那附近。

「應該吧。不過我當時喝了酒，記得不是很清楚。」

「那你有經過『毒沼街』嗎？」

想不到他竟然連這個都知道。看來他調查得比我想的還要清楚。

「那裡經常被人拿來交易違法藥物。你去那種地方做什麼？」

「我可沒有服用『禁藥』。如果你不相信，想確認看看也行。」

文森特搖搖頭。

我還以為他死心了，結果他又從其他方面展開攻勢。

「從頸骨斷裂的方式可以得知，勒住凡妮莎脖子的凶手應該是個體格高大的壯漢。」

「凶手也可能是女人吧。畢竟巨人族裡也有些高壯的女人。」

文森特從頭到腳打量著我。

「馬修，我看你的體格也相當高壯呢。」

「文斯，你的體格也不錯啊。」

如果只論身高，他幾乎跟我一樣。

「再見。」

我這次總算走出房間。雖然待在裡面的時間應該不是很長，我卻感到莫名疲倦。

走廊上空無一人，我背靠著牆壁，在不知不覺間低頭看著自己的雙手。

馬修，你該不會是後悔了吧？我好像聽到有人這麼問。

「哈，這怎麼可能？」

不管遇到同樣的情況多少次，我都會做出同樣的事情。差別只有我下次會做得更好。只要有那個必要，不管要我勒住凡妮莎的脖子多少次都行。事情就是這麼簡單。

後來過沒多久，「聖護隊」就正式駐紮在「灰色鄰人」了。據說王家直屬的守護騎士文森特就是他們的隊長，為了消滅城裡的犯罪，他總是站在第一線努力奮鬥。街上也變得到處都能看到穿著「聖護隊」制服的人。他們的第一步是加強取締走私「禁藥」的行為，那些涉嫌收賄的官員都受到了懲處。對於「神聖太陽」那種可疑的宗教團體，他們也有加強取締。

儘管目前為止都有取得成果，我同時也發現了問題。

那就是他們只能抓到一些小弟，完全抓不到背後的大哥。

雖然也有抓到黑社會的人，但都是一些底層的小弟。他們甚至無法威脅到那些幹部。那些幹部連貴族都收買了，應該不會被輕易逮捕。

如我所料，「聖護隊」跟衛兵之間的關係也很差。我看過他們雙方敵對的樣子好幾次了。看來他們應該前途坎坷吧。

「不知道那位仁兄再來打算怎麼做。」

就算遇到這種情況，他也要不顧一切貫徹正義嗎？還是說，他要跟其他衛兵一樣收賄貪汙，只抓些小弟就交差了事？

我無法斷言哪種選擇比較好。畢竟貫徹使命與信念也是一種人生，善惡兼容也是一種處世之道。

艾爾玟今天早上又踏進「迷宮」了。因為隊伍終於有了默契，他們好像要從今天開始認真挑戰「迷宮」。我看她一副幹勁十足的樣子，看來我應該有好一段時間都得顧家了。

因為拿到了零用錢，我打算立刻衝去娼館，家裡卻偏偏在這時有客人上門。

我小心翼翼地打開門，然後厭煩地嘆了口氣。

「這裡可不是賭場，也不是餐廳。」

就某種意義來說，這兩位客人也算是我的熟人。他們正是翹鬍子與黑肉男。他們明明應該是負責在街上巡邏的衛兵，卻不知為何穿著「聖護隊」的制服。

「你們兩個是跳槽了嗎？」

「只是調職罷了。」

黑肉男開口回答我的問題。我也經常模仿他那種很有特色的菸酒嗓。

「因為『聖護隊』裡都是些外來的傢伙，需要熟悉這座城市的人，就從衛兵隊裡調了幾個人過去。」

「薪水倒是沒有改變。」

翹鬍子自嘲地笑了笑。

「同伴也把我們當成叛徒。而且還得穿著這種可笑的制服，在滿是嘔吐物與塵土的街上走動，感覺像是變成藝人了。」

「請節哀。」

這就是所謂的「生不入官門」吧。

「馬修，這是上頭的指示。」

因為他們兩人拿長槍指著我，我便舉起了雙手。

「卡萊爾大人指名找你，請你跟我們到『聖護隊』總部走一趟。聽說你可是主賓喔。」

黑肉男語帶同情地這麼說。

「不好意思，我還沒決定好要穿什麼禮服過去，而且我還沒穿上馬甲。」

「放心吧，今天是變裝派對。聽說你負責扮演一個『可悲的小白臉』。」

他們拿長槍輕輕戳了我的側腹，讓我不得不邁出腳步。

「騎著白馬的騎士大人正在等你過去。你最好趁現在想想華爾滋該怎麼跳。」

「聖護隊」總部就位在城北地區，離領主的城堡很近。那裡原本是一座老舊的要塞，但他們好像重新改建過了。我們穿過只有堅硬這個優點的大門，走進這棟石造建築物，然後立刻沿著旁邊的樓梯往下走。那裡似乎就是審問犯人的地方，門是由鋼鐵打造而成，是一間半地下室，陽光從天花板附近的細長型格子窗射入，裡面還擺著桌椅。而文森特就端坐在桌子後方，身後還站著四個人。

「以宴會的餘興活動來說，我覺得這樣好像有些太誇張了。」

我被迫在他對面坐下，身上的東西與錢包都被拿走，雙手還銬上了手銬。當然，憑現在的我根本無法掙脫。

文森特無視我的玩笑話，把一疊皺巴巴的文件丟到桌上。我對那些文件沒印象，卻認得出上面的內容與筆跡。

「我聽說你有向凡妮莎借錢。」

「是啊。」

因為沒理由說謊，我很乾脆地承認了。我不會特地寫借據，所以那大概是凡妮莎自己留下的紀錄。我通常都是跑去冒險者公會的鑑定室向她借錢，她應該是把這份資料放在那邊了。

「你該不會是在懷疑我因為還不出錢就殺了她吧？」

如果要為了這種理由殺人，德茲至少被我殺掉三十次了。雖然我很懷疑他會不會死就是了。

「我還會向其他人借錢，也都有慢慢還錢。」

「確實，雖然你每次都只還一些，還是有在還錢。不過，你很快又會再次向她借錢。」

文森特用指頭在那些文件上敲了幾下。

「你說凡妮莎不是你的女朋友，然而，有沒有可能是你單方面在追求她？」

「畢竟她長得很漂亮啊。雖然在你這個哥哥面前說這種話不太好，不過我是曾經想與她共度春宵，但也就僅止於此。我可不是後宮之王，不是每個看上的女人都要硬上。」

「難道不是你硬要與她發生關係嗎？」

「這只是你的妄想。」

「你試圖強暴她，但她大聲求救，結果你就勒住她的脖子，不小心用力過猛殺了她。」

「你這話是一種汙辱，對我和凡妮莎都是。你是想拿心愛妹妹的死狀打手槍嗎？死變態。」

我快要壓抑不住怒火了。我很清楚他是故意要惹火我。他應該是在等我因為生氣而露出馬腳，但凡事都該有個限度。

「艾爾玟．梅貝爾．普林羅斯．馬克塔羅德。」

當文森特說出這個名字的瞬間，我像是被人潑了一盆冷水，瞬間就冷靜了下來。

「你的眼神不一樣了呢。剛才明明還一副嘻皮笑臉的樣子。」

「我不想聽你說出她的名字，因為那是一種玷汙。」

「我們初次見面的時候，你們好像正在跟『群鷹會』那些人大打出手對吧？」

「那你還不趕快把那些傢伙統統抓起來，看是要關進牢裡還是送上處刑台。那不就是你的工作嗎？」

「老實說，在那場亂鬥之中，我看到你在保護她。」

「看到『善良』市民陷入危機，你沒有出手相救，而是在旁邊看好戲嗎？你這份工作還真是輕鬆呢。」

文森特無視我的挑釁，興致盎然地盯著我。

「我認識幾個當小白臉的傢伙，但你看著艾爾玟小姐的眼神中既沒有情慾，也沒有貪念。你把她當成必須賭命保護的對象，簡直就像是她的父親或哥哥。」

「我倒是希望你說我是她的情人或丈夫。」

「你可能確實沒有殺凡妮莎的動機，不過，如果是為了艾爾玟小姐呢？只要是為了心愛的人，就算要殺人也在所不惜。世上也有這樣的人。」

「你白痴喔。」

我不屑地笑了出來。

「艾爾玟跟凡妮莎之間才沒有那種問題……」

「我想應該沒有吧。我調查之後也沒發現。」

文森特很乾脆地承認了。

「當然，她們之間也沒有金錢與感情上的糾紛。不過，我之前就說過了，『證據這種東西總是藏在莫名其妙的地方，有時候只是剛好被人遺忘，一點小事也可能是真凶下手的動機』。」

說到這裡，文森特向身後的部下做出指示。接到命令之後，部下有一瞬間板起臉孔，然後就隨手把一疊文件擺在桌上。那疊文件大概有一本辭典那麼厚。

「這些都是關於艾爾玟小姐的證詞。因為她是名人，證人也很多。儘管絕大多數都是無關緊要的小事，但我相信其中必定隱藏著真相。」

正因為她是個名人，一舉一動很容易讓人留下印象。她很可能在自己不知情的情況下，被某人看到對她不利的事情。過去的我就是這樣。

當我沉默不語時，文森特故意用手指在那疊文件上敲了幾下。

「我醜話說在前面，這些還不是全部，今後還會越來越多。你敢說艾爾玟小姐來到這個城市之後，真的完全沒做過虧心事？真的『一直清廉潔白嗎』？」

「……」

她的祕密很可能早就被某人發現了。不過，對方可能馬上就忘記這件事，不然就是沒有放在心上，或是以為自己誤會了，才沒有人感到奇怪。就是因為這樣，艾爾玟才能一直平安無事，至今都沒有人像奧斯華那樣威脅她。

可是，如果有人跑去向他們徵求證詞，他們可能又會想起那些事情，心想：那位公主騎士大人怎麼會出現在那種地方？她跑去那種地方做什麼？

如果又有人來威脅她，那我還有辦法處理。不過，想要把多達幾十位的證人全部解決，根本就是不可能的事情。誰也不曉得能推導出真相的線索藏在什麼地方，可是，如果要認定他找不到任何線索，不確定因素也實在是太多了。

要是她的祕密曝光，我們就完蛋了。

我開始覺得口乾舌燥。難道沒有辦法幫我度過這關嗎？至少也得讓艾爾玟得救才行。我偶然瞥見手上的手銬。這個用來束縛罪人的東西，感覺既堅硬又冰冷。

「怎麼了？你很在意那副手銬嗎？還是說，你想起殺死凡妮莎時的情形了？」

也許是發現我在看哪裡，文森特探出身體，用狡猾野獸的眼神俯視著我。

「馬修，你說話啊。」

「文斯，你可以不要問那種無聊的問題嗎？」

不管他是要在處刑台上把我吊死，還是要砍下我的腦袋，我都不在乎，隨他怎麼處置我都行。我什麼都不會說，也不打算說。我要把這個祕密帶進墳墓，甚至是來世。下定決心之後，我也想到自己該怎麼做了。

「我保護艾爾玟是理所當然吧？」

我這麼說道。

「要是她不在了，我就會失去依靠，到時我遲早會餓死在路邊。如果是這樣，不管對方是黑道還是什麼人，我都只能挺身戰鬥了吧。雖然我一點都不想就是了。」

不管對方是誰，我都不打算把艾爾玟讓出去，也不打算跟別人一起服侍她。

「為了重要的女人賭上性命，應該是騎士大人的拿手好戲吧？難道你不是這樣嗎？」

就在這一瞬間，文森特露出痛苦難受的表情。

他好像無法呼吸，雖然想說些什麼，卻一句話都說不出來。

現場突然陷入沉默，疲勞迅速向我襲來。

我整個人靠在椅背上。

「……雖然對你這個復仇心切的傢伙過意不去，我還有負責看家這重要的工作。我們應該聊夠了吧？快放我出去。記得順便把錢包跟那東西還給我。我是說你們剛才拿走的那顆水晶球。」

「這東西真的有那麼重要嗎？」

文森特從懷裡拿出一個半透明的圓球。那是「片刻的太陽」。

「冒險者公會的職員都告訴我了，這是公會交還給凡妮莎的東西。」

文森特的眼神閃爍著殺意。

「這東西怎麼會在你身上？」

「因為凡妮莎給我了。」

「原因呢？這東西好像沒什麼用，但也是貨真價實的魔法道具。只要拿去賣掉，應該能換到不少錢吧。而且你還欠她錢沒還，她為什麼要把這個送給你？」

「因為她男朋友史達林跟黑道之間有些糾紛，當時是我出面幫忙擺平。這東西是她給我的謝禮，我才會心懷感激地收下。」

「你有辦法證明這件事嗎？有沒有人可以作證？」

「沒有。也沒人可以作證。」

當時就只有我跟凡妮莎兩個人。因為那件事關係到「偽幣」，不能被別人聽到。身為當事人的史達林也已經去冥界報到，不可能幫我作證。

「你該不會要說，我是為了偷走那東西才下手殺死她吧？那東西就跟你說的一樣，根本沒有太大的用處。」

「如果我說是，你又要怎麼辦？」

文森特把「片刻的太陽」拿到我眼前。那顆半透明的水晶球裡浮現出太陽神的紋章。

「我還在想你怎麼會一直把這東西帶在身上，想不到你竟然是太陽神的信徒。」

「我才不是！」

我大聲反駁，同時站了起來。

「看來是被我說中了。」

文森特用冰冷的眼神看了過來。

「你是哪個宗派的人？你有在捐錢給『神聖太陽』嗎？」

「我就跟你說不是這樣了！」

我探出身體大聲怒吼，但立刻就被「聖護隊」的人制伏。

文森特低頭俯視著被壓在桌上的我，繼續說下去。

「法律並沒有禁止民眾信仰太陽神。可是，有許多人相信所謂的『啟示』與『神之宮殿』，因為過度沉迷信仰而犯罪也是事實。尤其是『神聖太陽』的那群人，他們最近做了不少危險的事情。」

他們會走私違法藥物與武器，也會利用「卷軸」走私魔物，最近甚至連綁票跟殺人都敢做。

他們真不愧是把屁眼獻給垃圾蟲太陽神的瘋子，跟別人就是不一樣。

「而他們特別重視的聖物，就是上面有太陽神紋章的魔法道具。他們把那稱作『神器』。只要是為了得到『神器』，他們可以不擇手段，在其他城市甚至有人為此殺人。換言之……」

文森特把「片刻的太陽」拿到我面前。

「『這就是你行凶殺人的動機』。只要是為了得到這東西，就算要你們勒死一個女人，你們也在所不惜。」

「你要說蠢話也該有個限度吧！」

我大聲吼叫。

「好啊，那我就證明給你看。不管要我痛罵那傢伙幾百萬遍，我都沒問題。不然我也可以在那些傢伙的教會拉屎放尿給你看。」

「只要你相信『日蝕』，就算你想放火燒掉教會，也無法證明什麼。」

「那又是什麼東西？」

「別想裝傻。那是『太陽神』信仰的教義。我記得好像是說『太陽總是高掛在天上，就算躲在雲層後面，或是被月亮擋住，也會如影隨形跟著我們』。根據這項教義，信徒可以為了逃離迫害而隱瞞自己的信仰。」

簡單來說，就是祕密信徒的意思嗎？我可不知道還有「那種傢伙」。

「我沒有說謊。我絕對沒有信奉那種臭禿驢。」

「既然這麼討厭太陽神，你又為何要帶著這東西？只要拿去丟掉或賣掉不就行了嗎？」

「要是我能這麼做，就不用這麼辛苦了！」

「你想說這東西是被詛咒的道具嗎？這東西完全沒有受到任何詛咒。你毫無疑問是出於自己的意志把這顆水晶球帶在身上。你就是為了搶奪這東西，才會動手殺了凡妮莎對吧？」

「我說沒有就是沒有！」

我起身準備撲向他，但很快就再次被制伏了。我的上半身被緊緊按在桌上，雙手也被兩個人牢牢抓住。

「原來這才是你真正的動機。」

文森特動手整理亂掉的衣服，同時一臉意外地小聲呢喃。

「把他帶下去。只要稍加拷問，他應該還會招認不少罪狀。」

文森特輕輕拍手後，「聖護隊」的人就把我拉走了。我注視著逐漸離我遠去的文森特，無力地笑了出來。

雖說是為了保護艾爾玟，我還是想不到自己竟然會主動自稱是太陽神的信徒。當然，文森特剛才提到的「神聖太陽」教義，我其實早就知道了。

就算我直接承認自己是太陽神的信徒，文森特那傢伙應該也不會相信，所以我故意否認。我越是否認，他越會想找出背後的隱情。腦袋好的傢伙都是這樣。儘管我順利讓他中計，成功保住艾爾玟的名譽，卻讓自己背負了臭名。不，這種結果還算是比較好的。

凡妮莎，難道這就是妳給我的報應嗎？

如果真是如此，那妳還真聰明呢。這招確實挺有效的。

之後就是老套的拷問時間。我才剛被扔進狹窄的小房間，就立刻被四個人圍上來拳打腳踢，還被他們摔來摔去，一下子被用腳猛踹，一下子又被勒住脖子，不然就是被木棍或鞭子打在身上。即便受到詛咒，我還是對自己耐打的程度很有信心。當我無聊到快要睡著時，又被他們潑了冷水，還被大聲怒罵，把臉按在牆壁上摩擦，簡直慘到不行。我都要哭出來了。

因為我到了半夜也沒有認罪，結果那四個人好像累壞了。我就這樣被他們丟進地下牢房。當我趴倒在充滿屎尿味的石造牢房裡時，聽到了腳步聲。

我還以為是文森特來了，結果卻是那個翹鬍子。

「喂，你沒事吧？」

我只把臉轉過去，對他說道：

「我不行了。小馬修好有感覺。不行，要去了。」

「看樣子你還很有精神。」

翹鬍子走到我旁邊，在鐵籠的對面蹲下。

「找我有事嗎？你這個無良的狗官。」

「別這麼說嘛，我可是專程來探望你的。來，這是你的晚餐。」

他打開牢房的小窗口，把擺著麵包和水的餐盤放了進來。

「這些食物應該沒有下毒吧？」

「應該吧。要是真的下了毒，你就認命吧。」

他還真是好心。如果他能順便幫我試毒就好了。

「找我有什麼事？你要放我出去嗎？」

「這個我做不到。卡萊爾大人拚命想把你送上處刑台，要是隨便幫你說話，連我都會被拖下水。」

他輕輕用手刀砍在自己的脖子上。

「那還真是可怕啊。」

「是啊，大家都嚇壞了，尤其是我們這些來支援的。」

這個城市的衛兵或多或少都有拿黑社會組織與富人給的髒錢，對犯罪視而不見，從中謀取利益。對這些傢伙而言，文森特的方針等於破壞他們的既得利益，就跟把沙子倒進麵粉裡差不多。

「我們的收入已經為此減少了，他還準備建立起『更生院』那種莫名其妙的機構。你覺得那種機構能讓那些毒蟲改過向善嗎？」

他先是用嘲諷的口氣這麼說，然後又笑了出來。不過我沒有笑。

「所以我也只能勸你死心，不過……」

翹鬍子露出意味深長的笑容。

「看你的表現，我或許可以幫你傳個話。不過這得看你怎麼做了。」

聽到這句話，我突然靈光一現。

「你是要問明天在『毒蜘蛛廣場』的比賽嗎？」

「沒錯。」

「第幾場？」

「最後一場。」

「那你就押『智多星』贏吧。雖然『皇帝』的實力比較強，但這次的比賽場地有障礙物，對擅長跳躍與靈機應變的『智多星』比較有利。」

「智多星」與「皇帝」都是在鬥雞場拚搏的鬥雞。因為我很擅長找出實力強大的鬥雞，偶爾會做這種類似報明牌的事情。

「不會有錯吧？」

「那當然。」

翹鬍子這個人看起來一本正經，其實是個賭鬼。他的薪水幾乎都花在鬥雞與賭骰子上了。他明明已經老大不小，卻還是只能當個底層小兵，也是因為這個緣故。他會對這個城市的地理這麼熟悉，也是多虧了在城裡各個角落經營的賭場。

順帶一提，黑肉男是個大胃王。他會以收保護費為名義，要求各地商家免費提供食物給他。因為他都只是拿走一些小點心與下酒菜，「至今」還不曾有過問題。

「只要幫你傳話給那位矮人就行了嗎？」

「不，請你幫我傳話給矮冬瓜……我是說艾普莉兒。」

雖然德茲是個好人，但腦袋不太靈光。如果要他想辦法救我出去，他應該只會把這裡變成一堆瓦礫吧。而艾普莉兒肯定會去拜託她爺爺幫忙。如果是她那個擔任冒險者公會會長的爺爺，應該握有足以讓「聖護隊」釋放我的權力。我固然不想欠那個老頭子人情，但現在也別無選擇了。

「不用告訴公主騎士大人嗎？」

「我會被罵，還是算了吧。」

雖然我覺得她知道這件事之後，應該會立刻趕來救人，但她人在「迷宮」之中，而且讓她接近文森特也很危險。這樣我讓自己背負臭名就失去意義了。

「你就告訴她『溫柔的馬修哥哥被壞人抓走了，快來救他』吧。」

「我會一字不漏地轉告她的。」

留下這句話後，翹鬍子就迫不及待走上樓梯。想不到他竟然會為了這種事特地跑來找我，看來他已經滿腦子都是鬥雞了。

隊伍裡竟然有這種傢伙，我看「聖護隊」墮落果然只是遲早的事。不，他們應該早就墮落了。至於那位守護騎士大人有沒有發現這件事，就是另一個問題了。

隔天，我也是從早到晚都在接受審問與拷問，沒有片刻安寧。這些傢伙還真閒。

又到了隔天早上，太陽才剛升起沒多久就有一大群人跑來找我，把我從地下牢房拖了出去。他們把我帶到昨天與前天都在舉辦拳腳派對的遊戲會場。只不過，文森特今天也出現了。他似乎也想參加，手裡還握著棍棒。

「你想認罪了嗎？」

「……差不多有兩年半吧。」

聽到文森特這麼問，我用手銬與手背擦了擦臉頰，開口回答。

「你這話是什麼意思？」

「我跟凡妮莎就是認識了這麼久。雖然你努力扮演一個整天把妹妹掛在嘴邊的好哥哥，但你在這段期間連一封信都沒有寄給她。她過世的時候也一樣。冒險者公會應該有通知你才對。沒辦法趕來參加葬禮就算了，你甚至沒有跟公會聯絡。」

「這件事跟你無關。」

「還有一件事。你應該知道亞曼達婆婆這個人吧？」

「……她是凡妮莎僱用的傭人。」

她原本是住在凡妮莎家裡當幫傭，現在已經回到孫子家裡了。我曾經去探望她一次，她當時還哭著告訴我如果她沒有出門，凡妮莎就不會死了。

「正當她為了凡妮莎的事傷心難過時，有個自稱凡妮莎哥哥的人跑去找她，一副把老婆婆當成殺人凶手的樣子，對她百般責難。真是可憐。當時受到的打擊，讓她直到現在都還臥病不起。你覺得那位連腰都挺不直的嬌小老婆婆，看起來像是勒死你妹妹的凶手嗎？」

「看來你這個『嘴砲王』今天還是一樣厲害。」

文森特不屑地笑了出來。

「那也是太陽神的教義嗎？」

「這就是我的回答。」

我對著那張蠢臉豎起中指。

「去死吧，你這個噁心的亂倫妹控。」

「……馬修，我很遺憾。」

他握緊手中的棍棒，發出嘎吱聲響。

「看來我們永遠沒機會一起去喝酒了。」

文森特隨手丟掉裂開的棍棒，把一張畫著複雜圖案的紙拿到我面前。

「『聖護隊』也握有處刑罪犯的權力。你應該要高興，你就是值得紀念的第一號死刑犯。」

我一點都高興不起來。

「罪狀是什麼？因為我說出你是個變態妹控嗎？」

「強盜殺人與縱火。光是這兩項就足夠判你死刑了。」

而動機則是太陽神信徒想奪取「神器」嗎？我好想哭。

「證據呢？」

「有人在犯罪現場附近看到疑似你的人物，你也沒有不在場證明。而且只要讓凡妮莎喝下安眠藥，就算是你這個沒力氣的傢伙，也有辦法勒死她。」

「你只憑這種不明確的證據就要判我死刑嗎？因為死的人不是自己，你就想隨便交差了事是吧？」

「把他帶下去。」

文森特一聲令下，部下們就從左右兩邊架住我。

「兩天後處刑。在那之前，你就待在牢房裡向太陽神祈禱吧。」

我被他們逼著起身，就這樣硬拉著走。兩天後處刑是嗎？我只希望他們會在光天化日之下動手，那樣我就還有一線生機。

艾普莉兒還沒有聯絡我，說不定是她爺爺反對出手救我。一年前發生綁架事件的時候，他也是這麼做的。既然他都可以對娼婦母女見死不救，應該也能輕易捨棄一個沒出息的小白臉。

現在只剩下德茲可以救我。他八成已經從艾普莉兒那邊聽說這件事了。只要那傢伙出手，「聖護隊」根本不算什麼。可是，如果他動用武力幫助罪犯逃獄，他也會變成罪犯。他好不容易才跟妻兒建立起平穩的生活，我可不想讓他變成被通緝的亡命之徒。拜託，你千萬不要亂來啊。

正當我為此抱頭苦惱的時候──

「來人啊！」

我聽到有人在屋子外面大聲喊叫。「聖護隊」那些人開始四處張望，最後看向用來採光的窗戶。

「來人啊！」

我再次聽見呼喊聲。我原本以為是幻聽，現在可以確定了。會這樣大聲求見的公主騎士，全天下只有一個。

不久後，屋子裡熱鬧了起來。腳步聲與勸阻的聲音也逐漸逼近。

「怎麼了？發生什麼事了？」

部下們慌張地衝出去確認情況。他們開門衝出去，但很快就整個人往後滾回房間裡面。

「打擾了。」

艾爾玟繞過那些人，發出響亮的腳步聲走了進來。

「我來接我的小白臉回家。」

可是，她怎麼會出現在這裡？她原本應該還要一段時間才會從「迷宮」回來。

「不好意思讓妳專程跑這一趟，但這裡可不是妳這種人該來的地方。請妳回去。」

有人突然闖進來，然而文森特依舊若無其事地請對方離開。

艾爾玟沒有反駁。她大搖大擺地走過文森特旁邊，從懷裡拿出白布放在我頭上。

「還好吧？賽拉菲娜很快就會趕到，你要撐到那時候。」

「妳怎麼會在這裡？」

「那還用說嗎？當然是來接你回去。」

艾爾玟往後退了一步，直接拔劍砍斷我的手銬。

「我們走吧。」

「謝……謝了。」

我拉著艾爾玟的手，搖搖晃晃地站起來。

「站住。」

文森特當然挺身擋住我們的去路。

「這裡是列菲爾王國。一個來自別國，而且早就亡國的公主，可沒有任何權力。」

艾爾玟從口袋裡拿出一張白紙，在文森特眼前攤開來。

「這是『片刻的太陽』的交還證明書，是我向公會借來的。」

那是公會發還鑑定品時的紀錄文件。文森特的表情扭曲了。雖然我這邊看不到，那份證明書上當然也會有凡妮莎這個領收人的名字。

「上面有列出這東西的特徵與效果，卻完全沒提到太陽神的紋章。換句話說，當公會把這東西交還給凡妮莎的時候，上面還沒有紋章。」

「那又如何？」

「如果是這樣，那個紋章又是什麼時候出現的？如果你無法證明那是馬修拿到這東西之前發生的事情，那你認為他是因為這東西上面有太陽神紋章，才會動手殺人的推理就無法成立。更何況，這東西上面有沒有紋章並不是問題。」

文森特的臉越來越臭。推理被人推翻也是原因之一，不過審問犯人的筆錄洩漏出去，應該讓他很生氣吧。

艾爾玟接著又拿出一本小冊子。

「我應該不需要特地對你這個哥哥說明吧。凡妮莎是個做事一板一眼的人，聽說她以前曾經遇過鑑定品失竊的案件，所以習慣對鑑定品留下詳細的紀錄。這上面也有她留下的紀錄，明確寫著『給馬修的謝禮』。」

「可是……」

「這毫無疑問是凡妮莎本人的筆跡。如果你懷疑，之後可以自己去冒險者公會確認。」

換句話說，「片刻的太陽」無疑是凡妮莎自願送給我的禮物，跟太陽神的紋章一點關係都沒有。不管太陽神的紋章是在給我之前還是之後出現，都不足以成為處死我的理由。

「順便告訴你，我早就『辦好』釋放這個男人的手續了。所以我剛剛才會說我是來接他回去的。」

「……」

推理被人徹底推翻，讓文森特忍不住伸手扶額。我還以為他已經完全無法反駁，但他的眼神看起來還沒放棄。

「我還要告訴你一件事。」

艾爾玟收好那些文件，大聲地宣言。

「馬克塔羅德王國還沒有滅亡，我一定會重新回到那片土地。『我說到做到』。」

「……」

「那沒事了吧？我要告辭了。」

「艾爾玟小姐。」

我們剛在走廊上走了幾步，文森特就從後面叫住她。我們沒必要理他，直接走吧——我正準備說出這句話，他就繼續說了下去。

「聽說在距今一年前左右，妳經常在『夜光蝶大道』出沒。」

艾爾玟停下腳步。「夜光蝶大道」是這個城市的紅燈區，不但到處都是娼館，還有許多人在那裡買賣「禁藥」。

在一年多以前，她確實曾經出現在那附近。

「當然，這沒有違法。不管妳要花錢跟什麼男人上床，都是妳的自由。就跟妳包養那個小白臉一樣。」

「……」

「我記得妳好像常去『紅棺』這間娼館，但那裡可沒有男娼。難不成妳去那裡是為了其他事情嗎？」

「不好意思。」

艾爾玟緩緩轉過身，不以為意地這麼說。

「我完全聽不懂你在說什麼。」

「是嗎？那可真是抱歉。」

文森特假裝恭敬地低頭鞠躬。

「衷心期待下次還能與妳見面。」

艾爾玟沒有回話，直接邁出腳步。她拉著我的手，率先走過空無一人的走廊。我們兩人的腳步聲在周圍迴盪，我緊緊握住她顫抖的手。

「馬修，你這次還真是倒楣。」

當我們走到外面時，艾爾玟終於開口說話了。

「妳不是還要一段時間才會回來嗎？」

「當我們在『迷宮』裡紮營的時候，傳令員跑來告訴我這件事，我就提早回來了。」

為了應對緊急狀況，冒險者公會有專門負責前往「迷宮」內部將訊息傳達給冒險者的傳令員。從翹鬍子那邊得到消息後，艾普莉兒跑去拜託她爺爺幫忙，而她爺爺為了把我的事丟給艾爾玟處理，就派人到「迷宮」裡把她叫回來。事情經過大概就是這樣吧。

「原委我都聽那位『聖護隊』隊員說了。他說『那個沒出息的小白臉犯下過錯被關進牢裡，還哭著向我求救』。」

這些話跟事實有很大的出入。

「我還是頭一次知道，原來你把這種東西帶在身上。」

不知道她是在什麼時候幫我拿回來了。艾爾玟把「片刻的太陽」交還給我。

「我記得你很討厭太陽神。」

「我現在也很討厭。」

而且連那傢伙的名字都不想聽到。

「不過，這東西已經變成朋友留下的遺物，我想丟掉也沒辦法。」

「這樣啊……」

她露出寂寞的笑容。

「對了，妳不需要理會那個叫文森特的臭小子。」

「我知道。」

艾爾玟垂下目光。

「他應該是在調查犯罪組織的時候，偶然聽到了一些傳聞。別放在心上，他沒有證據，只要我裝傻到底就不會有事。」

那妳就不要露出那種畏懼的眼神，不然我會覺得妳只是在逞強。

「要是真有個萬一，我不會給你添麻煩的。」

「等等，那是……」

「話說回來，你的傷還真嚴重。」

艾爾玟不想繼續聊這件事，硬是轉移話題。

她又拿出一塊白布，擦掉我臉上的血漬與髒汙。

「好痛……」

「忍著點。」

艾爾玟露出憐憫的表情。

「我知道你很不甘心，但現在必須忍耐。你總有一天會洗刷冤屈的。」

妳誤會了，艾爾玟。

我會挨揍都是自作自受，有時候就算要我笑著原諒對方也行。

不過，我也有絕對無法退讓的時候。要是有人敢危害我重視的事物，我就只能跟對方拚個你死我活。就算對方只是打算出言威脅，危害這女孩的傢伙就是我的敵人。

抱歉了，凡妮莎。

看來我好像得讓妳哥哥過去陪妳了。

隔天，艾爾玟與「女戰神之盾」再次踏進「千年白夜」。艾爾玟一臉擔心的樣子，但我還是硬把她送走了。他們挑戰「迷宮」的進度本來就落後了，我不想給她添不必要的麻煩，而且其他人也會恨我。

更何況，要是她沒有離開，我也很難下手殺文森特。

不過，對方畢竟是王國的騎士大人，無法跟路邊的小混混相提並論。

要是我直接殺他，「聖護隊」應該會為了保全顏面，盡全力追捕凶手吧。如果情況允許，我想把整件事偽裝成一場意外。為此，我就必須掌握那傢伙的行動模式。

首先，他就住在「聖護隊」總部附近的宿舍，通常都是待在總部裡工作。

他偶爾會出來巡邏或是逮捕犯人，不過身旁當然會有部下陪伴。

到了傍晚時分，他會在下班後去喝酒，獨自走過沒什麼人的馬路，喝個兩杯就回到宿舍。看到他的生活如此規律，讓我無法不體認到一件事。

這是陷阱。

他應該是認為只要故意刺激艾爾玟，我就會有所行動。這就是他當時說那些蠢話的目的。雖然我感覺不到有別人躲在附近，但他應該是有勝算吧。他想讓我傻傻地自己出現，再反過來解決掉我嗎？這傢伙真是卑鄙。

既然知道是陷阱，自己也應該放棄跟蹤他，但今天跟平常不太一樣。他在黃昏時分走出總部，然後選擇走不同於平時的另一條路。他可能是發現每次都走同一條路不太好，才會改走另一條，不過也可能只是一時興起。我小心翼翼地跟在他後面，結果來到一條熟悉的道路。這是通往凡妮莎家的路。

當太陽完全下山，黑暗籠罩著城裡時，文森特跟我想的一樣，來到凡妮莎的家。不過，房子早在火災時付之一炬，現場只剩下變成瓦礫的燒焦地基、柱子與牆壁。聽說這些瓦礫再過不久就會被搬走，這裡也會開始蓋新房子。他應該是來這裡找尋妹妹留下的痕跡吧。他踏進房子的廢墟，走沒幾步就蹲了下去，撿起化為焦炭的家具碎片。從我這邊看不到他的臉，但他現在大概很感傷吧。

正當我想著可以趁現在殺掉他的時候，聽到從四面八方聚集過來的腳步聲。

我心想這果然是陷阱，躲起來準備應戰時，一群人拿著刀劍從巷子的各個角落現身了。對方應該有十個人。他們身上的服裝都不一樣，但每個人都蒙著臉，二話不說就殺向文森特。

文森特突然遇到襲擊，內心似乎有所動搖，但他看起來並不害怕。他拔出掛在腰間的劍，想趁被人包圍之前轉身逃跑。

「站住！」

其中一名蒙面客追了上去。對方叫喊的聲音聽起來不像地痞流氓，追趕文森特的步伐也跟軍馬一樣強而有力。他們利用人數優勢，擋住文森特的去路。只要一度停下腳步就會立刻被追上。對方成功包圍了文森特。

「你們是什麼人？強盜嗎？還是某個組織的手下？」

文森特一邊大聲質問對方的身分，一邊不斷迅速移動視線。他是想用話語牽制對方，同時找尋讓自己活下去的方法吧。他故意大聲喊叫，應該也是希望有人發現。不過，這個城市裡可沒有太多願意主動替自己找麻煩的好人。事實上，雖然附近就有好幾間房屋，卻沒有人要出來查看情況。現在明明才剛入夜，還不到人們就寢的時間。

其中一個蒙面客發出不像是刺客的吼叫聲，揮劍砍了過去。文森特用熟練的手法把劍架開，然後順勢砍中對方的手腕。在噴出鮮血的同時，手腕也掉在地上。對方發出慘叫，痛苦地倒在地上打滾。他才剛讓一個敵人失去戰鬥力，第二個人與第三個人立刻同時衝了過去。文森特努力揮著劍，試圖找出一條生路，但那些蒙面客的行動毫無迷惘，而且正確無比。只要有人受傷就會立刻後退，由其他人補上揮劍砍向文森特。

文森特拚命抵抗，但場地太惡劣了。當他的上臂挨了一劍開始流血，動作就變得越來越遲鈍。看來他已經沒救了吧。這些蒙面客不是普通的小混混，而是某個組織派來的刺客，也可能受過訓練。

如果放著不管，他很可能會在自己妹妹死去的地方喪命。這個亂倫妹控應該會爽到絕頂升天吧。我甚至不用親自下手，省去了不少麻煩。

永別了。永遠沒機會跟你一起喝酒，我也覺得很遺憾呢。

正當我準備走掉時，發現自己又低頭看著雙手了。

「……」

我的決心沒有改變。如果有那個必要，不管要我勒死凡妮莎幾次都行。

我也不是那種會想幫自己贖罪的人。文森特是個高高在上的討厭鬼，死了正合我意。為了艾爾玟好，他死掉對我來說也是好事。

不過，讓他在這個時間點這樣死掉，或許有些不妙。要是正在懷疑我們的文森特突然死掉，艾爾玟會怎麼想？我過去都是背著艾爾玟暗中處理掉對方，但這次可不一樣。就算她是個不諳世事的公主，要是對自己不利的人每次都正好消失，她不會覺得奇怪嗎？

還不只這樣。雖然我不知道對方是誰，但那些刺客似乎不打算把這件事偽裝成意外。「聖護隊」裡的人都知道我跟文森特之間的糾紛，我這次很可能被當成殺死文森特的嫌犯遭到逮捕。而且要是讓文森特現在就死掉，還在試行階段的「更生院」也會化為泡影。為了今後著想，我應該盡量保留希望的幼苗。

所以，這只是我考量過利害得失後做出的選擇。就只是我欠凡妮莎的人情、讓艾爾玟發現我祕密的風險、我自身的安全、「更生院」與研究中的治療法這些因素，讓天秤稍微傾斜罷了。

「在這邊！卡萊爾大人有危險！」

我捏著鼻子偽裝成別人的聲音。這是我擅長的技能，也就是模仿黑肉男的菸酒嗓。

那些蒙面客回過頭來。他們沒有被突如其來的呼喊聲嚇到，而是互相使了個眼神，派出三個人往我這邊過來。我的模仿技能居然不管用？當我為此感到慌張的時候，對方也逐漸走向躲在暗處的我。這下糟了。

我背對著敵人拔腿就跑，衝過兩個轉角，還越過躺在路上的醉漢，一邊確認文森特等人是否看不到這裡，一邊從懷裡拿出半透明的水晶球。

「『照射』。」

在我喊出咒語的同時，「片刻的太陽」發出耀眼的光芒。

三名蒙面客有一瞬間畏縮了，但他們很快就低著頭朝我衝過來。一群蠢貨。

結果當然是秒殺。我先是一拳把對方的臉打到陷進去，又躲開砍過來的劍，伸手握碎另外一人的喉嚨。最後一人完全嚇傻，被我抓住腦袋塞進牆壁。

確認對方完全不會動之後，我把手伸進他們的衣服，結果找到了眼熟的東西。是警笛。我先用衣服擦乾淨，然後吹響警笛。

我短暫地連續吹了幾下。這是衛兵請求支援時的信號。

我突然聽到吵鬧的聲音。我回到現場一看，發現那些蒙面客已經快步逃走了。文森特茫然望著那些傢伙的背影，然後就屈膝跪在地上大口喘氣。

「嗨，好久不見。」

整理好自己的儀容後，我走過去向他搭話。雖然文森特下意識地想要站起來，但他很快就皺起眉頭，重新跪了下去。

「別勉強自己了。反正巡邏的衛兵很快就會趕到，你只要向那些傢伙求救就行了。」

「剛才大聲求救與吹警笛的人是你嗎？」

「我不知道你在說什麼。」

要是我實話實說，感覺又會惹上麻煩。畢竟我是個含蓄的好男人，不喜歡拿救命之恩來討人情。

「你不是來殺我的嗎？」

「怎麼可能？」

我聳聳肩膀。

「被你們打傷的地方還在痛呢。因為我實在睡不著，才會在晚上出來散步。」

「你以為我會相信這種鬼話嗎？」

「信不信是你家的事。不過，我們可以巧遇也算是一種緣分吧。我想給你一點忠告。其實我原本都會收一筆不算少的費用，但你不用擔心付款的問題。因為你妹妹已經給我了。」

我對不起她一次，但也幫了她一次。再來只要能讓負債一筆勾銷，我就不需要繼續對她感到虧欠。

「你要給我忠告？」

「一共有兩個。」我先豎起一根手指。

「一個是關於你剛才被人襲擊這件事。那應該是你『同伴』幹的好事吧？」

看動作就知道對方是受過訓練的人。就算我會模仿黑肉男的聲音，對他們「自己人」也不會管用。就是因為他們聽到聲音之後，馬上就認定我是冒牌貨，才會毫不猶豫就派人過來殺我。

「你有想到對方可能是誰嗎？不過，我猜對方應該是有跟黑社會組織拿錢的傢伙。」

「……你說的那種人不存在。」

文森特一臉尷尬地別開視線。雖然他嘴上這麼說，卻露出正在努力回想的眼神，拚命試著找出真相。

「……還有一個。」

我豎起第二根手指。

「你說你來到這個城市是為了復仇。不過，那應該是騙人的吧？」

「你說什麼？」

文森特激動地叫了出來。

「你是在十九歲那年正式當上騎士。換句話說，凡妮莎當時是十七歲。就在那一年，你們兄妹遇上了天大的災難。」

家裡的事業失敗，父親也身敗名裂。文森特那個曾經是藝術品商人的父親，因為灰心喪志而染上「禁藥」，行為與想法都變得不正常了。文森特當時已經被人收養，母親也在家道中落之後就臥病在床。這讓凡妮莎不得不獨自面對自己的父親。

「凡妮莎好像有寫信給你，但你沒有回信。聽說你後來幾乎沒寫信給她，理由當然是為了騎士的爵位。畢竟你就快要當上榮耀的騎士了，一定不想讓人知道自己的親父成了毒蟲。」

「給我閉嘴。」

「我能體會你的心情。你就快要出人頭地了，當然不希望被感情不好的父親扯後腿。」

所以他無視妹妹的請求，把她跟親生父親一起捨棄掉了。最後他父親因為「禁藥」而死，凡妮莎也為了還債，跑到滿是笨蛋與莽夫的冒險者公會上班。

「儘管結果算是皆大歡喜，但你的良心過意不去。你覺得自己對不起凡妮莎。」

雖說是逼不得已，他還是一度對妹妹見死不救。這股內疚一直在折磨文森特的心。就算想要當面道歉，但雙方的距離實在太過遙遠，文森特可能也很忙碌，於是就完全沒跟妹妹聯絡，遲遲沒有去做這件事。他甚至沒想過要來跟妹妹見面。

「凡妮莎在這段期間也忙著工作，總是跟一些奇怪的男人交往。不管是奧斯卡這個『禁藥』販子，還是史達林這個沒出息的畫家，她會跟這些男人交往，應該都是因為你不在她身邊。至少你是這樣認為的。」

她每次都跟那種人渣交往，應該有一半是因為父親與哥哥的影響，但另一半就是她本人的喜好了。

「可是，在你道歉之前，凡妮莎就過世了。你永遠沒機會向她道歉了。」

要是可以重新回到那時候，他說不定可以讓父親受到妥當的治療；說不定家裡的店也不用倒閉，可以讓凡妮莎找個女婿繼承下去；說不定凡妮莎也不需要扛著債務到冒險者公會上班，現在也在這個城市裡安穩度日。這些不確定的推測在不知不覺中變成肯定的答案，最後變成文森特心中的枷鎖。

凡妮莎也是這樣。她也一直對淪落為娼婦，最後下落不明的波莉感到歉疚。這對兄妹在這種莫名其妙的地方還真像。

「不要再說了。」

「罪惡感日漸膨脹。就在這時，你得知『聖護隊』的事情。你心想至少要替自己妹妹居住的城市做些什麼，才會為了贖罪來到這裡。我有說錯嗎？」

「你懂什麼！」

他大聲呼喊，抓住我的領口拉向自己。

「說得好像自己很懂的樣子！你有什麼證據……」

「因為你眼中只有怒火，幾乎沒有熱情。」

不是因為冷靜，而是因為原本就不感興趣。

「你想幫她報仇，也只是為了逃離罪惡感，才會做做樣子罷了。所以你才會故意對管理紀錄視而不見。難道不是嗎？連艾爾玟這位公主大人都能找到的證據，你應該不可能找不到吧！」

照理來說，貴重品的管理紀錄應該是第一個要找的證據。他會盯上我，只是因為我最可疑，也最適合「擔任犯人」，而不是為了找出真相。就連他推理中的犯罪動機，也只是觀察我的反應之後才挑選出來的。

文森特從一開始就不打算查出真相。他只想得到妹妹的「原諒」。他只是想要被妹妹原諒罷了。

「別懷著罪惡感做事，因為通常都不會有好結果。」

「給我閉嘴！」

他情緒激動地揍了我的臉頰。我整個人倒在瓦礫與灰燼上面，然後又被文森特騎在身上。他一手抓住我的脖子，不斷揮舞著另一隻手。

「人是你殺的！殺死凡妮莎的人就是你吧！」

我仰躺在地上，眼裡只有文森特的臉龐與拳頭。他端正的五官早就變得扭曲，看起來像是在哭泣，也像是在發怒。我突然很想知道自己當時的表情。不知道凡妮莎看著我的臉死去的時候，我臉上掛著什麼樣的表情。

「你要這麼想是你的自由。不過，就算你把我送上處刑台，你心中的罪惡感也不會消失。因為那是你自己的問題。」

「我不是叫你閉嘴了嗎！」

「比起對付我這種人，你更應該去幫她掃墓不是嗎？你應該還沒去過吧？」

拳頭在我眼前停了下來。

「你怎麼會知道？」

「我今天早上去過了，但那裡還是跟之前一樣。至少我沒看到你給她的祭品。」

既然他會打聽地點在哪裡，就表示他應該想去，只是拿不出勇氣吧。真是個懦夫。

文森特不再使力，我趁機從他身體底下爬了出來。

「你必須先面對自己心中的凡妮莎與父親。報仇這種事之後再做也不遲。」

我緩緩站了起來，拍掉身上的灰塵。文森特沒有繼續揮拳打過來。

「我的忠告都說完了。這樣我的負債也算是一筆勾消了。」

我背對著他邁出腳步。

「你要去哪裡？」

「回家。」

明明才剛請人用治療魔法幫忙治好，結果我又被人打成豬頭了。我可不想再讓艾爾玟為我操心。

「再見。夜遊也該適可而止喔。」

揮手道別後，我就這樣離開了。

「原來你在這裡。」

幾天後，我在白天來到「夜光蝶大道」閒逛時，某人叫住了我。那人正是文森特。

「那是你幹的好事對吧？」

「你是指什麼？」

「你還記得我之前被人襲擊的事情吧？」

「你是說我被你痛毆一頓那件事嗎？」

雖然我好心幫他更正，但文森特沒有向我道謝。

「那些跑去襲擊我的傢伙已經被抓到了。」

犯人果然是「聖護隊」裡的傢伙。在那些被派去支援的隊員之中，並不是只有衛兵，還有曾經在這個城市的領主底下任職的騎士。那些傢伙全都成了以文森特為首的王國騎士的部下。

就算雙方主人的身分有段差距，一個外來的傢伙不但跑來侵犯自己的地盤，還成了自己的頂頭上司，也難怪那些傢伙會感到惱火。而且他們也很難跟過去一樣，繼續向商人與黑道要錢和女人了。就算那些傢伙都是些人渣，一旦微不足道的自尊心與錢財同時受到侵害，也會想要找機會報仇。

「在那些跑去襲擊我的人之中，除了被我斬殺的人，還有三個人也死了。他們全是被超乎常人的蠻力殺死。」

也許是看過那些屍體，文森特面露懼色。

「那你怎麼會認為我是凶手？你應該知道我是個軟腳蝦吧？」

「我們審問犯人之後才知道，那三個死掉的傢伙當時都跑去調查可疑的聲音。後來有人吹響警笛，然後你就出現了。如果要說這是偶然，也實在太過湊巧。」

說完，文森特一把抓住我的上臂。

「照理來說，你有這種體格，力氣不可能小成那樣。就算要說你身上有傷，你的動作看起來也很正常。換句話說，你是在故意隱瞞自己的蠻力。」

「你是說，我寧願被那些小混混痛扁，搶走身上的錢財，也要隱瞞自己的實力嗎？」

「如果是為了艾爾玟小姐，這也不是不可能的事情。」

我不屑地笑了出來。

「我比艾爾玟還要早來到這個城市。我當時就經常被人毆打搶劫了。如果你覺得我在說謊，可以隨便抓個小混混打聽一下。」

「不然就是你的同伴……」

「你說的同伴又是誰？先說好，艾爾玟他們那天都在『迷宮』裡，德茲也在冒險者公會上夜班。那種人根本不存在。」

文森特一言不發。他仔細觀察我的一舉一動，想知道我有沒有在說謊。真是煩死人了。

「更何況，那些傢伙都想要殺了你不是嗎？為什麼你需要找出殺死他們的犯人？要當好人也該有個限度吧？」

「這就是所謂的秩序。」

「真了不起。」

這我實在無法理解。我把手一甩，結果很輕易就讓文森特放手了。

「你問夠了吧？我還有點事情要去辦。」

「喂，我話還沒說……嗯？」

文森特突然轉頭看向巷子裡面。

「喂，艾爾玟小姐應該還在『迷宮』裡面對吧？」

「是啊。她有說要到傍晚才會回來。」

在我們眼前，有一位留著紅色長髮的女性背對著我們走在路上。

我還來不及發出聲音，文森特就衝了過去。

「可以請妳留步一下嗎？」

文森特自鳴得意地叫住對方。女人回過頭來。

「咦？」

他驚呼一聲。儘管髮型與服裝都很像，但對方毫無疑問是別人。雖然她也算是一位美女，然而長得跟艾爾玟完全不像。

文森特大吃一驚，但他很快就清了清喉嚨，重新振作了起來。他擺回「聖護隊」的騎士大人該有的表情。

「妳是誰？為什麼要把自己打扮成『深紅的公主騎士』？這不可能是個偶然。」

「你是說這個嗎？這是我們店裡的制服。」

女子用棉花糖般嬌滴滴的聲音如此回答。

「因為那位公主騎士大人很受歡迎，但大家又沒機會一親芳澤，所以只要我們打扮成這樣，客人就會覺得很開心。」

她拿下假髮，露出修剪整齊的黑色短髮。

「其實店裡有要求我們不能穿成這樣出來，但剛才有客人忘記把東西帶走，我才會急忙衝出來。」

「……妳們做這種事情多久了？」

「讓我想想……大概有一年多了吧。公主騎士大人之前不是曾經幫忙解決綁架事件嗎？大概就是從那時候開始的。這位大哥，你要不要也來我們店裡玩玩？我們的店離這裡很近，就在『紅棺』這間娼館隔壁而已。」

文森特露出失望的表情，然後就讓那名女子離開了。看著那位打扮成艾爾玟的女子走進巷子之後，他轉過頭來。

「你知道這件事嗎？」

「拜託你不要告訴她本人。」

我語帶不耐地這麼說。

「要是讓她知道在那間娼館裡面，有人打扮成她的樣子在男人身上扭腰，肯定會發生腥風血雨的慘劇。」

「難道你就不想讓那間店停止這種行為嗎？」

「我勸過他們了。結果他們要我付錢，彌補他們為此損失的營業額。真是聽不下去。」

「這樣啊……」文森特露出疲倦的表情，輕輕搖了搖頭。

「你說得沒錯，這麼做真的不會有好結果。對不起，我會找機會向艾爾玟小姐道歉的。」

看來我的計畫成功了。

剛才那名女子當然是我安排好的演員。我算準文森特出來巡邏的時間，事先請她剛好在這時候經過這裡。我以前就知道她會穿成那樣接客。雖然這是非常不光彩的事情，但我覺得或許可以派上用場，才會故意「留她一命」，結果真的奏效了。

「你話都說完了吧？那我要走了。記得去跟艾爾玟道歉喔。」

「慢著。」

「還有什麼事嗎？」

我有些不耐煩地回過頭去。文森特略顯尷尬地別開目光，說出了這句話。

「……我去幫凡妮莎掃墓了。」

「感覺如何？」

「我不知道。不過，我覺得心裡的大石頭好像變輕了。」

事實上，文森特好像終於找回平常心，表情變得輕鬆多了。

「我在凡妮莎墳前再次發誓了。我絕對不會放棄，一定要幫她報仇。」

「隨你高興。」

雖然留下了一個麻煩的傢伙，但現在就先不管了。我就暫時饒他一命吧。不過，我可不會放過他第二次。

事情辦完之後，我來到冒險者公會。之前安排好的事情遇到了點麻煩，所以我跑來拜託德茲幫忙。

「奇怪？」

附屬樓房那邊不知道在吵些什麼，有一群冒險者聚集在房子周圍看熱鬧。我記得那邊應該是鑑定室才對。

「發生什麼事了？」

我隨便在旁邊找了個冒險者打聽。

「該不會是有漂亮的金髮大姊姊在扭腰吧？」

「小白臉，你猜對了。」

眼前的肌肉壯漢笑著這麼說。

「這次新來的鑑定師又是個美女，屁股超級大。雖然跟你家的公主騎士大人不同類型，但也算是相當漂亮。」

「我也要去看看。」

只要聽到有美女，我就會想要見識一下。當我從人群上方探出頭，努力找尋美女的身影時，附屬樓房的門打開了。

「不錯喔。」

她有著一頭披在背後的柔順金髮，還有眼角上揚的藍色眼睛，鼻梁高挺，嘴唇也很厚，給人一種艷麗的感覺。她的身材凹凸有致，只要稍有動作，掛在脖子上的藍寶石項鍊就會跟著跳動。她穿著一件黑色外套，底下則是紅色連身迷你裙，裙襬高過膝蓋。總覺得只要她稍微蹲下，別人就能看到她的內褲。這身打扮實在太色情了。她的雙手都戴著白手套。

她還拿著一個疑似裝著鑑定品的小木箱。

這群白痴冒險者立刻對她說出下流的話語，但她似乎不以為意。她隨口說了幾句話，輕易就打發掉那些人了。看來她很習慣應付那種笨蛋，應該不會遇上麻煩。

當我順利一飽眼福，準備轉身離開的時候，正好跟她對上視線。

「喂。」

她繞過圍觀的人群，用有些低沉的甜美嗓音對我這麼說：

「你該不會就是那位小白臉吧？我記得你好像叫作……馬文對不對？」

「我叫作馬修。」

「對，就是這個名字。不好意思，我不太擅長記住別人的名字。」

她小聲笑了出來。

「妳該不會是要找我去約會吧？別看我這樣，我可是很忙的，不過我願意為了妳……」

我想摟住她的肩膀，伸出去的手卻撲了個空。

「你答對了。」

她低頭看著差點就要往前撲倒的我，說出了這句話。

「我的名字叫作葛羅莉亞，有點事想請你幫忙。你可以陪我一下嗎，小白臉先生？」

第三章

鑑定師的放逸

我們來到附屬樓房裡的鑑定室。我和葛羅莉亞隔著透明隔板，面對面坐了下來。

「妳在眾目睽睽之下那麼熱情地邀請我，結果竟然把我帶到這麼沒有情趣的地方。」

我斜眼一看，發現左右兩側也擺著用來阻隔視線的木板。這樣不但讓人覺得很狹窄，還有種強烈的壓迫感。不過，這才是正常情況。

冒險者公會的鑑定師通常都是三個人共用一個房間。房間內部被均分成了三個區塊。

「我可是直接被公會長挖角過來，結果竟然被人當成菜鳥對待，這樣實在太過分了，讓我有種受騙的感覺。」

就只有凡妮莎那種實力得到肯定的優秀鑑定師，才能擁有個人辦公室。

「妳說自己是被挖角過來，所以之前是在其他公會當鑑定師嗎？」

「是啊，我是從『歪曲燈塔』過來的。」

那是位在西北方的港都。我是沒去過，不過聽說那裡的貿易活動非常興盛。那種城市的冒險者公會總是會收到各種物品。當然，鑑定師的工作量也很驚人。

「為什麼妳要來到這裡？」

「因為薪水吧。公會長說要多給我一倍的薪水。」

冒險者公會也會努力搶奪優秀的人才。尤其是鑑定師這種擁有專業技能的人才，更是經常被人挖角。凡妮莎還在世的時候，就曾經被其他公會挖角好幾次。

「我從昨天開始上班，現在正忙著交接。聽說我的前任突然死掉，留下許多有待鑑定的物品，讓我從昨天忙到現在。」

她輕輕搓揉自己的左手腕，身後還有堆積如山的木箱與小木桶。

「那可真是辛苦妳了。」

我這麼說道。

「真叫人同情。」

「就是說啊，鑑定師就是這麼辛苦的工作。可是，那些冒險者總是說我們不用戰鬥，工作非常輕鬆。想到就讓人不爽。」

她整個人趴了下去，把下巴擺在桌上。

「如果妳要發牢騷，我們去酒館聊不是更好？」

我願意陪她聊到早上……啊，不行。今天是艾爾玟要回來的日子。

「我忘記正事了。其實我有件事想請你幫忙。」

葛羅莉亞拿出一塊年代久遠的破布。那塊布差不多跟小孩的披風一樣大，中間有超過一半的地方都被染成紅黑色。那八成是血跡。其他地方也變成褐色，還有著像是被蟲子啃過的破洞。

「那是什麼東西？在初夜用過的舊床單嗎？」

「這是『貝蕾妮的聖骸布』。」

我不屑地笑了出來。這不就是典型的「詐騙商品」嗎？

傳說的內容大致上是這樣的。很久很久以前，在某個深山的村子裡，有一位名叫貝蕾妮，雖然生活貧苦但心地善良的女孩。父母在她小時候就過世了，她獨自靠著耕種一小塊田地過活。後來，貝蕾妮也長大成人，跟村子裡的年輕人結婚了。某一天，當她在屋外收晾乾的衣物時，她看到一道耀眼的光芒墜落在村外。她趕過去一看，發現一位俊美的青年流著鮮血倒在地上。貝蕾妮趕緊用手上的床單幫青年擦掉身上的鮮血。然後青年醒了過來，向貝蕾妮道謝之後，就重新回到天上了。其實那位青年就是神。神離開之後，貝蕾妮抱著床單回到村子裡，撞見這一幕的年輕人憤怒不已。

「那塊血跡是怎麼回事？妳是不是跟其他男人上床了？」

年輕人指責貝蕾妮，然後就把她趕出村子。

正當絕望的貝蕾妮抱著床單，準備從懸崖上跳下去時，留在床單上的神血引發了奇蹟。貝蕾妮的背後長出了翅膀，就這樣飛到天上。後來，那件沾著神血的床單又引發了許多奇蹟。有時候是憑空創造出麵包與葡萄酒，有時候是幫人療傷，有時候是變成巨大的盾牌保護貝蕾妮。貝蕾妮在世界各地旅行，靠著床單的力量引發奇蹟，拯救了許多人。最後，貝蕾妮成了人們口中的聖女。在她過世之後，人們把那件床單與她的屍體一起葬在墳墓裡。而那件床單也在不知不覺中被人稱為「貝蕾妮的聖骸布」。真是可喜可賀啊。

那件聖骸布應該是跟她的屍體葬在一起，但後來好像被盜墓者偷走了。偶爾會有號稱是聖骸布碎片的東西被人拿來掛在某間教堂之中，或是被可疑的宗教人士拿來當作施展奇蹟的道具，不然就是變成贓物店裡在賣的破抹布。我從來不曾聽說過有真貨出現。

「這是冒牌貨吧？」

「這東西的年代相當久遠。而且還能感覺到魔力，就算不是真貨，也可能是相當貴重的魔法道具。」

不過，在我眼中只是塊破布就是了。

「這東西跟我有什麼關係？」

「我想請你幫忙找出把這東西拿來鑑定的人。」

「妳這話是什麼意思？」

「把這東西拿來鑑定的人突然失蹤了。」

這件事發生在一個多月前。某個男人把這塊破布拿到公會，還說這塊破布可能是「貝蕾妮的聖骸布」，希望公會幫忙鑑定。不過，因為負責鑑定的鑑定師隔天就突然身亡，讓這東西就這樣被丟在一旁。負責接手的葛羅莉亞立刻做了鑑定，卻無法證實這東西到底是真是假。她想要聯絡委託人，告訴對方目前的鑑定結果，但對方已經從原本居住的旅館退房。雖然對方好像還沒離開這個城市，卻不知道跑去哪裡了。

「既然那人就這樣跑掉，就代表他不需要這東西了吧？直接讓公會據為己有不就得了嗎？」

「就是沒辦法這麼做啊。」

根據冒險者公會的規定，如果要處理掉鑑定品，至少得等到聯絡不上委託人超過半年之後，不然就是要拿到委託人的簽名。因為冒險者公會以前經常發生鑑定品失竊的案件，才會有這樣的規定。

「要是委託人死掉該怎麼辦？」

我從凡妮莎那邊得到的「片刻的太陽」，好像也是這樣來的。

「那就不需要遵守這些規定，不過我也無法證明委託人死掉了。這樣我就不能處理掉這個東西，只能等到半年之後再來處理。」

「那妳也只能等了吧。」

「鑑定品不是經常失竊嗎？」

「是啊。」

因為有人會偷走鑑定品。不過，就算是我也不會去幹那種事。

「要是東西失竊了，結果委託人又突然跑回來，那我不就有麻煩了嗎？而且公會長還說過，只要我把這些鑑定品全都處理完畢，就會讓我搬到個人辦公室。我不喜歡跟別人一起工作，那會讓我無法專心。」

她一臉不耐煩地輕輕敲打旁邊的木板。

「我知道妳想找出那位委託人，但妳怎麼會找上我？妳應該也能拜託那些冒險者或同事幫忙找人吧？」

「我問過那位矮人先生，結果他說你比較擅長找人。」

看來是德茲那傢伙嫌麻煩，就把這件事推給我。這裡的冒險者確實只會動粗，不擅長找人，男性職員也全都是那種粗人。不過，如果拜託女性職員幫忙，結果害對方出什麼意外就糟了。

「如果酬勞夠豐厚，要我幫忙也不是不行。」

反正我很閒。

「先說好，我的價碼可不便宜。我好歹也是某位大人物的專屬小白臉，妳必須拿出配得上我的……」

「我可以陪你一晚。」

我一時之間啞口無言。

「妳是指男人跟女人會做的事情，而不是射飛鏢或玩牌對吧？」

「做愛、性交、交媾、行房、陪睡、炒飯、上床……反正就是那種事情。我也不是很有錢，你又是個小白臉，應該很喜歡做那種事吧？」

「我超愛的。」

「只要你願意做好避孕措施，我可以讓你做到最後。」

真的假的？我再次仔細觀察葛羅莉亞的身體。她的長相完全是我的菜，雖然屁股很大，形狀倒是不難看。胸前的雙峰也快從衣服裡蹦出來了。她的身材實在讓人慾火難耐。

「喜歡嗎？」

葛羅莉亞向前彎腰，主動拉開領口露出胸部。讚喔。我愛死這種姿勢了。要是拜託艾爾玟這麼做，我應該會被她殺掉吧。

「那妳可以配合這種玩法嗎？」

我隔著透明隔板在葛羅莉亞耳邊說悄悄話。最近就算是去娼館，也有很多地方都要另外加錢才能這樣玩。

「……好吧，我答應你。」

「那我們就說定了。」

儘管她的眼神變得有些冰冷，但我得到她的承諾了。這讓我變得充滿幹勁。

「那就麻煩你了。這是那位委託人的資料。」

我收下她拿過來的兩張紙，然後揉成一團塞進褲子後面。

「為了保險起見，我還是問一下吧。可以請妳預先付款嗎？」

「不行。」

「至少也該給我保證金吧。」

「你把臉靠過來一下。」

她擺出要小聲說話的姿勢，讓我把臉靠過去。我把臉緊貼著半透明的隔板，葛羅莉亞的臉逐漸逼近。

她隔著玻璃板親吻我的臉頰。

「我現在只能給你這些。」

「又不是給小朋友的零用錢。」

我忍不住苦笑，但其實我並不討厭這種小把戲。

「雖然沒有期限，我還是希望你盡快搞定。小白臉先生……不對，我應該叫你馬歇魯姆（Mushroom）先生才對。」

「我叫馬修。」

我走出鑑定室。

雖然接下了意料之外的麻煩任務，報酬卻非常誘人。只要一個晚上就夠了，她以後就會主動來找我了。

當我沉浸於令人心蕩神馳的妄想世界時，肚子突然傳來一陣劇痛。

「拜託別發出那種噁心的聲音。」

我回過神來才發現，大鬍子就站在我面前，擺著一張臭臉瞪著我。

「德茲，原來是你啊。你長得實在太高了，害我把你誤認成柱子了呢。」

他這次又往我的側腹揍了一拳。這個鬍子惡魔是想要打碎我的肝臟嗎？

「不要一直揍我啦。我才剛幫你擦過屁股耶。」

我說出從葛羅莉亞那邊接到委託的過程。

「她說她來自『歪曲燈塔』，但她到底是何方神聖？她應該不是普通的鑑定師吧？」

她的一舉一動毫無破綻。那是學過武術的人才有的身手。

「這個我也不是很清楚，但我聽說她在那裡還當過『看門狗』。」

「這樣啊……」

冒險者公會的每個分會都會僱用冒險者。這些冒險者的工作是找尋失蹤的冒險者，以及幫他們收屍，有時候也會負責制裁違反規定的傢伙。這些人就叫作「看門狗」或是「獵犬」，需要具備一定程度的實力。德茲也算是「看門狗」，但他的腳太短了，應該不能算是狗，而是山豬才對。不過，要是我說出這件事，肯定會被他殺掉，所以我不敢說出來。

「她的鑑定技術也是一流，但那邊的人都說她是個怪人。據說她很喜歡收集一些奇奇怪怪的東西。」

「你可別告訴我她在收集屍體。」

「不是屍體，是贗品。」

「據說她喜歡收集知名藝術品的冒牌貨。」

德茲露出無法理解的表情，輕輕搖了搖頭。

「那可真是奇怪。」

她會那麼在意冒牌貨滿天飛的「貝蕾妮的聖骸布」，也是因為這個興趣嗎？

「那你又是來這裡做什麼的？該不會又要來借錢了吧？」

「我是要來告訴你一個賺錢的好機會。」

我想起自己來到這裡的目的。我原本就是要來找德茲的。

我們來到德茲的休息室，然後繼續說了下去。

「我又要跟矮冬瓜來場扳手腕比賽了。」

我們前陣子聊著聊著，不知為何就決定要來比腕力，結果我輸給了一個年約十三歲的女孩。

「你當時不在現場，其實我差一點就要贏了。」

「可是我聽說你輸得很慘。」

「那傢伙是亂說的，他是個騙子。我勸你最好趕快跟那種人絕交。總之，艾普莉兒贏過一次就得意忘形，又向我下挑戰書了。要是我贏了，她就會給我錢；要是我輸了，就得在冒險者公會工作。」

「這是件好事。」德茲扳了扳手指。「把手伸出來。」

「你根本就是想要折斷我的手吧！」

「我只是開個玩笑。」

這傢伙絕對是認真的。這個大鬍子真是太可怕了。要是他改變心意就糟了，於是我繼續說下去。

「結果我答應了這個條件。不過，比賽時間與地點可以由我來決定。」

德茲似乎看穿了我的計畫，露出傻眼的表情。

「比賽地點就在公會外面，比賽時間則是白天，而且當然是在晴朗的日子比賽。換句話說，我穩贏不輸。」

「你這根本就是作弊吧。」

「我只是讓自己能發揮出原本的實力，怎麼能算是作弊？」

打仗的時候也是一樣，不能只比雙方士兵的人數，還得把地形與天氣這些對己方有利的因素也考慮進去，才能跟別人開戰。

「接下來就是正題了。我跑去找賭博業者西蒙，請他幫忙當這場比賽的莊家。可是他說根本沒人要賭我贏，這樣賭局根本無法成立。」

「我想也是。」

「所以呢……德茲，你就賭我贏吧。你應該也很明白吧？這種穩賺不賠的好事可不多。」

「每個騙子都是這麼說的。」

「拜託你啦。因為我們兩個是朋友，我才會告訴你這件事。你就順便賺點小錢，買個禮物送給老婆吧。」

「你去拜託公主大人吧。」

「我已經向她拜託過了。」

不過我沒告訴她比賽的賭注是什麼。

「結果你知道她怎麼說嗎？她說我『不知羞恥』。」

「我也這麼認為。」

德茲這傢伙竟敢這麼囂張。

「而且你這小子運氣很差，就算是在穩贏不輸的牌局，也還是可以抽到鬼牌。」

「平常是這樣沒錯。不過，我這人總是會在緊要關頭抽到王牌。」

德茲難掩疲倦地嘆了口氣。

「算了，賭就賭。莊家是西蒙對吧？我晚點就去找他。」

「德茲，我就知道你是個明事理的人。」

「不過我要賭大小姐贏。」

德茲一臉理所當然地這麼說。

「她是想要讓你去工作不是嗎？那我也只能幫她一把了。你就給我努力流著汗水，為世人做出貢獻吧。」

我被老朋友背叛，心灰意冷地從冒險者公會的樓梯走下來。那個大鬍子太可惡了，我好心告訴他賺錢的門道，但他竟然不肯領情。到時候他輸到脫褲也不關我的事。

「啊，馬修先生！」

當我來到一樓時，艾普莉兒從櫃檯後面衝出來。

「你來得正好。請你在這上面簽名。」

她露出最燦爛的笑容，把一張誓約書拿到我面前。雖然格式跟冒險者公會使用的定型誓約書很像，但只要看筆跡就知道，那是艾普莉兒親手寫出來的東西。她做得很完美。

「因為你這個人只要輸了比賽，絕對會想用奇怪的藉口或謊言毀約。」

這女孩竟然學聰明了。真不知道是受到誰的影響。

我決定先看看誓約書的內容。看完之後，我小聲叫了出來。

內容很簡單。要是我輸了，就得在冒險者公會工作一段時間。工作內容是在冒險者公會裡打雜，以及擔任專屬冒險者的助手。簡單來說，就是要我在德茲底下做事。

拜託饒了我吧。要是讓我去當那傢伙的部下，我肯定會更常挨揍。

「我跟爺爺商量之後，他幫我想到了這個辦法。他說這種工作應該連你也做得來。」

寵孫女也該有個限度吧。

「來，快點簽名。要簽自己的名字喔。」

「好啦。」

她就這樣監視著我，還把筆硬塞到我手上，讓我只能乖乖照做。我照著她的指示簽名了。不過，其實我也不確定這個不是本名的簽名是否有效。

「這樣就行了。等你決定時間跟地點之後，就跟我說一聲吧。不准作弊喔。」

「沒問題，這會是一場真正的全力對決。」

等著瞧吧。我要贏得這場比賽，把矮冬瓜的零用錢全部拿去賭鬥雞。

我決定暫時把這件事擺在一邊，先去幫葛羅莉亞找人。我看了鑑定委託書上的資料，得知那人名叫柯迪，今年十八歲。他是為了挑戰「迷宮」，才會來到這個城市。不過，他並不打算像艾爾玟那樣認真挑戰，只想待在比較前面的階層，靠著收集魔物的皮毛與鱗片賺錢。

他曾經住過的旅館的主人告訴我，把東西拿去鑑定的那一天，他也跟平常一樣跑去冒險者公會。可是，當他回來的時候，就面色鐵青地說要退房，還多付了一點錢，然後就這樣走掉了。

換句話說，柯迪在那天遇到了一些事情，而且是讓他不得不躲起來的事。

因為這個城市的出入口都有人負責盤查，無法輕易外出。公會這邊做過調查之後，也沒發現他有離開這個城市。

柯迪還躲在這個城市的某個地方。問題就在於他躲在哪裡，但其實我心裡大概有個底。

我猜柯迪應該是在畏懼某種東西，他覺得自己有生命危險。可是，他才剛來到這個城市，身邊沒人可以依靠。他沒有求助於冒險者公會這個原本的靠山，這也可能是因為他無法這麼做。既然如此，那他肯定會逃到教會。

明明自己就有手有腳，也有可以思考的腦袋，世界上還是有很多人想要成為神的奴隸。因此，就算是在這個瘋狂的城市裡，也還是存在著宗教。所謂的宗教家，就是一群自認是「半個」聖人君子，把自己的地盤當成聖地的傢伙。如果有人跑去求救，他們應該都會願意收留對方。聽說柯迪的故鄉是南方的帕拉迪王國。那裡也有好幾種宗教，但人民主要都是信仰大地母神。我決定先把那些教會全部找過一遍。這個城市裡有三間信奉大地母神的教會。城北教會的信徒都是些有錢人，應該不會理會柯迪那種窮人。我只要去城南那兩間找找看就行了。

「哎呀，我不認識你要找的那個人。」

我在城裡西南靠近外牆的地方，找到第二間大地母神教會，也就是「灰色鄰人」城南分會，但那裡的神父一臉遺憾地對我搖了搖頭。

「他也可能是換了個名字。他有著一頭黑髮，還有一雙茶色的眼睛，體格也相當不錯。他的皮膚曬得很黑，看起來可能更像是鄉下的農夫，而不是一位冒險者。」

我說出在旅館打聽到的柯迪特徵，但他還是搖了搖頭。

「每天都會有許多迷途的羔羊造訪這裡，我實在想不起來他們每個人的名字與長相。」

這間教會只能用小巧玲瓏來形容。我從需要低頭才能進去的門口探頭一看，結果只能看到裝飾著大地母神紋章的牆壁，還有擺在講台後方的神像，以及為數不多的幾張椅子。我轉頭看向旁邊，在跟我的腰差不多高的圍牆裡面還有一個小小的菜園。這裡看起來不像是一間住著許多信徒的教會。更何況，如果記不得別人的長相與名字，怎麼可能有辦法當一個神父？這傢伙顯然是在裝傻。

教會旁還有一間色彩鮮艷的兩層樓房屋。因為沒有招牌，我猜那是沒有執照的違法娼館。現在明明還是大白天，就已經開始傳出像在殺豬的喘氣聲，以及讓人聽不下去的宏亮嬌喘聲。

「不管你怎麼問，我也只能說這裡沒有你要找的人。如果你不相信，自己進來找找看吧。」

「不用了。」

這種時候就算進去調查，通常也不會有收穫。就是因為對方很有信心，才敢擺出這麼強硬的態度。而且我看這位神父的眼睛閃閃發光，一副很想向我傳教的樣子，也讓我不想進去調查。要是我隨便跑進去，他一定會反手把門鎖上，一直把我關到入教為止。

「他的家人很擔心他。如果你有見到這個人，麻煩跟冒險者公會聯絡。只要你報出馬修這個名字，大家就會知道了。」

畢竟我也算是個名人，只是毫無信用可言。

「再見。願大地的祝福與你同在。」

我說出大地母神的禱告文，然後就轉身離開。我假裝走掉了，其實是繞到另一邊，就這樣從教會旁邊經過，來到那間發出響亮嬌喘聲的房屋後門。雖然從對面看得不是很清楚，其實從教會的後門走過菜園，就能直接來到隔壁這間房屋的後門。

我來到房屋後方的暗處，敲了敲那扇小門。

「我是神父派來的人。」

我盡量用最恭敬的語氣這麼說，然後門就稍微打開了。小小的眼睛從門縫中看了出來。我立刻把腳伸進門縫，同時把手指伸了進去，一口氣把門打……可惜我辦不到，因為女孩也使勁想要把門關上，讓我無法如願，只開了露出半張臉的程度。

「小妹妹，不好意思。大哥哥我不是什麼壞人，只是有事要找住在這裡的柯迪哥哥。」

一位十歲出頭的小女孩拚命想要把門關上。她有著一頭亂翹的金髮，還有一雙綠色的眼睛。也許是因為都沒有吃飯，她的手腳與身體都很瘦，但長得還算可愛。而這位小女孩正與我展開難分軒輊的力量比拚，也難怪我會連艾普莉兒都贏不了。

「回去！給我滾！你這個可惡的大塊頭！」

她說話很不客氣，拚命想要把我趕走，從門縫中使勁推開我，讓我覺得她非常可愛。不過，我是個骯髒醜陋的大人，所以還會用這種賤招。我伸手抓住女孩的手腕。女孩嚇得臉色發白，上半身也倒向後方，想要把手抽回去。

「柯迪，快點出來，不然這隻纖細的手臂就要受傷了。說不定還會讓人痛到哭出來喔！」

我對著門縫大聲呼喊。我沒有騙人。我現在這麼用力，明天早上肯定會肌肉痠痛，我一定會哭出來的。

「住手！」

一名有著黑髮與茶色眼睛的青年從屋子裡走出來。他的皮膚曬得很黑，體格也很不錯，但不像是冒險者，更像是鄉下的農夫。他手上還拿著一把破劍。

「放開那女孩。你到底是什麼人？」

「嗨，柯迪，很高興認識你。我叫作馬修，是冒險者公會派來的人。」

「真虧你能找到這裡。」

我們來到那間色彩鮮艷的房屋閣樓。這裡似乎就是柯迪的藏身之處。

「還好啦。」我這麼回答。

「這裡也是『教會的一部分』對吧？」

就算逃到神的居所，也可能會遇到我這種沒有信仰的追兵。可是，如果在教會旁邊蓋一間無關的房屋，讓人逃到裡面躲藏，就能騙過那些追兵。只要真的僱用娼婦開門做生意，就不會有人懷疑了。這個城市裡有許多沒有執照的娼館，但那些嬌喘聲讓我起了疑心。沒有執照的娼館應該都會盡量做好隔音，這間娼館反倒讓人能清楚聽見裡面的聲音。簡直就像是故意要讓人知道這是一間娼館。

「這裡本來是專門給女人與小孩藏身的地方。」

聽說這裡是讓那些被丈夫或親父母家暴，無家可歸的女人避難的地方。她們會在大地母神教會的幫助下，從這裡前往其他城市避難，找到得以謀生的手段。這裡可說是她們的臨時住處。

就在這時，某人重重地把茶杯擺在我面前。我回頭一看，發現剛才那女孩正一臉不悅地瞪著我。我向她打了聲招呼，但她沒有理我，靜靜地把另一個茶杯擺在柯迪面前。

「要是他敢亂來，你就立刻叫我。」

然後她就別過頭去，沒有理我就走下樓梯了。看來我被她討厭了呢。

「那個小女孩也躲在這裡嗎？」

「她差點被親生父親賣掉，結果就跟妹妹一起逃到這裡了。」

這世界還真是爛透了。

「那你為什麼會在這裡？你應該不是因為怕老婆，才會跑來這裡避難吧？」

柯迪短暫陷入沉默，但他最後還是鐵青著臉，開始說明他逃走的原因。

「那塊破布被惡魔盯上了。」

柯迪是偶然找到那塊破布的。他在來到這個城市的路上跑去河邊休息，結果看到那塊破布被水沖到河岸旁邊。他原本想要丟掉那塊破布，但又想起曾經在故鄉聽說過的「聖骸布」傳說，才會決定把破布拿走。他好像認為只要隨便編個故事，把那塊破布拿去贓物店賣掉，就能賺到一點小錢。

不過，就在柯迪抵達這個城市之前，有個穿著全身鎧甲的詭異男子從馬路旁邊現身了。他穿著生鏽的老舊鎧甲，雖然看不到長相，但柯迪還是勉強靠著聲音認出對方是個男人。

「那傢伙伸出了手，發出彷彿來自地獄的聲音，叫我把那塊破布還給他。」

柯迪心生畏懼，當下立刻就逃走了。他很後悔撿到那塊破布，但也已經來不及了。那個穿著全身鎧甲的傢伙追了上來。他慌張地逃進城裡，然而沒能放心太久，因為那個鎧甲怪物會出現在各種地方。他會在不知不覺中出現在柯迪身邊，拜託他把那塊破布還給他。當柯迪跑去向別人求救的時候，那個鎧甲怪物又會在不知不覺中消失。這種事情不斷發生，讓柯迪逐漸無法保持平常心。

「為什麼你不丟掉這塊破布，也不乾脆交給對方？」

「因為我覺得會被詛咒。就算可以丟掉，我也擔心把東西交給那種詭異的傢伙，可能會造成可怕的後果。我想讓冒險者公會去想辦法處理，才會把東西丟在那裡就逃走了。如果可以順便請他們幫忙鑑定，說不定也能查出那塊破布到底是什麼。」

因為他離開冒險者公會之後還是有遇到那個鎧甲怪物，才會慌張地從旅館退房，在慌亂中弄丟錢包與冒險者公會的會員證。那張會員證同時也是這群痞子的身分證，要是不小心弄丟了，就連想住在旅館都有困難。儘管不是完全找不到住處，但幾乎都是沒有執照的旅館或黑店。

就在他走投無路的時候，他想起故鄉的大地母神教會，才會跑來這裡求救。後來那個鎧甲怪物就再也不曾出現了。

「原來如此……」

雖然有不少可疑的地方，反正我已經找到他本人了，剩下的事情與我無關。

「我要請你做的事只有一件，麻煩在這上面簽名吧。反正你也不要那東西了吧？」

我拿出鑑定品的權利拋棄書。只要把這份文件拿到葛羅莉亞那邊，我的工作就算是完成了。

看到這份文件後，柯迪露出不安的表情。

「那個……不能請公會買下那塊破布嗎？」

「如果要讓公會買下來，就得另外收取鑑定費才行。你要嗎？」

如果那只是塊破布就算了，既然上面被人施展了某種魔法，調查的時候就需要用到觸媒與藥品，需要花上不少費用。

「我沒有那種錢。」

「那你就放棄吧。還是說，你要自己走到外面，去公會把東西領走？希望那個鎧甲怪物不會在這段期間找到你。」

「你不會保護我嗎？」

「那可不是我的工作。」

我是跟十歲女孩拚得不相上下的男人，拜託別對我抱有期待。

「你想要就這樣一輩子讓那傢伙追著跑嗎？我勸你還是回鄉下種田算了。」

「可是，我身上沒有錢。就算要回去，也得先稍微賺一點旅費吧？」

這個臭小子……那個鎧甲怪物一陣子沒出現，就讓他貪心起來了。

「反正你這傢伙不適合當冒險者。趕快給我簽名，不然我就讓你嘗點苦頭。」

我故意在他面前讓拳頭發出聲響，柯迪立刻變得臉色鐵青。雖然我當了很久的大塊頭軟腳蝦，這身外表還是可以拿來威脅完全不認識我的傢伙。不過，要是我們真的打起來，肯定是我會嘗到苦頭。柯迪用顫抖的手握住筆，慢慢地開始簽名。

「快點簽名，簽你的名字。不准給我簽什麼『臭小子』，玩那種低級的小把戲……」

我話還沒說完，就被一陣宏亮的慘叫聲打斷。聲音的主人好像是剛才那位小女孩。

「莉塔！」

柯迪鐵青著臉衝下樓梯。我也跟了過去。來到一樓後，我趕往聲音傳來的地方。

我倒抽了一口氣。

一副全身上下都是紅褐色鐵繡的黑色鎧甲就站在狹窄走廊的另一邊。就連關節與脖子周圍這些原本沒有鎧甲覆蓋的地方，也被黑布緊緊裹住，讓人無法窺見裡面的東西。這傢伙就是柯迪口中的鎧甲怪物嗎？我還看到腳軟的莉塔癱坐在那傢伙腳邊。

「妳快逃！」

柯迪大聲喊叫，把花瓶丟向那個鎧甲怪物。花瓶砸中那傢伙的身體，碎片也四處飛散。可是，鎧甲怪物完全不以為意，朝向我們伸出了手。

【可以把那東西交給我嗎？】

那傢伙的聲音既低沉又平靜，聽起來不可思議地悅耳。

「你……你怎麼會找到這裡……？」

【因為我聽到了聲音。】

柯迪剛才想要拯救莉塔的時候，不小心大聲叫了出來。不過這也是我造成的。

【拜託了。把東西還給我。】

鎧甲怪物像是被某種東西引導一樣，搖搖晃晃地逐漸逼近，看起來就像是殭屍。

柯迪嚇到腿軟，只能癱坐在地上慢慢後退。

真拿他沒辦法。

我挺身走到鎧甲怪物面前。那個嚇到腿軟的蠢蛋就算了，我可不想眼睜睜看著小孩子死在自己眼前。

「你到底是什麼人？為什麼想要得到那塊破布？就算要拿去幫你女兒做婚紗，應該也不夠用吧？」

【我不能沒有那塊聖骸布。】

鎧甲怪物努力走向柯迪。我懂了，原來這傢伙以為聖骸布還在柯迪身上。

「你要拿來做什麼？」

【只要有那東西，我應該就能「變回人類」了。】

「你這句話是什麼意思？你早就不當人類，變成一個怪物了嗎？」

對方陷入沉默。這就代表肯定的意思。拜託饒了我吧。

「你幹了什麼好事？難不成你跟惡魔訂下契約了嗎？」

【……差不多吧。】

鎧甲怪物的話語中夾雜著不知道是悲嘆還是憎恨的情感。

不曉得那副鎧甲底下躲著什麼樣的怪物。我可是以膽小聞名的馬修先生，要是害我嚇到尿褲子，小心我拿聖骸布來擦喔。

【……我就讓你看看證據吧。】

鎧甲怪物把手擺在頭盔上，讓我很自然地吞下口水。

──就在這一瞬間，我感覺到一股強烈的殺氣。

我趕緊撲到柯迪身上。一陣風從他頭頂上吹過。

我感到寒毛直豎，抬頭一看才發現，走廊盡頭的木板牆壁上插著一個金屬圓環。

那是戰輪。敵人使用的武器相當罕見。戰輪就是一種金屬圓環，但圓環外圍是刀刃，可以拿來斬殺敵人。那不是鎧甲怪物丟過來的東西。

「是誰！」

我大聲質問對方，同時轉頭看向戰輪飛過來的方向，結果看到一名白衣男子站在鎧甲怪物對面。

他的年紀應該是四十歲左右吧。他有著一頭整齊的金色短髮，還有藍色的眼睛。他穿著黑色長褲與襯衫，以及長度直達腳踝的白色大衣。他的兩隻手臂上套著好幾個金屬圓環。左右兩手圓環的數量不一樣，應該是因為他剛剛才擲出一個圓環吧。他還戴著一條項鍊，上面有著大地母神的紋章。

白衣男子先是盯著我們，然後不耐煩地伸出手。

「把『貝蕾妮的聖骸布』還來。」

怎麼又來一個了？

「在命令別人之前，你應該先做個自我介紹。太過性急的男人會被討厭喔。就算這裡是娼館，也不能一進來就脫褲子吧？」

鐵環立刻從我身旁飛過去。因為我早就知道他會射過來，才能輕鬆躲過。

我身後的牆壁再次發出聲音裂成碎片。柯迪被木頭碎片擊中，痛得叫了出來。

「娼婦都還沒出現，你怎麼就射了兩發？這也未免太快了吧？」

「你是什麼人？」

他好像總算對我這個人感興趣了。不管對方是男人還是女人，想要吸引別人注意都不是件容易的事情。

「如你所見，本人就是天下第一帥哥。那個鎧甲怪物也叫我交出聖骸布，所以我們正在討論這個問題。」

「那原本就是吾神的東西。」

「你是說大地母神嗎？」

「我名叫賈斯汀·魯賓斯坦，是一名『異端審問官』。」

又來了一個難搞的傢伙。

就算同樣都是宗教，也存在著各樣不同的派系與教義。在主流派系眼中，也有一些偏離正統教義，錯誤且邪惡的派系。因此，他們會找出那些被視為異端的教義與其信徒，重新教導他們正確的教義。

簡單來說，就是主流派在欺負少數派，而「異端審問官」就是其尖兵與走狗。他們擁有極大的權力，甚至還握有宗派內部的司法權與調查權。

尤其是大地母神的「異端審問官」，更是以連其他宗教的人都會毫不客氣加以制裁而聞名。他們似乎認為光是信仰其他宗教就已經算是一種邪惡了。真是有夠可怕。

「那塊聖骸布原本就是供奉在大地母神教會的東西，可是被人偷走了。犯人就是那傢伙。」

賈斯汀伸手指向那個鎧甲怪物。

「我要從賊人手中奪回神聖的寶物。我就是為此而來。」

「對方是這麼說的。你這邊有什麼主張嗎？」

【我不能沒有那東西。】

傷腦筋，犯人竟然自白了。

「把東西還給我。」

在說出這句話的同時，賈斯汀把手往旁邊一揮，利用這個動作擲出套在手腕上的戰輪。鎧甲怪物無法閃躲，就這樣被鐵環接連擊中。雖然他沒有被大卸八塊，但那股衝擊力道還是把鎧甲打到陷進去，讓他跳起奇怪的舞蹈。

鎧甲怪物似乎再也忍受不住，突然轉過身體，從我跟柯迪旁邊跑過去，就這樣趴到走廊盡頭的牆壁上。賈斯汀在這時候跳了起來，一口氣縮短雙方的距離，還在空中從腰際拔出短劍。他舉起那把厚重如柴刀的短劍，把鎧甲怪物的背部劈了開來。

鎧甲怪物無力地倒下，還發出響亮的金屬碰撞聲。他的手腳彎曲成不自然的形狀，頭盔也掉了下來，在地上滾動。

「奇怪？」

聲音太小了。更重要的是，那副鎧甲明明被砍出很深的裂縫，但對方完全沒有流血。我從裂縫裡看進去，但裡面什麼東西都沒有。空無一物，連血跡都找不到。我還把頭盔與手甲拿起來檢查，但裡面同樣空空如也。

「被他逃掉了嗎？」

賈斯汀懊悔地說出這句話，然後就開始回收戰輪，重新套回自己手上。

「那傢伙到底是何方神聖？」

「不知道，但我不覺得自己幹掉他了。」

那傢伙是幽靈嗎？還是利用魔術或某種東西躲在遠處操縱這副鎧甲？

「不過別在意。反正你就要死了，這件事與你無關。」

說完，他用那把厚重的短劍指著我。我舉起雙手。

「聖骸布不在那傢伙身上，該不會是在你們手上吧？交出來。」

「聖骸布剛才已經被某位大姊拿去當抹布……」

一陣風劃過我的鼻尖。

「不准騙我。」

我聞到了血腥味。我用手指擦去鼻尖流出的血，輕輕發出咂嘴聲。賈斯汀瞇起眼睛，緊盯著我的一舉一動。看來我應該無法輕易騙過他。

「在冒險者公會。現在暫時寄放在冒險者公會那邊。」

「……你沒騙我吧？」

「要是你不快點趕去，聖骸布就要被拿去廁所當抹布用了喔。」

賈斯汀發出咂嘴聲，把短劍收回腰際。他不再理會我們，就這樣走向出口。在走到外面的前一刻，他回過頭來，有禮地向我們道別。

「再見。願大地的祝福與你們同在。」

我等了一下，但對方沒有回來。看來他是真的走掉了。我突然覺得很累，整個人癱坐在地上。我知道自己不該報出公會的名號，但在那種情況下也別無選擇。保住我這條小命比較重要。而且就算是「異端審問官」，也無法對冒險者公會祭出強硬的手段。因為要是一個弄不好，就可能會害得大地母神教會與冒險者公會開戰。他應該還有這種程度的判斷力才對。雖然他就像是一條瘋狗，但真正的瘋狗可無法成為「異端審問官」。

「話說回來……」

那個鎧甲怪物的身體到底跑去哪裡了？我們交談的時候，我明明還感覺得到裡面有人，但裡面的人竟然在不知不覺中消失了。難不成他用了魔法嗎？

我再次拿起那副鎧甲檢查，但就只是一副普通的鐵製鎧甲。很老舊，沒有什麼特別之處。

「嗯？」

鎧甲內側好像黏著某種東西。我拿起花瓶碎片，小心翼翼地把那東西挖了起來。

這是一種紫色的黏液。我用手摸了一下，發現指尖的皮膚有點刺痛，感覺就像是碰到了酸液。這東西到底是……

「柯迪，你來看看這……」

我回頭一看，卻找不到柯迪的身影。他剛才明明還嚇到腿軟，到底跑去哪裡了？聽到我這麼問，莉塔突然從樓梯那邊探出頭來。

「他剛才就出去了喔。」

看來他是趁亂逃走了。我問了莉塔與店裡的娼婦，她們好像都沒有頭緒。他也沒有拿走行李，就這樣不知去向。

「算了。」

我看了看那張權利拋棄書，發現他已經簽好名了。這樣就算那小子橫死街頭，也跟我沒有半點關係。

「不好意思打擾妳們了。這是一點賠禮，給妳和妳妹妹吃。」

我把糖果跟杏仁塞到莉塔手上。她本來不太放心，但我證明過那些東西沒毒之後，她就怯怯地吃了下去，隨即露出笑容。

「再見。」

揮手道別後，我就這樣離開了。

接下來可是我的享樂時間。我得在回去的路上找個地方，先喝杯蛇酒再說。今晚要徹夜苦戰了。

我回頭一看，發現莉塔把糖果拿給一個跟她長得很像的小女孩。那應該就是她妹妹吧。莉塔把我給她的禮物塞到妹妹手中，看著妹妹開心吃著糖果的樣子，輕輕撫摸妹妹的頭。

我在黃昏時分快步回到冒險者公會，然後衝進葛羅莉亞的鑑定室。

「拿去。」

我拿出簽了名的權利拋棄書，還順便回報整件事的來龍去脈。

「這樣聖骸布就是公會的東西了，隨妳高興怎麼處理。不過，妳可能還得順便收下瘋狂僧侶與怪物就是了。」

「這算什麼？我可沒有要你帶回那種東西。」

「我也是這麼說的，不過對方堅持只能整組賣給我。這就是所謂的捆綁銷售。」

「真傷腦筋。」

葛羅莉亞抱頭苦惱。這也怪不得她。因為她才剛解決毫無意義的文件手續，就立刻遇到更麻煩的問題。

「別擔心。」我輕輕握住她的右手。雖然隔著手套，我還是能感覺到柔軟的觸感。

「妳會害怕也很正常，晚上應該更是會感到不安與寂寞。我今晚會陪著妳的。」

「我並沒有要你……」

「這只是順便。我們不是早就約好，今晚要讓我在床上仔細鑑定妳了嗎？」

「可是……」

為了不讓她把手縮回去，我一邊說著這些話，一邊脫掉她右手的手套，輕輕撫摸裸露在外的白皙小手。她的手背很光滑，摸起來舒服極了。

「我會很溫柔的。別看我這樣，我這個人最擅長鑑定女性了。我會把妳當成用玻璃細心打造的女神像，小心翼翼地溫柔對待。」

我會先拿掉外面的包裝，仔細檢查內容物有沒有損傷，接著再用指尖與舌頭鑑定知名工匠的手藝，最後好好品嘗女神像內側的感觸……

「真想知道妳的『鑑定價』會是多少。妳說不定會是我鑑定過最昂貴的女人。」

「是嗎？那就請你順便幫我鑑定看看吧。」

就在這一瞬間，喪鐘在我的腦海中發出聲響。

我的脖子被某種冰冷且堅硬的東西抵住。

「這是馬克塔羅德王國代代相傳的寶劍。好幾次有人拜託我把劍賣給他們，但我都說這是無法用金錢衡量的寶物，一直婉拒至今。不過，趁這個機會搞清楚這把劍到底值多少錢，或許也不是壞事。來，別客氣，你就用自己的身體鑑定看看吧。」

我不用回頭就知道對方是誰。會這樣全身發出強烈殺氣，拿劍抵住我脖子的公主騎士大人，全天下也就只有一個。

我都忘記了。這間鑑定室是三個人共用的，所以當然還有其他鑑定師在場。肯定是他們之中的某人跑去向剛從「迷宮」回來的艾爾玟告狀。而且葛羅莉亞也在不知不覺中躲起來了。

「等等，妳先冷靜下來。」

我小心翼翼地回過頭去，免得刺激到她。嗯，我這次可能真的會沒命。

「那不是妳祖先傳下來的重要寶劍嗎？那是用金錢買不到的寶物。價值得由妳自己來決定，千萬不能相信別人的評價。」

「可是，你剛才不是說自己很擅長鑑定女性嗎？」

「那都是以前的事情了。我最近眼裡只有妳這個獨一無二的超一流頂級女人，其他女人看起來就跟猴子差不多。」

「你不用這麼謙虛。我們要先從哪裡開始？手嗎？還是腳？」

艾爾玟舉起了劍。

「看來我還是先砍了那根毫無節操的東西吧。你放心，一瞬間就會結束了。」

那裡很敏感，拜託妳溫柔一點，千萬不要用刀子亂碰。

後來，我完全不顧面子，拚命地跪地求饒，我跟兒子才勉強逃過被人活活拆散的命運。

我久違地想起了生命的寶貴。活著真是太美好了。

「你這個男人到底要爛到什麼地步？」

就算我們回到家裡吃晚飯，艾爾玟也還是一樣生氣。這讓餐桌上的藥草湯、調味鴨肉與香草沙拉吃起來全都味如嚼蠟。

我們隔著餐桌坐著用餐，這其實根本就是一場審問。

「竟然抓住女性的弱點，要求對方獻出身體，簡直無恥至極！」

「那是對方主動提議的事情。」

「既然你點頭答應了，那還不是一樣的意思！」

話不是這麼說的——我正想說出這句話，卻被她瞪了一眼，最後只能閉上嘴巴。

「你這變態、淫蟲、色魔、卑鄙小人、色情公爵、沒出息的小白臉！」

她在桌子底下踹了我的腳，還一直罵個不停。

終於罵完之後，艾爾玟用手撐著自己的臉，就這樣別過頭去，還像是鬧脾氣般噘起嘴唇。

「誰叫我不是那種美艷的女人。」

「哎呀，妳吃醋了嗎？」

「絕對不是！」

艾爾玟羞紅著臉，使勁敲打桌子。

「我只是無法容許那種卑鄙下流的行為……」

「不需要害羞。妳應該也明白吧？我的寶物就是妳。」

我站了起來，走過去摟住她的肩膀，將她擁入懷中。正當我享受著那股甘甜的體香，還有她肌膚的觸感時，側腹突然挨了一記肘擊。痛死人了。

「我的寶物是這把劍，還有並肩作戰的同伴，以及王國的人民。你不算在裡面。」

畢竟保命繩可不能算是寶物。

「除此之外的東西，全都被人奪走了。我失去了一切。」

父母都死了，王國也被魔物毀滅。慘遭魔物蹂躪的國土，至今還沒能成功奪回。

她還失去了許多同伴與家臣。來到這個城市之後又死了一個，廢了一個。

艾爾玟失去的東西實在太多了。

「不管我如何珍惜，只要無力保護就會失去那些寶物。我早在七歲時就學到這個道理了。」

「當時發生什麼事了？」

「其實也不是什麼大事。」

艾爾玟露出苦笑。

「我母后曾經有個很珍惜的珠寶盒。因為那個盒子實在太漂亮，我就硬是拜託她送給我。」

據說艾爾玟在裡面放了她心愛的緞帶，還有撿到的小石頭這些她當時心目中的寶物。

「不過，後來我又說要成為一名騎士，結果生氣的母后就把珠寶盒拿走了。我哭著求她，她最後還是沒有還給我。」

就算沒能拿回珠寶盒，她還是選擇成為騎士，可見她當時是個相當頑固的孩子。不對，她現在也一樣頑固。

「後來又過了十幾年，還留在我手上的東西實在太少了。不過，為了奪回失去的東西，也為了不再失去更多東西，我還是繼續戰鬥。」

「所以呢？」

因為聽不出她的結論，我忍不住這麼問道。

「我是要告訴你，想要奪回失去的東西非常困難，想要保護現有的一切，也不是容易的事情！所以……」

艾爾玟往我身上靠了過來。

「你應該更珍惜我。我不是你的寶物嗎？」

「我當然會。」

我輕輕摟住她的肩膀。這次她沒有反抗。

「我會珍惜妳。真的，我發誓。」

「先說好，所謂的『珍惜』，也包含不對其他女人出手的意思。」

「……我盡量。」

我很想回應她的心情，但經驗告訴我，我絕對撐不過三天。畢竟我從以前就很容易喜新厭舊，興趣也只有玩女人。一個人的本性可沒辦法輕易改變。

等我從葛羅莉亞那裡拿到報酬之後，我再來考慮看看吧。

隔天早上，我偷偷從家裡溜了出來。

葛羅莉亞應該是打算就這樣蒙混過去，但我不會讓她得逞的。我會把遲繳的利息也算進去，讓她把欠我的報酬徹底結清。給我做好覺悟吧。順帶一提，艾爾玟還在休息。畢竟我昨天直到深夜都在努力討好她，這也是沒辦法的事。

我幹勁十足地來到公會，卻發現櫃檯前面有一道人牆。

我好奇地探頭過去一看，結果看到昨天也見過的面孔。那人正是「異端審問官」賈斯汀。櫃檯上擺著堆積如山的金幣。

「這樣還不夠嗎？我手邊只有這些錢，如果你們給我時間，我願意再拿出一倍。」

賈斯汀平靜地這麼說。

「錢不是問題，請把『貝蕾妮的聖骸布』賣給我。我知道東西在這裡。」

原來如此。看來他選擇了正面進攻。冒險者公會會收購冒險者帶來的貴重物品，然後用高價賣出去。他們會從中挑出有價值的東西，拿去向收藏家兜售，不然就是在自己主辦的拍賣會上拍賣，或是讓有合作關係的商人收購。可是，凡事都有例外。一旦有冒險者得到貴重武器或魔術道具的消息傳了出去，客人就會在東西交到公會手中之前，主動向公會表達收購的意願。

只要遇到這種情況，公會就會跳過各種繁瑣的步驟，直接把東西賣出去。這應該就是賈斯汀的目標吧。因為競爭對手越少越好。

柯迪才剛把「貝蕾妮的聖骸布」的所有權轉讓給冒險者公會，還不確定那到底是不是真貨。可是，他還是準備了這麼多錢，可見他應該相當確信那是真貨。賈斯汀回頭看了過來，對我露出惡狠狠的眼神。我聳聳肩膀。

如果他是以客人的身分前來，那我也沒資格說三道四。他想買就讓他去吧。反正那筆錢應該是大地母神教會給他的，而且還是信徒流著汗水努力工作，拿去奉獻給教會的血汗錢。不過，那些錢最後被人拿去買一塊破布，讓我覺得很不值得就是了。

艾普莉兒那個身為公會長的爺爺從裡面走了出來，葛羅莉亞也一起出現了。這應該是因為現在是由她負責管理「貝蕾妮的聖骸布」吧。公會長跟賈斯汀寒暄了幾句後，就叫人把「貝蕾妮的聖骸布」拿過來。

就在這時，葛羅莉亞總算注意到我了。她有一瞬間睜大了眼睛，但很快就露出溫柔的微笑，對我輕輕揮了揮手。哎呀，她還真是可愛呢。我也向她揮了揮手。

不久後，公會職員拿來一個小木箱，擺在櫃檯上打開來。我立刻跟著踮起腳尖。

不知道是誰叫了出來。

箱子裡是空的。賈斯汀才剛把箱子拿起來，紫色黏液就滴了下來。

「這是怎麼回事？」

賈斯汀把木箱摔在地板上。木箱被砸成碎片，這股震動還讓那堆金幣垮了下來。

「『貝蕾妮的聖骸布』在哪裡！」

公會長無法為自己辯解，露出十分惱火的表情。

葛羅莉亞輕輕碰觸那種紫色黏液，轉頭看向我這邊。

「小白臉先生，這是不是你跟我提過的那個鎧甲怪物留下的液體？」

「應該是吧。」

那傢伙大概是從某個地方溜進來了。被他搶先一步了。

「你這話是什麼意思？」

賈斯汀跑過來質問我，我只好說明昨天在全身鎧甲裡面發現紫色黏液的事情。

「犯人應該還沒跑太遠。只要分頭去找，應該還有機會找到吧？」

「那你們就去找，找到就通知我。」

賈斯汀把金幣裝進袋子裡，然後把袋子揹了起來。

「找到東西我就付錢。別忘了，那是屬於我們教會的東西。」

單方面丟下這句話後，賈斯汀就離開公會了。他八成是到外面找人了吧。公會長的表情變得更難看了。就要談成的生意不但告吹，還讓他顏面掃地，這也是沒辦法的事情。

後來，公會長拿出自己的權力，派人在公會內部展開調查，結果當然找不到聖骸布，只能在櫃檯桌上堆滿看起來很像的抹布與破布。葛羅莉亞被迫把那些破布全都鑑定過一遍，最後一臉厭煩地趴在桌上。

「全都不是。這些都是普通的破布。」

「我想也是。」

我們來到凡妮莎過去使用過的鑑定室。因為葛羅莉亞使用的鑑定室正在接受調查，我們才會臨時借用這個地方。順帶一提，還有兩位負責監視的職員在房間角落緊盯著我們。

「妳不是很喜歡冒牌貨嗎？可以被這麼多冒牌聖骸布包圍，難道不是件好事？」

「我喜歡的是贗品，這些不過就是普通的破布。贗品這種東西，必須能讓人找到努力仿冒真貨的痕跡。」

「妳還是別說話了，趕快動手比較實際吧？」

「我真是受夠了！」

葛羅莉亞自暴自棄地拿起發出腐臭味的破布，板起了臉孔。

「那我先走了。」

今天應該是沒機會泡她了。不知為何連我都被抓去到處調查，實在是有夠累人。雖然我很想讓女性職員仔細檢查我身體的每個角落，結果卻是由兩個粗壯的臭男人一起動手。我一直擔心自己會被他們強暴，差點就要尿褲子了。

我走出鑑定室，經過廣場走向後院。這裡是垃圾場，不但可以用來燒垃圾，也是業者前來取貨之前暫時放置物品的地方。

「找到了。」

我找到賈斯汀剛才親手砸爛的木箱。雖然木箱已經徹底壞掉，無法用在原本的用途上，但還是可以派上用場。我小心翼翼地用手指挖起沾在木箱內側的紫色黏液。黏液在拇指與食指之間拉出一條絲線。

結果跟我想的一樣。

後來，我想要用褲子擦掉黏液，但這些黏液實在太黏，讓我很難擦掉。我用清水洗了好幾遍，最後才總算成功弄掉。這東西的黏性還真強。

當我來到外面時，太陽已經高高掛在天上。我明明一大早就過來，結果竟然待到中午。計畫完全被打亂了。我現在也不想去娼館，艾爾玟應該也起床了。今天還是早點回家吧。

「啊，馬修先生。」

有人從我對面走了過來。那人就是矮冬瓜艾普莉兒。

「發生什麼事了？」

「公會裡遭小偷了。」

「是這樣嗎？」

她驚訝得睜大雙眼。她急著要趕回去，但我從背後叫住她。

「妳剛才跑去哪裡了？」

「我一大早就去幫公會跑腿了。」

仔細一看，她還揹著一個扁掉的袋子。

「今天的東西有點多，真是累死人了。」

「那不是妳該做的工作吧。太危險了。」

艾普莉兒根本不是正式職員，就只是一個想幫助爺爺的女孩。考慮到這個城市的治安，這可不是值得讚許的行為。雖然她身邊還跟著保鑣，但要是出了差錯就來不及了。

「是這樣沒錯啦……」

艾普莉兒有些為難地笑了笑。

「可是，我很喜歡這份工作。畢竟我也喜歡在街上散步。」

「妳也不能一直幫公會做事吧。妳將來想做什麼工作？」

「不知道。我是有在思考各種可能性就是了。」

「那就好。」

選擇多到讓人煩惱是件好事。我就沒有那種煩惱。

「要是遇到危險，妳就要立刻大聲求救。疼愛孫女的爺爺肯定會臉色大變迅速趕到。」

聽到這裡，艾普莉兒歪著頭，像是要觀察我的表情。因為我們的身高有段差距，她很自然地抬頭仰望我。

「馬修先生，你不會來救我嗎？」

「我頂多只能代替妳挨揍。」

不管是以前還是現在，耐打都是我的優點。

「真拿你沒辦法呢。」

艾普莉兒無奈地搖了搖頭。

「到時候就讓我來保護你吧。」

「那就萬事拜託了。」

至少她應該比現在的我有用多了。

「不過，扳手腕比賽的時候，我可不會手下留情。」

「妳為何這麼想要讓我去工作？是為了艾爾玟嗎？」

公主騎士大人的同居男友是個遊手好閒的小白臉，這種事傳出去實在不好聽。我明白這個道理，但這終究是我們兩個的問題。如果一個人太愛管閒事，就只能算是強加於人的自我滿足。

「那也是原因之一，但我這麼做也是為了你好。」

「為了我好？」

「我不太知道該怎麼說，但我覺得你絕對是個很厲害的人。雖然沒有力氣，不過長得很高，也很會說話，還有很多優點。」

「……」

「所以，我覺得你只是有許多不適合與不想做的工作，只要實際去做做看，絕對能找到適合你，你也做得到的工作。讓我們一起努力看看好嗎？」

「這樣啊……」

我忍不住移開目光。我無法直視這樣的眼神。這種純真的信賴會讓我覺得難為情，還會感到無地自容。艾普莉兒應該也是在為我著想吧。雖然她很多管閒事，但我並不討厭。

「再見，我要回去了。要是我不快點回去，艾爾玟肯定會罵我。」

開口道別之後，我邁出腳步，但馬上被她從身後叫住。

我回頭一看，發現艾普莉兒朝著天空舉起了手。

「這次的扳手腕比賽，我還是會贏的！」

「到時候還請妳手下留情。」

我同樣舉起手，然後再次背對她邁出腳步。

既然已經跟這件事扯上關係，讓我很煩惱自己到底該怎麼做。其實這不過就是件無聊的小事，對我跟艾爾玟也毫無害處。我也曾經想過要假裝什麼都不知道，但我覺得還是做個了斷比較好。「這也是為了矮冬瓜好」。

幾天後，我來到一間不算寬敞的公寓。這是一棟石造的兩層樓房屋，二樓就是葛羅莉亞的家。這間房屋似乎是最近蓋好的，還能看到石塊被削過的痕跡。

我敲了敲門後，從裡面傳來應門的聲音。我早就知道她今天休假了。

「咦？小白臉先生，你怎麼來了？」

看到我出現在門外，葛羅莉亞露出厭惡的表情。

「想不到你竟然會找上門來。你就這麼想要跟我上床嗎？」

「這個提議很有吸引力，但我想先解決自己該做的事情。否則我可無法放心跟妳上床。」

我無視葛羅莉亞的抗議，就這樣走進房間。房間裡比我想的還要整齊。門邊擺著兩個面對著房間中央的架子，架子上放了小木箱。架子前面有疑似用來處理事務的桌椅與水瓶。在還沒生火的暖爐旁邊，擺著剛好把房間一分為二的及腰矮架。矮架後方好像是她的私人生活空間，擺著床鋪與書架，還有鏡子與像是宗教畫的畫作。

「這房間挺不錯的，採光也很好。」

我指著屋裡的畫作這麼問：

「那些畫都是贗品吧？」

「是啊。全都只是贗品、冒牌貨與複製畫。」

葛羅莉亞不開心地這麼說。

「你找我有什麼事？」

「我是來警告妳這個騙子的。」

「什麼意思？」

「偷走『貝蕾妮的聖骸布』的人就是妳吧？」

葛羅莉亞一臉狐疑地看著我。

「你怎麼會突然這麼說？」

「妳拜託我去找柯迪，只不過是偷走『貝蕾妮的聖骸布』之前的準備工作。」

我從屁股後面拿出一疊紙，上面寫著冒險者公會的內部規定。因為上面有很多難懂的措辭，讓我費了一番功夫才看完。

「這是我向德茲借來的東西。我本來不知道，其實從事鑑定師這份工作需要遵守的規定比我想的還要嚴格多了。」

客人寄放的鑑定品最容易失竊。因此，鑑定師必須遵守許多關於隨身攜帶物品的規定，無法輕易把東西帶出公會。所有者失蹤的鑑定品就更不用說了，如果想要讓公會發還鑑定品，就需要提出好幾份文件與簽名。凡妮莎算是例外，但這也是拜她長年累積下來的信用與成績所賜。

「不過，如果東西是我偷的，那我一開始直接偷走不就得了？畢竟東西本來就在我手上。」

「原因妳早就說過了。要是妳把東西偷走，結果柯迪又跑回來，事情就會變得很麻煩。」

雖然她也能用冒牌貨掉包，宣稱鑑定之後發現東西是假的，但她不確定柯迪對聖骸布了解到什麼程度，這麼做的風險太大了。如果她的謊言被人拆穿，下場就是身敗名裂。

「只要能拿到權利拋棄書，剩下的都不是問題。再來只要找個看起來差不多的冒牌貨把東西掉包，問題就解決了。可是，其他想要得到聖骸布的人在這時出現了。」

聽我說出鎧甲怪物的事情後，她就開始盤算要嫁禍給那傢伙了。不過，賈斯汀比她預料中的還要早出現，還拿出大錢想要買下「貝蕾妮的聖骸布」。情急之下，葛羅莉亞只好隨便找來一些紫色黏液放在空箱子裡，假裝東西已經被鎧甲怪物偷走。

「只有我跟妳知道那種黏液的事情。妳本來應該是想要在之後讓我出面作證，但我碰巧在早上跑到公會，妳就故意讓我說出這件事。」

然後，在把東西交給賈斯汀之前，她搶先一步拜託艾普莉兒幫忙跑腿。在這間公會裡，那女孩是神聖不可侵犯的存在，不會有人想要仔細檢查她身上的東西。那女孩也不會懷疑公會的職員，對他們百分之百信任。

「妳想要得到那種骯髒的破布，其實不關我的事。不管妳最後會被砍下手掌，還是會被德茲痛打一頓，也都是妳自己要負責。妳高興就好。可是，有件事讓我無論如何都看不下去。那就是妳利用了艾普莉兒。」

一個弄不好，可能會害她被兩隻怪物盯上。葛羅莉亞明知如此，還是讓艾普莉兒以身犯險。

「可是，她最後不是平安無事嗎？」

「那只是結果論。」

前面明明可能會山崩，卻還是讓不知情的人走過那條路，然後說一句反正對方沒事就好。這種道理可是說不通的。

「更重要的是，如果我不趁現在阻止妳，妳還會不斷做出同樣的事情。換句話說，矮冬瓜每次都有可能因此遇到危險。」

葛羅莉亞輕聲笑了出來。

「小白臉先生，原來你喜歡那種小女孩嗎？」

「我最痛恨別人跟我開這種玩笑了。」

那種強暴小孩的混帳東西沒資格活在世上。

「你這人明明總是在開玩笑。」

「因為我看過『太多』有那種遭遇的孩子了。我這樣說總該行了吧？」

竟然害我想起那種不願想起的事情。

「如果妳下次還敢這麼做，我就要去跟那個老頭告狀。他肯定會開開心心地把妳大卸八塊，就跟拿來占卜的花一樣，一片一片撕下來。」

我做出手撕花瓣的動作，讓葛羅莉亞板起臉孔。她應該是在想像自己的下場吧。

「我想說的話都說完了。那塊破布就隨便妳怎麼處置吧。只要手上有真貨，想要收集與找出贗品都會變得更容易吧。」

發現自己被我完全看穿，讓葛羅莉亞露出懊悔的表情，但她很快就收起那種表情，用魅惑的眼神看了過來。

「小白臉先生。」

她脫下上衣，整個人朝我靠過來。

「拜託了，請你不要把這件事告訴別人。如果這件事被公會長知道，我就死定了。」

「我想也是。」

她用臉頰在我的胸口磨蹭，同時輕撫我的肚子與胸膛。我聞到了香水的味道。

「對了，我們上次說好的報酬，我今天就給你吧。這也算是給你添了麻煩的賠禮。你想要挑戰的那種玩法，我也願意配合。」

「聽起來還真不錯。」我忍不住笑了出來。「這可真是叫人煩惱呢。」

「你不用跟我客氣。反正我是一個人住在這裡，不會有人來打擾我們。公主騎士大人應該也還在『迷宮』裡不是嗎？」

她伸手繞過我的脖子，把濕潤的嘴脣靠了過來。當我準備把嘴脣湊上去時，某種堅硬的東西抵住了我的喉嚨。

「所以……」

葛羅莉亞咧嘴一笑。她在不知不覺中用手指夾著類似剃刀的刀刃。

「你去死吧。」

下一瞬間，她迅速吸氣又吐氣，把刀刃橫向一揮，在我的喉嚨劃出一道血痕。

「咦？」

葛羅莉亞驚訝地叫了出來。也許是怕被我的血濺到身上，她在揮刀的同時跳向後方。不愧是在上一個公會當過「看門狗」的人。可惜她想得太簡單了。

我笑了出來。

「不好意思，難得妳好心想要幫我刮鬍子，不過妳也看到了，我的皮膚不是很好，經不起剃刀的摧殘，就像這樣。」

我輕撫喉嚨，雖然有些刺痛，但也就只有這樣。我甚至沒有流血。葛羅莉亞最大的失算，就是我身體堅韌的程度。而且這裡照得到陽光，想要割斷我的喉嚨，只憑剃刀可能還不夠看。

「小白臉先生，你真的是人類嗎？」

「如妳所見，還是個大帥哥呢。」

我聳聳肩膀。

「放馬過來吧。妳想堵住我的嘴巴不是嗎？來，我可以吻妳喔。這樣妳就能堵住我的嘴巴。如果妳還能把舌頭伸進來就更棒了。」

葛羅莉亞丟掉刀子，從懷裡拿出像是釘子的巨針，眼神也變得像野獸一樣專注。看來她從鑑定師變身成「看門狗」了。不過，一個負責取締違規行為的執法者主動違反規定，還真是讓人笑不出來。

「可是我不喜歡被舔（註：原文「舐められる」，有被人看不起的意思）。」

「我很喜歡喔。不管是我的奶頭還是老二，妳都可以盡情舔個過癮。如果妳不介意，要不要我先塗點蜂蜜上去？」

「噁心死了！」

葛羅莉亞怒吼一聲，一個箭步衝向我懷裡。她假裝要用手上的針攻擊我的臉，其實是要用身體衝撞我的雙腿。她應該是想要順勢讓我失去平衡，但我的雙腿動也不動，讓她只能就這樣抱著我的腳。我伸手抓住她背後的衣服，把她整個人舉了起來。

「妳真沒禮貌。」

我輕輕一丟，讓她撞在天花板上。在發出巨響的同時，木屑也飄了下來。我還以為她會就這樣摔落，但她在空中轉過身體，踹了牆壁一腳，往我這邊撲了過來。她像蛇一樣纏住我的手臂，同時舉起雙腳，整個人騎到我的肩膀上。她就像是坐在我的肩膀上，我的一隻手臂被她用雙腳固定住，所以無法隨意行動。

葛羅莉亞用手肘固定我的腦袋，另一隻手握著針刺向我的眼睛。

這針刺下去應該會很痛吧。

我把手臂往下一揮，葛羅莉亞從我身上被扯了下來，整個人摔在牆壁上。

她搖搖晃晃地站了起來，受到的傷害好像意外地大。聽說她在上一個公會裡當過「看門狗」，但她應該比較擅長暗殺，而不是對付魔物。

「小白臉先生，你到底是什麼人？你該不會是公會的『牧羊犬』吧？還是『羊』？」

所謂的「牧羊犬」就是負責揭發冒險者公會內部犯罪的密探。他們平常會偽裝成普通職員，暗中監視其他人，只要發現舞弊行為，就會向上頭報告。所謂的「羊」則是「牧羊犬」為了進行調查而僱用的助手。他們會偽裝成冒險者或委託人，暗中協助調查。

「都不是。我只是隨處可見的流浪狗。」

只是現在戴著公主騎士大人給的項圈。

「是嗎？」

葛羅莉亞朝向門口衝了過去。她想要逃走嗎？她應該是打算先逃到屋外，告訴別人自己差點被我強暴，偽裝成一個被害者吧。就算我想要追上去，也非得跟著跑到暗處不可，所以肯定會被她逃掉。

可是，我不會讓她得逞的。

我抓起手邊的布條，塞到水瓶裡面，然後把吸水後變硬的布條朝向她扔了過去。在葛羅莉亞開門的前一刻，變得像是鞭子的細長布條成功纏住她的右手。確認布條緊緊纏住她之後，我使勁一拉。葛羅莉亞從我旁邊飛了過去，整個背部撞在窗框上才停下來。

「歡迎回來。」

我繞到葛羅莉亞背後，撿起她丟掉的剃刀，抵住原本主人的喉嚨。再來只要我稍微用點力，瞬間就會噴出充滿鐵鏽味的番茄汁。葛羅莉亞丟掉武器舉起雙手。

「妳會從『歪曲燈塔』來到『灰色鄰人』，也是因為侵吞鑑定品嗎？」

「那是古代英雄曾經使用過的魔劍。我實在忍不住。」

她冷笑一聲。雖然對自己的本性感到傻眼，她似乎並不後悔。

「真虧妳還能保住一命。」

「但也不是毫髮無傷就是了。」

葛羅莉亞緩緩脫掉手套。當她脫下左手手套時，我看到了一隻金屬義手。

「哎呀。」

我頭也不回就抓住葛羅莉亞的右手。外型有如錐子的刀刃在我眼前停下。她打算趁著我把注意力放在左手上時，用暗藏的刀子刺進我的眼珠。真是個大意不得的女人。

「看來妳這人註定不會長命。」

「抱歉。剛才那是最後的反抗，我身上沒有武器了。真的，我不會再反抗了。拜託你饒我一命。小白臉先生，我最喜歡你了。」

她丟掉刀子，自暴自棄地向我求饒。

「那塊破布真的值得妳這麼拚命嗎？」

「廢話。」

葛羅莉亞恨恨地說。

「不枉費我辛苦拿回來調查。那是真貨，是沾著神血的聖遺物。」

「妳是指大地母神嗎？」

「有許多種說法。除了大地母神之外，也可能是蛇神、水神、『太陽神』，還有……」

「……我改變心意了。妳還是把東西還來吧。」

「咦？可是……」

我加重了指尖的力道。

「我明白了。」

葛羅莉亞慢慢走向架子，把手伸向上面的一個木箱。

「別以為我分不出真假，就想拿冒牌貨矇混過關。」

葛羅莉亞瞬間看了我一眼後，把旁邊的另一個木箱擺在桌上。

「這就是真貨。絕對錯不了。」

葛羅莉亞把手擺在桌上，打開箱子的蓋子。我們兩人同時叫了出來。

箱子裡根本沒有什麼聖骸布，只剩下些許黏在角落的紫色黏液。

「妳這人實在是……」

「你誤會了。我沒有說謊，這也不是冒牌貨。東西是真的被偷走了。」

她一臉茫然地小聲這麼說，還無力地跪了下去。看起來不像是在演戲。

我用手指碰觸那些紫色黏液，指尖有種彷彿碰到酸液的刺痛感。我當初沒有把這種黏液的觸感告訴葛羅莉亞。換句話說，這確實是那個鎧甲怪物幹的好事。

「妳知道東西是什麼時候被偷走的嗎？」

「今天早上確實還在。我確認過了，絕對錯不了。可是，我根本沒看到什麼可疑人物，而且就只有你一個人來過這裡。」

對方忽然出現，又忽然消失了嗎？

「這還真是傷腦筋呢。」

就算我想要追上去，卻連對方怎麼進來又怎麼出去都搞不清楚。賈斯汀應該會氣瘋吧。雖然公會長也顏面掃地，但那跟我毫無關係。我只在意那個鎧甲怪物的目的。如果沾在聖骸布上的神血真的是那個屎蛋太陽神的血，而他也跟羅蘭一樣，都是那個瘋子太陽神的手下，那事情可就麻煩了。

「總之，這件事我會保密，妳也要假裝不知道。沒問題吧？」

我本來是想要殺了她，但這次的事情與艾爾玟無關。而且要是又有鑑定師遇害，我這次肯定會變成嫌犯。因為其他鑑定師都有看到我跟葛羅莉亞交談的樣子。

「……我答應你。」

她很乾脆地答應了。因為心中感到沮喪，她現在應該也無力反抗了吧。

「那我要走了。報酬下次再給我就行了，到時候我會幫妳準備好蜂蜜的。」

「我不需要！」

葛羅莉亞把破布朝我丟來。

幾天後，我跟艾普莉兒的扳手腕比賽開始了。

我們把一張桌子搬到冒險者公會的廣場，面對面坐了下來。

桌子周圍還用繩子圍起一個大圓圈，讓觀眾無法靠得太近。

我原本以為賭局無效，但有人在最後一刻押注在我身上。不管走到哪裡，都會有這種喜歡反向操作的傢伙。賠率是九比一。真是太感謝了。準備沉醉在大爆冷門的狂喜之中吧。

而且現在還是大晴天，萬里無雲。

順帶一提，艾爾玟也還在「迷宮」裡。這樣就沒有任何不安因素了。

因此，比賽當然也會是這種結果。

努力擠出的氣勢響徹廣場。

「真是遺憾啊。只要我拿出真本事就是這樣，妳太小看大人的力氣了。」

「嗯～～！」

艾普莉兒喘著大氣，使出全力想要擊敗我。可是憑我原本的臂力，她根本動不了我分毫。被蚊子叮到可能都還比較有感覺。

「來啊，矮冬瓜。怎麼啦？妳不是要擊敗我嗎？」

「不准叫我矮冬瓜！」

她緊咬著牙，紅著臉鼓足力量，可惜力量的差距顯而易見。

「大小姐，別輸啊！」

「幹掉那個作弊的小白臉！」

觀眾幾乎都站在艾普莉兒那邊。他們揮舞著拳頭，發出吵到不行的加油聲。

「我不會輸的！」

我只是輕輕壓過去，她的手背就快要貼在桌上了。即便如此，艾普莉兒還是拚命撐住了。看來她明天肯定會肌肉痠痛吧。她的手臂這麼細，卻還是為了我這種人使出全力。

擔任裁判的德茲給了我一個白眼。就算他沒有開口，我也知道這位老朋友想說什麼。

大小姐明明這麼柔弱，還是為了你拚盡全力，你這樣拿出全力欺負她很有趣嗎？這就是他想說的話。

就算是這樣，我也沒有好心到願意故意輸給她。抱歉了，艾普莉兒，今天就是讓妳體驗到世間殘酷的日子。我差不多該結束這場比賽了。

正當我準備把她的手腕扳倒時，現場發生了意外。情緒激動的觀眾跨越繩索，全都跑到我們旁邊了。

「上啊！別放棄！」

「幹掉這個小白臉！」

他們沒有直接碰觸我們，但來到幾乎要碰到我們的地方，替艾普莉兒加油打氣。仔細一看，連在我身上下注的人也站在艾普莉兒那邊。竟然被現場的氣氛影響了。

因為人群不斷從後面擠過來，讓人牆也變得更厚更高。

「喂，別過來。給我滾到一邊去！」

當我說出這句話的瞬間，一道黑影蓋在我的頭上。因為有個特別高大的傢伙從桌子上方探頭看了過來。

我突然使不出力量，身體也變得沉重。而艾普莉兒沒有放過這個機會。

「嘿呀！」

她大喝一聲，同時把我的手背壓在桌上。現場瞬間安靜了下來。

「比賽結束。艾普莉兒獲勝。」

「好耶！」

德茲無情地這麼宣布，艾普莉兒立刻跳起來歡呼。觀眾也都非常興奮。

「慢著。剛才那樣不算數吧！這些傢伙在旁邊擾亂，這是妨礙比賽！」

「他們只是有些激動，完全沒有碰到你跟大小姐。」

德茲很快就駁回我的抗議。這傢伙太偏心了吧。

「我們說好了，你以後要乖乖工作喔。」

艾普莉兒擺出勝利者的姿態，但是她太天真了。

「那可不行。文件這種東西不是只要寫好就算數，還需要負責人，也就是妳爺爺蓋章才行。否則那就只是普通的廢紙。」

「真是遺憾呢。我有請爺爺蓋章了。」

「那真的是印鑑章嗎？不是只要蓋了章就行。畢竟妳不是正式的公會職員。他也可能只是陪妳這個孫女玩玩，隨便蓋個章不是嗎？」

「才沒有那種事。我爺爺真的……」

她從擺在桌子底下的包包裡拿出文件。

「他真的有蓋章。你看，就在這裡……」

「拿到了。」

我從艾普莉兒手中搶走那份文件。

「喂，還給我啦！」

艾普莉兒拚命伸出手，想把文件搶回去，但我們的身高有段差距，讓她無法如願搶到。

「我順便告訴妳一件事，這種文件都要提交給相關單位才會生效。以這次的情況來說，負責辦理相關手續的單位意外出包，也不是什麼罕見的事情。」

我把文件折成一小塊，然後擺在手掌上張大嘴巴。

「啊啊……！」

艾普莉兒絕望地叫了出來，我激烈地咀嚼給她看，還發出喉嚨吞下東西的聲音。

「真可惜呢。希望妳再接再厲。」

艾普莉兒漲紅了臉。

「你這個……大爛人！笨蛋！沒出息的廢材！」

她氣得踢了我的小腿好幾下。我趕緊逃了開來。要是繼續待在這裡，我可能會被矮冬瓜的粉絲圍毆。

「學著點吧。只要直到最後都不放棄希望，任何困難都能迎刃而解。」

留下這句聽起來很有道理的話之後，我就快速逃離現場了。

「給我回來！你這個笨蛋～～！」

第四章　「巨人吞噬者」的失算

窗外的黃昏天空逐漸從紅色轉為群青色。

艾爾玟今天休假，但她去冒險者公會辦事情了。

她應該再過不久就會回來。我今天也忙著拿出全力為她做菜。因為太晚開始動手，我得加快速度才行。

儘管我想去接她回來，但我前陣子才剛惹火公會長的孫女，在她氣消之前，我只能暫時與她保持距離。

我聽到敲門聲。公主騎士大人回來了。

我趕緊出去迎接，但艾爾玟一言不發，擺著臭臉走上二樓。看來我得聽她發牢騷了。從爐火上面把鍋子拿走後，我也跟著上樓。

雖然她沒有說話，我還是能從背影感覺到她的心情有多差。就算問她怎麼了，她也只會叫我閉嘴，讓我只能默默地在旁邊幫忙。等她想說的時候，應該就會開口了吧。

「飯菜都做好了。」

「我晚點再吃。」

艾爾玟脫掉裝備坐在床邊，然後就這樣躺了下去。如果她是在誘惑我，我當然是很歡迎，但要是我直接撲上去，毫無疑問會被她痛扁。我一句話也沒說，就這樣站著不動。艾爾玟看著天花板開口了。

「十九層……」

「什麼意思？」

「他們好像已經抵達十九層了。我是說『蛇之女王』與『金羊探險隊』的聯合隊伍。」

他們雙方都是最近開始嶄露頭角的冒險者隊伍。尤其是瑪雷特姊妹率領的「蛇之女王」，甚至有過挑戰其他「迷宮」的經驗，大家都說他們會超越艾爾玟等人，一躍成為征服「千年白夜」的急先鋒。

「『黃金劍士』好像也要加入他們。這群人要認真開始挑戰『迷宮』了。」

大家都團結起來了嗎？真了不起。

「對方也有邀請我們，但我拒絕了。因為我覺得分配報酬的時候一定會談不攏。」

艾爾玟的目的是取得「星命結晶」，把占據故鄉的魔物一掃而空，復興馬克塔羅德王國，不可能與別人共享寶物。

「……要是就這樣被他們搶先就糟了。」

「妳想太多了。」

「我也明白。可是，這一仗我非贏不可。我絕對不能輸。」

「那妳要說出這些話，把拉爾夫或諾艾爾叫來打屁股，嘴裡喊著『給我拚命工作，你們這群飯桶』嗎？」

我感覺得到艾爾玟倒抽了一口氣。要是上頭的人失去冷靜，底下的人就不會跟隨。我能體會她看到強力的競爭者出現，不由得感到焦急的心情，但其實她可以不用那麼緊張。「千年白夜」可沒有簡單到能讓人短短幾天就完全征服。

「妳要先一步一步確實前進。想要走捷徑只會摔個四腳朝天。只要妳慢慢前進，總有一天能抵達最底層，也能得到『星命結晶』。」

而且還能讓太陽神吃癟，好處不勝枚舉。

「到時候……」

艾爾玟突然挺起身體，往我這邊看了過來。

「你有何打算?就是……等我成功征服『迷宮』之後……」

我待在這裡是為了幫助無法獨自戰鬥的艾爾玟。到時候我應該就派不上用場，也沒理由繼續跟她在一起了。

照理來說，我跟艾爾玟之間根本沒有交集。一個沒用的小白臉與亡國的公主，原本應該不可能相遇，卻因為奇妙的機緣碰在一起。這只不過是回到常軌罷了。覺得寂寞與不想分開的心情只是一時的感傷，遲早會變成美好的回憶。

「我應該會離開這個城市吧。」

一旦魔物從王國裡消失，艾爾玟就會回到自己的國家，登基成為女王。可是，我不可能當上王夫，而且我們也不是那種關係。更重要的是，她身邊的大人物們不可能容許這件事發生。他們肯定會硬生生拆散我們，不然就是派人暗殺我。

不過，如果我獨自留在這個城市，肯定會有許多想知道她醜聞的無聊傢伙不斷找上門。他們應該會把我抓去關起來，逼我說出許多不想說的事情。

我可不想拖累努力追尋幸福的她。

「反正我不管在哪裡都活得下去。」

我打算在那種事發生前離開這裡。我無意回到故鄉，因為我連親手足是否還活著都不曉得。我會四處旅行，找尋住起來還算舒適的地方。我從以前就是個居無定所的流浪漢。就算我要工作，應該也找不到正當的職業。反正我只需要養活自己，總是會有辦法的。跑去投靠其他女人，繼續過著小白臉生活也不錯。我以前也是這樣勉強活下來的，到時候不過就是回去當孤獨的一匹狼罷了。

不過，我應該會再次改名吧。曾經跟艾爾玟同居的馬修必須消失。

這次我要給自己取個更像是王子殿下，充滿氣質的名字。

就在這時，我發現艾爾玟的臉蒙上了一層陰影。

「別擔心，我不會說出妳的祕密。我發誓。」

「我不是在擔心這個。」她讓那頭紅髮輕輕擺動，悶悶不樂地搖搖頭。

「你可以接受這種結果嗎？」

「沒什麼接不接受的問題。我打從一開始就準備這麼做了。」

就只有在童話故事裡，才會有那種兩個人永遠幸福生活的結局。不管是以什麼樣的形式，離別的日子遲早都會到來。我們只能在那天到來之前，好好珍惜現在的兩人時光。這樣就夠了，也只需要這樣。

我盡量假裝開朗地說著這些話，但艾爾玟還是低著頭。她看起來像是覺得懊悔，也像感到害羞。我在她面前跪了下來，輕輕牽起她的手。

「那是很久以後的事情。我目前還會暫時待在這裡，畢竟我得照顧妳的身體。」

「迷宮病」與「解放」同時侵蝕著艾爾玟的心靈與肉體，我不能放著這樣的她不管。

「妳現在不需要管我，只要專注於眼前的事情就好。要是妳只顧著煩惱，才真的會被其他人搶先一步。」

「你說得對。」

艾爾玟露出微笑，一副勉強壓抑著自己情感的樣子。

「不然我也可以在那些傢伙的食物裡加點驅蟲藥，這樣他們就得在『迷宮』裡拉肚子了。」

不過若是真的要動手，我就會放毒藥，而不是瀉藥。如果在他們踏進「迷宮」之前，在他們的食物裡加一點緩效性麻痺藥，他們應該就會自己變成魔物的大餐。

「別這樣。」

艾爾玟一臉嚴肅地訓斥我。

「就算你要開玩笑，也不能說出這種話。」

「遵命。」她這種認真的個性，我並不討厭。

「那這件事就到此為止。我們去吃飯吧。妳放心，我沒有放驅蟲藥。」

「那還用說嗎？」

艾爾玟總算笑了。她站了起來，意氣風發地走出房間。看來她的心情終於變好了。走下樓梯後，她面帶笑容回過頭來。

「我肚子餓了。不管是什麼東西，我現在都能津津有味地吃下去。今天的菜色是什麼？」

「我把茄子、番茄與香菇做成燉菜，還做了豬肉炒茄子，還有一道烤茄子。」

「我們去外面吃吧。」

她直接走向門口，但我從後面抓住她的肩膀，逼她轉過身體。

「挑食是不對的。」

「你說要煮一頓大餐，我才把錢交給你的，結果你偏偏弄了滿桌那種紫色的東西，到底是為了什麼理由！」

「當然是因為茄子很好吃。」

茄子不但顏色好看，而且又有營養。我還在市場學到不少簡單的烹調方法。

「你這人還真是喜歡亂花錢。」

「我不想吃那種東西，那是我討厭的食物——在這種艱難的時期，妳敢在自己心愛的國民面前說出這種話嗎？順便提醒妳，在妳心愛的國民之中也有農民很用心在種植那種紫色的東西。」

我拿出這張王牌後，艾爾玟立刻把臉別過去，故意跟我耍脾氣。我現在可以體會馬克塔羅德王國的宮廷廚師有多麼辛苦了。

「妳以前也會這樣耍任性嗎？」

「我以前都有乖乖吃掉。只是都要捏著鼻子。」

「那妳也吃吃看我做的茄子料理吧。那些都是我為了妳費心做出來的料理。」

我這人不會挑食。只要是能吃的東西，我什麼都會吃。因為要是我不這麼做，就無法活到現在。

「妳要多吃一點補充體力，這樣才能征服『迷宮』，盡快在王宮裡舉辦茄子派對。」

「我絕對不要！」

艾爾玟心不甘情不願地在餐桌旁邊坐下。我好不容易才做好這些料理，真希望她不要捏著鼻子吃掉。

就在這時，從玄關大門傳來敲門聲，打斷了我們兩人的歡樂時光。到底是誰會在這種時候跑來？

公主騎士大人正在跟烤茄子苦戰，應付客人就成了我的任務。要是我突然把門打開，殺手有可能會直接衝進來。我小心翼翼地從門縫中看出去，結果看到了諾艾爾與拉爾夫。不過，我感覺訪客不是只有他們兩個，旁邊還有別人。

「怎麼了？你們怎麼會在這種時間過來？」

「其實是……」正當拉爾夫準備開口回答時，一名女子的聲音打斷了他。

「不好意思，打擾你們休息了。因為我無論如何都想跟公主騎士大人談談。」

不久後，餐廳裡聚集了八個人。料理已經照著艾爾玟的指示收走了，四名男女並肩坐在我們面前。兩名長相相同的女子坐在中間，她們戴著帽簷很寬的帽子，身上穿著黑色長袍。充滿光澤的金色長髮綁了起來，自然地披在背後。眼尾略為上揚的紫色眼睛，看起來就跟貓一樣。長袍底下還穿著紅色上衣與黑色長靴。這兩位衣著打扮完全相同的女子，就連坐姿也一模一樣。

她們是賽希莉亞與碧翠絲。這對雙胞胎就是瑪雷特姊妹，魔術師與冒險者隊伍「蛇之女王」

的隊長。坐在她們左右兩邊的男人是雷克斯與尼克，他們分別是「黃金劍士」與「金羊探險隊」的隊長。也就是說，三支隊伍的隊長全都到齊了。

坐在他們對面的人當然是艾爾玟。諾艾爾跟拉爾夫站在她身後，而我則是站在牆邊。畢竟只有我一個人吃晚餐也沒什麼意思。拉爾夫瞪了過來，一副「你怎麼也在這裡」的眼神，但我當然沒有理他。

「如果是要談聯合隊伍的事情，我應該早就拒絕了。」

艾爾玟劈頭就一臉不悅地這麼說。

「我倒覺得這是個不錯的提議。」

碧翠絲率先開口。她好像是瑪雷特姊妹中的妹妹。雖然她們長得一模一樣，但賽希莉亞是把頭髮綁成一束，碧翠絲則是綁成兩束。

「我們今後遇到的魔物只會更強。反正不管找來多少弱者都沒用，而且強者也不會想要被人扯後腿。所以，我打算從各個隊伍中挑選出高手，打造出一支精銳隊伍。」

「至於剩下的人，就讓他們負責從旁協助隊伍是吧？」

簡單來說，碧翠絲就是想要打造出一個「冒險者同盟」，先讓幾個冒險者團隊加盟，然後視需要派人參加聯合作戰，或是重新編組隊伍。

最常見的做法就是從各個隊伍中挑選出高手，讓他們到最前線挑戰「迷宮」，然後讓剩下的人擔任預備軍，負責對付其他弱小魔物，以及補給運輸這些後勤工作。這應該就是碧翠絲想要的做法吧。

「順帶一提，我們這邊會派出我和賽希莉亞，『黃金劍士』與『金羊探險隊』則會派出雷克斯與尼克。至於你們那邊……應該就是妳跟後面那個嬌小的女孩吧。」

看來她還算有眼光。雖然維吉爾他們也不差，但她們兩個的實力還是比其他人強上一截。我也會這麼選擇。拉爾夫就不必考慮了，他連不甘心的資格都沒有。

「我的答覆還是一樣。不管本領多麼高強，我都不打算跟無法信任的傢伙組隊。」

雖然感覺很合理，其實同盟的成功率並不高。如果是騎士與士兵就算了，但冒險者都是些個人主義很重的傢伙。畢竟那種願意為了組織與團體粉身碎骨的人，根本不會跑來當冒險者。如果只有幾個人倒是還好，一旦人數變多，分配利益與協調意見都會更為困難。而且只要牽扯到個人情感的問題，不滿的情緒也會不斷累積，最後導致破局。

如同艾爾玟所說，能否信任對方也是一個問題。畢竟冒險時必須把自己的命託付給背後的隊友，想要徹底信任初次組隊的人並不容易。更重要的是，艾爾玟身上還藏有一個重大的祕密。

「如果只是要暫時聯手，我是可以考慮看看。不過，如果是要同盟，不管妳來說多少次都一樣。」

「妳要當新隊伍的副隊長也行。」

「那我不就自貶身價了嗎？」

艾爾玟不屑地笑了出來。

「不好意思，你們去找別人吧。我們要用自己的做法挑戰『迷宮』。」

桌子震了一下。因為碧翠絲把腳擺到了桌上。

「妳到底在臭屁什麼？雖然妳以前是公主，現在不就只是個無家可歸的冒險者嗎？」

「……」

「現在是五星級的我們好心要邀請妳加入，難道妳不該心懷感激嗎？」

先不論實力與知名度，艾爾玟在冒險者公會裡還只是三星級冒險者。如果想要繼續升級，就得完成公會規定的委託，以及滿足其他條件，但艾爾玟全都拒絕了。因為她的目標是復興王國，而不是以冒險者的身分闖出名號。

相較之下，瑪雷特姊妹可是五星級冒險者。聽說她們才二十二歲，這麼年輕就升上五星級，算是相當少見。她們應該闖過不少生死關頭了吧。

「謝謝妳的好意，但我不需要。而且我也不想執著於那種井底世界的排名。」

「哈，真臭屁。」

「先不說這個了。」

艾爾玟抓住桌緣，一口氣把桌子抬了起來。碧翠絲發出慘叫，身體也失去平衡，差點就要往後翻倒，但被她身旁的賽希莉亞及時伸手扶住了。

「把腳放在桌子上實在很沒禮貌。就我所知，這應該是世間的常識，看來妳們似乎連這點教養都沒有。」

「妳這傢伙……！」

碧翠絲激動地站了起來，從袖子裡拿出形狀古怪的魔杖指著艾爾玟。螢光聚集在魔杖周圍，但很快就煙消雲散。

「要是妳敢繼續亂來，我可不會手下留情。我會把妳當成賊人，從這裡趕出去。」

因為艾爾玟拔出劍來，用劍尖指著她的喉嚨。碧翠絲的臉龐因為屈辱而扭曲，只能抬起下巴動也不動。

劍拔弩張的氣氛讓雷克斯與尼克站了起來。諾艾爾與拉爾夫也擺出隨時都能拔出武器的姿勢，就只有我和賽希莉亞毫無動作。

沉默籠罩著現場。儘管只看人數是四對四，然而我算不上戰力，拉爾夫又是個半吊子，所以實際上應該是四對二點五。雖然情勢很不利，但我們的公主騎士大人可以彌補這點。對方應該也無法全身而退。

「我們回去吧。」

賽希莉亞・瑪雷特用手撐著臉頰，小聲說出這句話。

「大家今天好像都有點太過激動，還是改天再談吧。」

「可是，我怎麼可以就這樣讓人看扁……」

「碧。」

她打斷妹妹的話站了起來，發出溫柔的呼喊聲，還用雙手捧住那張與自己一模一樣的臉，讓妹妹轉頭看向她。

「妳是最棒的。真的很棒。不管是身為冒險者還是女人，妳都是超一流的。可是，只要妳一生氣，腦袋裡面就會變得跟媽媽洗過的衣服一樣白。」

她把臉貼到幾乎要親到妹妹的地方，好聲好氣地這麼勸她。

「如果妳有辦法在這種情況下讓公主騎士大人點頭，要繼續打下去也不是不行，但如果妳沒有辦法，就應該先等大家都冷靜下來，再來討論其他方案。」

「那我就用實力讓她……」

「在那之前就會鬧出人命了。我們明明是為了提升戰力而來找她談判，這樣不就本末倒置了嗎？」

碧翠絲發出咂嘴聲，然後推開姊姊的手，重新看向艾爾玟。

「我今天就看在希的面子上放過妳。我們還會再來的。」

單方面丟下這句話後，對方就走向出口。雖然成功避免了最壞的情況，緊張的氛圍還是沒有得到舒緩。

「對了，我有點事情想要請教那兩位小姐。」

我無視現場的緊張氛圍，開口叫住對方。

「妳們兩個還有其他姊妹嗎？」

「沒有。」賽希莉亞回答了我的問題。

「瑪雷特姊妹就只有我和碧兩個人，從出生到現在都是這樣。這有什麼問題嗎？」

「不，沒問題。」我點頭如搗蒜。「這樣我就放心了。」

因為要是在危急時刻，又一直有三兄弟或四兄弟跑出來搗亂，實在是很煩人的事情。

碧翠絲一副無法釋懷的樣子，但她好像覺得我只是在開玩笑，就這樣走到屋外。雷克斯與尼克也跟著離開。賽希莉亞在最後回過頭來。

「那我們就下次再談吧。」

我聽到關門的聲音，過了十秒左右，拉爾夫大大地嘆了口氣。

「真是好險。那些傢伙可不好對付。」

「白痴，現在是說那種話的時候嗎？」

我一邊擦桌子，一邊向拉爾夫小弟抱怨。

「竟然在晚餐時間帶那種客人過來，你怎麼不自己想辦法搞定？」

「我也不想帶那些人過來啊！是他們硬要我帶路！」

「算了。反正事情都過去了。」

善良的艾爾玟幫愚蠢的家臣說話了。

「不管他們來幾次，我的答覆都不會改變。我的同伴要由我自己來決定。」

不過，我還是覺得她應該把拉爾夫踢掉。無能的同伴才是最麻煩的問題。

「不好意思打擾您了。那我們也要離開了。」

「如果妳不嫌棄，要不要留下來一起吃晚飯？」

諾艾爾低頭道歉後就準備離開，但我叫住了她。

「我做了很多菜，多一個人吃飯還不成問題。今天可是茄子大餐。」

「咦？」

艾爾玟發出尊貴之人不該有的叫聲。

「我不是叫你收拾掉了嗎？」

「所以我把那些茄子料理都暫時擺到旁邊，這樣晚點就能繼續吃了。」

「這樣啊……」

她一副無法釋懷的樣子，但在諾艾爾等人面前，好像不敢隨便耍任性。如果諾艾爾也在場，艾爾玟應該也會津津有味地吃下茄子。雖然這些料理是真的很好吃就是了。

「我可以留下來嗎？」

「……當然可以。」

被雙眼閃閃發亮的諾艾爾這麼問，艾爾玟也只能點頭。而且拉爾夫也順便留下來吃飯了。給他吃我做的大餐實在讓人很不爽，但這樣總比沒吃完要來得好。

「那我現在就去拿過來。對了，妳敢吃茄子嗎？」

「我最喜歡吃茄子了。世上沒有討厭吃茄子的人。」

諾艾爾精神十足地這麼回答。我轉頭看向艾爾玟。

「……聽到沒有？」

「那是因為這女孩比較不諳世事……」

拜託別把挑食與不諳世事混為一談。

隔天早上，艾爾玟等人從今天開始又要踏進「迷宮」好一段時間。隨便吃了點早餐後，她就穿上鎧甲準備出門了。她跟諾艾爾他們約好在冒險者公會碰面。

「我送妳過去。」

「不用了。」

公主騎士大人一大早就不太開心。她好像不是很喜歡早餐裡的起司茄子。

她還對我說「在我回來之前，你要負責吃光那些紫色的東西」。看來我之後得去市場一趟，向太太們學習更多烹調的方式。

「那至少讓我跟妳吻別……」

我才剛打算這麼做，她就走掉了。

「啊，糟了。」

我忘記把今天的糖果交給她了。要是那種糖果吃完，艾爾玟就會失去戰鬥能力。

我急著要追上去，把門打開一看，結果立刻停下腳步。

艾爾玟還站在門外。她就站在玄關外面，背對著我動也不動。

「怎麼了嗎？」

我從後面探頭一看，發現她的臉色變得蒼白，還用顫抖的手握著一張紙。我伸手拿走那張紙。上面用潦草的文字這麼寫著——

我知道你過去的事。

不管你如何偽裝，都無法逃過自己的罪行。

就算假裝自己是個英雄，但你的本性既醜陋又低俗。

不過就是隻吃腐肉的烏鴉。

「妳是在哪裡找到這張紙的？」

「……我是剛剛才看到的。這張紙被壓在圍牆內側的石頭底下。」

既然有人故意讓這張紙不會被風吹走，就不可能是偶然從其他地方飛過來，肯定是有人故意放在這裡的。我最後一次看到擺放這張紙的地方，是在昨天下午出門之前。這張紙沾到夜晚的露水，上面還帶有些許濕氣，應該放在那裡超過半天了吧。也就是說，對方是在我昨天傍晚出門的時候把紙放在這裡。

「妳知道犯人可能是誰嗎？」

艾爾玟看著前面搖了搖頭。這些文字應該也是故意寫得這麼潦草，讓我們猜不出到底是誰寫的。至少我毫無頭緒，艾爾玟似乎也是一樣。某個不知道身分的傢伙故意威脅艾爾玟，讓她擔心害怕。正當我差點被怒氣沖昏頭的時候，我想起了眼前的女人。

「馬修，我……」

「放心吧。」

我從後面抱住她彷彿受凍般顫抖的身軀。

「這只不過是惡作劇。上面根本沒寫出任何具體的事情。」

同時還用一隻手輕輕撫摸她的頭，好聲好氣地安慰她。

上面都是過去與罪行這些對任何人都管用的詞彙。如果對方真的知道艾爾玟的祕密，又打算藉此威脅她，應該會寫出暗示性更強的詞彙。例如她祖先留下的項鍊，或是藥頭的名字等。

「因為有人嫉妒妳的名聲，才會故意這樣捉弄妳。妳沒必要放在心上。」

我盡量用最溫柔的語氣這麼說，不斷撫摸她的頭。當她終於停止顫抖，我說出了這個建議。

「妳今天還是好好休息吧。反正『迷宮』也不會逃走。」

「可是……」

「妳的臉色這麼難看，要是踏進『迷宮』裡面，也只會變成魔物的大餐。今天還是待在家裡好好休息吧。我會負責去跟諾艾爾他們說一聲。我不在的時候，妳千萬不能讓任何人進到家裡。如果對方硬要闖進來，那他肯定是個壞人，可以直接砍了。懂了嗎？」

再三叮囑她之後，我拿出糖果。

「這是今天的份。只能吃一個喔。」

「……是嗎？」

「不然要我嘴對嘴餵妳吃也行。」

「別這樣。」

她從我手中搶過糖果。默默盯著綠色糖果看了一下後，她握住糖果。

「我自己會吃。」

「好吧。」

雖然臉色還是一樣難看，但她好像已經稍微恢復冷靜，至少可以跟我鬥嘴了。

「那我要走了。」

確認艾爾玟走進家裡，從裡面把門鎖上後，我動身前往冒險者公會。剛才那張可疑的信，已經在我手中變成紙屑。

不知道對方到底是誰，竟然敢這樣戲弄我們。我得先找出那個寫信的傢伙。就算對方只是要惡作劇，我也不會放過他。如果這只是他要威脅我們的第一步，那就更不用說了。為了讓艾爾玟保持內心的平靜，我絕對要找出那傢伙。

「先去那裡看看吧。」

第九位是個留著銀色長髮的美女。

「這位小姐，妳是旅行者嗎？妳是不是正準備去吃飯？這附近有很多黑店，要不要跟我一起去吃頓飯……啊，後面這位是妳男朋友嗎？不好意思，我立刻離開。再見。祝你們永浴愛河。」

因為對方用可怕的眼神瞪了過來，我趕緊快步離開。

又失敗了嗎？正當我準備再接再厲時，看到八個「聖護隊」的傢伙走了過來。帶頭的人正是文森特。

「嗨，文斯。一大早就出來巡邏嗎？你還真是認真。」

「你在這種地方做什麼？」

他用感到傻眼的語氣這麼問道。

「你看不出來嗎？當然是把妹啊。」

這裡是城東的大街。從城東大門進來之後，只要走一小段路，就能找到許多以旅行者為客群的餐廳與旅館。這裡不但人潮眾多，只要走進巷子裡，就能找到愛情賓館。因此，那些想要跟路過的女子打好關係的紳士，以及想要從那種男人身上討錢的淑女，很容易聚集在這裡。

「啊！那位小姐剛才還跟我說沒興趣，結果現在竟然跟那種帥哥走在一起……」

我為此感到不甘心，讓身旁的文森特重重地嘆了口氣。

「你自己不去工作，卻讓艾爾玟小姐去戰鬥賺錢嗎？」

「所以我才會努力把妹啊。因為這就是我的工作。」

為了避免公主騎士大人玩膩，我必須不斷磨練自己哄女人的技巧。這算是我的武者修行。

文森特板起臉孔，一副看到髒東西的樣子。

「文斯，要跟我一起把妹嗎？憑你那張臉，如果跟十個女人搭話，應該會有一個上鉤吧。」

「我已經有老婆了。」

「真的假的？她長得漂亮嗎？」

「與你無關。」

啊，我懂了。我猜應該是家族之間的政治聯姻吧。

「孩子呢？」

「有一個男孩，今年五歲了。」

「你沒把家人帶來這裡嗎？」

「我不可能那麼做吧。」

「我想也是。」

要是把他們帶到這種危險的城市，很快就會被黑社會的人綁架，用來威脅文森特。換句話說，我也用不了這招。真可惜。

「聽好，我得讓你明白一件事。」

正當我想著這些事情時，文森特伸手指著我的鼻子。真沒禮貌。

「我現在只是暫時放過你，你依然是殺死凡妮莎的嫌犯。只要我找到證據，就會立刻把你送上處刑台。還有，不准叫我文斯。別一副跟我很熟的樣子！」

他情緒激動地說個不停。

「文斯，我不是不明白你的意思。不過，我也得提醒你一件事。文斯，艾爾玟上次早就推翻你的推理了。文斯，你該不會忘記這件事了吧？文斯，拜託你學聰明點行嗎？」

他一把揪住我的胸口，用惡魔般的表情瞪了過來。

「要是你敢繼續跟我打嘴砲，我就把你關進牢裡。」

「遵命，卡萊爾大人。」

這傢伙的脾氣還真是火爆。這應該才是他真實的一面吧。

文森特發出咂嘴聲，使勁把我推開。我往後退了幾步，結果不小心撞到人了。

「啊，抱歉。你沒事……大叔，原來是你啊。」

「馬修，你在這裡做什麼？」

一個年約六十歲的濃眉老頭抬頭仰望著我。因為他長得不高，還揹著一個大籠子，看起來像是一直駝著背。可是，其實他的體格相當壯碩。

「如你所見，我正在把妹。大叔，你要來湊一腳嗎？來場黃昏之戀也不錯喔。」

「我早就沒那種力氣了。身體與老二都是。」

他用嘶啞的嗓音這麼說，還輕輕揮了揮手。那是老年人特有的自嘲笑容。

「昨天真是不好意思。來，這些也給你拿回去。」

他從籠子裡拿出紅色與黃色的甜椒。向他道謝後，我接過這些禮物，但這也是艾爾玟不敢吃的東西。真想知道有沒有辦法能讓她乖乖吃下去。

「你給太多了，我以後會找機會回禮的。你有什麼想要的東西嗎？」

「那你就快點跟那位公主騎士分手吧。」

大叔好聲好氣地這麼勸告我。

「你這種人可配不上那位公主殿下。」

「你說話還真不客氣。」

我也知道自己配不上她。

「再見。你也不要只顧著玩樂，趕快去工作吧。」

「有機會再說吧。」

大叔向我舉手揮別後，就走進人潮之中了。文森特立刻這麼問我：

「他是你朋友嗎？」

「他原本是冒險者公會的『搬運者』，偶爾也會帶著蔬菜來市場叫賣。」

「搬運者」一如其名，就是公會僱用的搬運工人。他們會幫忙搬運冒險者擊敗的魔物屍體，還有魔物身上的素材與寶物這些戰利品，有時候也會幫忙搬運冒險者的屍體。在這個城市裡，他們也會跟冒險者一起踏進「迷宮」。因為他們基本上不需要戰鬥，那種空有蠻力的傢伙與退役冒險者也會來做這種工作。他們平常只需要跟冒險者一起行動，負責回收冒險者得到的東西，但有時候也會被惡劣的冒險者拿來當成肉盾或誘餌。

這份工作很危險，收入卻不高。雖然是一種不可或缺的工作，但做的人並不多，所以連那種老人都還無法退休。

「他昨天在城南的市場被小混混找麻煩，是我替他解圍的。」

不過，其實我只是代替他挨揍罷了。幸好衛兵很快就趕到，讓大叔免於受傷，我的錢包也沒被搶走。

「……看來我該重新研究市場的巡邏路線與時間了。」

這傢伙還真是認真。

「快滾吧。要是你繼續在街上做這種傷風敗俗的事情，我真的會把你抓起來。」

「對了，我偶然聽到了一點風聲。」

丟下那句話後，文森特快步走過我身邊，但我從後面叫住了他。

「聽說『聖護隊』正在重新編組是嗎？」

據說這是由文森特發起的整頓綱紀行動。那些違法官員以及與黑社會勾結的傢伙都被趕出去了。過去支援的衛兵有半數都被開除，回到他們原本的工作崗位。

「要是你連站穩腳步都做不到，就別想整頓好這個城市的治安。」

而且留下來的傢伙也沒好到哪裡去。我看向文森特身後的黑肉男與翹鬍子，結果他們竟然瞪了我一眼，一副要跟我嗆聲的樣子。連那種貨色都能留下來，看來那些被開除的傢伙應該是爛到流湯了吧。

「所以我沒空理你這種人。你可不要給我惹事生非。」

再次警告我之後，文森特就走掉了。我看著他的背影，搔了搔頭。

犯人應該不是這傢伙。

我還以為他握有某種情報，才會在他可能經過的地方堵人。不過，就算我說出艾爾玟的名字，他也毫無反應，也不像是有事隱瞞的樣子。看來我可以認定他與這件事無關了。

雖然昨天來過的瑪雷特姊妹那群人也很可疑，但諾艾爾說他們今天早上就再次踏進「迷宮」了。就算我想要去找他們問話，他們也要再過兩三天才會回來。

只要能找出那個留下紙張的傢伙，事情就好解決了，但當時是晚上，也沒有目擊者在場。據我所知，我們家附近都是些身分沒問題的人，唯一有問題的就只有我。

我也找不到有可能看到犯人的「路邊紳士」。這裡離有錢人的居住區很近，所以也是衛兵加強巡邏的地方。只要有人躺在路邊，就會因為擋到那些大人物的路，立刻被衛兵趕走。

為了保險起見，我跑去向距離最近的路邊紳士打聽了一下，但他也沒看到可疑的人物。

那些路邊紳士看起來過得很自由，其實都有各自的地盤。而且還有「紳士同盟」這個公會負責管理那些地盤，公會的上頭則是黑社會的傢伙。那些出於善意與憐憫施捨給他們的金錢與食物，有一部分都會被那種傢伙拿去，真是讓人想到就討厭。

換句話說，我目前算是束手無策了。我有點擔心艾爾玟，還是先回去一趟吧。

「嗨，這位大哥。」

當我準備打道回府時，有人叫住了我。她是一位長得很漂亮，看起來像是江湖藝人的小姐。胸部也超大。

「你是本地人嗎？能不能帶我到處逛逛？」

她用嬌滴滴的語氣這麼說，還往我身上靠了過來。

「不好意思，我有點事情要忙。下次再說吧。」

輕輕揮了揮手後，我就這樣走掉了。就算搭訕失敗，那位小姐也不以為意，立刻跑去向一位頭髮稀疏的壯漢搭話。

我回到家裡時已經是中午了。為了去看看艾爾玟的狀況，我走向她的房間。輕輕敲了敲門後，就聽到她叫我進去。

艾爾玟就坐在椅子上讀書。她脫下了鎧甲，但還穿著早上出門時的衣服。

「妳不用去睡個覺嗎？」

「我現在毫無睡意，怎麼可能睡得著。」

所以她才會看書轉換心情。我看她的臉色似乎好多了，應該是沒問題了吧。

「妳在看什麼書？」

「這是帕西．摩爾杜豪斯的詩集。」

「好看嗎？」

「這本書已經流傳超過百年了。」

她叫我看看，就把書拿了過來。

「你這個人就只會說些下流的玩笑，偶爾也該看看詩集。」

「誰叫我是個沒教養的傢伙。」

不過反正機會難得，我就稍微讀讀看吧。

「那是一位心地善良的公主，與對自身的醜陋感到羞恥，躲在洞窟裡不敢出來的騎士交談的場景。」

「我是個怪物，有一張滿是傷痕的醜陋臉龐。」

「不，那是你比任何人都勇於戰鬥的證據。我只想把自己的愛獻給那張臉。」

「我這副身軀早就被魔物的毒徹底侵蝕，隨時都有可能死去。」

「就算時間所剩無幾，你依然拚命保護大家，到底有誰能取笑這樣的你？」

「我早已失去踏上戰場的靈魂與勇氣，沒有任何能獻給公主的東西。」

「不是讓古代都市熠熠生輝的黃金或滿天的燦爛星辰，你的愛才是我無可取代的寶石。」

我忍不住捧腹大笑。

「有什麼好笑的？」

「抱歉，我本來不想笑的，只是真的忍不住。這種東西我實在看不下去。」

我的字典裡可沒有這些華麗的詞藻，就只有「屎」、「尿」、「屁股」和「打炮」，還有其他意思差不多的詞彙。

「夠了！」

艾爾玟從我手裡搶走詩集。

「讓你看這本書是我錯了。」

她把詩集擺在邊桌上，然後就走出房間。

「妳要去哪裡？」

「我要去外面吃飯。我肚子也餓了。」

畢竟她今天早上沒吃多少，也許是剛才生氣刺激了她的食慾吧。

「我也要去。」

「你要負責吃掉那些紫色的東西。」

「別生氣嘛。好啦，我再也不會讓妳吃茄子了。」

頂多就三天吃一次吧。

我後來也繼續道歉，努力討她歡心，好不容易才讓她息怒。

當我們吃完午餐，在大街上閒逛的時候，一輛馬車從旁邊經過，還叫住我們。

「艾爾玟小姐！」

馬車在前面不遠的地方停下，一位銀髮少女跳了下來。那人正是艾普莉兒。

她開心地抱住艾爾玟，然後用輕蔑的眼神瞪了過來。

「……笨蛋馬修，你也在啊？」

因為前陣子的那場扳手腕比賽，讓我在她心目中的地位降到了谷底。我花了將近一年慢慢建立起來的信用也化為泡影。可是，這都是我自作自受，所以也只能笑著接受。更何況，我現在可是艾爾玟的專屬小白臉。我絕對不要變成冒險者公會的走狗。

「其實……我正準備去請人幫忙做一件新禮服。因為領主大人要在家裡舉辦建國祭慶祝晚會，我跟祖父都要去參加。」

畢竟這女孩姑且算是有錢人家的大小姐。我突然看到一位老婦人在馬車旁邊向我們鞠躬。她是艾普莉兒的侍女，名叫諾拉。帶著婦女出門的時候，果然還是搭馬車比較合適。

「妳直接請裁縫師到家裡不是比較快嗎？」

「智障馬修閉嘴啦。」

因為我又被她瞪了一眼，只好閉上嘴巴。

「這種事就應該去店裡做不是嗎？畢竟在自己房間裡挑衣服也很無趣。」

她搖了搖頭，一副覺得我完全不懂的樣子。她應該是想換個環境，享受那種跟平常不一樣的新鮮感。不過我只覺得她在亂花錢。

「對了，艾爾玟小姐，妳要不要一起去？我們可以一起挑禮服。」

「不，我就不用了。」

畢竟她喜歡劍與武器勝過禮服。對了，還有莫名其妙的詩集。

「那妳可以幫我挑禮服嗎？我想要公主大人穿的那種禮服。」

「我勸妳還是不要比較好。」

「垃圾馬修閉嘴啦！沒人問你的意見！」

我發自內心給她忠告，卻被她一句話就打發掉了。妳真的確定要這樣？

結果我們說不過艾普莉兒，就這樣跟著上了馬車，跟她一起前往服飾店。

我們來到城西大街上一間專門為上流人士服務，名叫「白雛菊」的服飾店。這裡不但可以訂做衣服，還能讓人直接購買做好的成品。艾普莉兒原本是要在這裡量好身體的尺寸，再從大量樣本中挑選衣服的布料與款式，最後請裁縫師幫忙縫製，可是……

「這件怎麼樣？畢竟是女孩子，花朵圖案應該很適合。」

艾爾玟喜形於色地高舉著一塊有著黑色與紫色花朵圖案的粉紅布料，讓我不知道該如何回答。我看向鏡子，發現我跟艾普莉兒都露出同樣的表情。

「這個嘛……」

「我勸妳還是實話實說比較好。畢竟要穿那件衣服的人可是妳。」

只要說一句「憑公主大人高貴的眼光挑選出來的衣服，我們這些庶民根本配不上」就行了。

艾普莉兒不知為何用責難的眼神看了過來，對我小聲問道：

「為什麼艾爾玟小姐會『那樣』？她不是公主嗎？」

「就因為她是公主啊。」

她幾乎不曾幫別人挑選衣服。而且她對自己的服裝也毫不關心，聽說都是母親與侍女給她什麼就穿什麼。她現在也都只穿我和服飾店還有身邊的人推薦給她的衣服。因為這個緣故，她的眼光從未受到世俗的影響，依然是顆原石。

「那這件怎麼樣？妳看，上面有很多荷葉邊喔。」

她充滿自信地拿來一件百年前流行過的衣服，讓艾普莉兒的臉悲慘地僵住了。因為這是她主動提議，她現在也很難推辭，但她又不想穿那種用獨特眼光挑選出來的禮服，在責任感與真實想法之間陷入天人交戰。

「換人。我來幫妳挑吧。」

如果不幫她想想辦法，矮冬瓜就太可憐了。她會在晚宴上被那些三姑六婆說閒話的。

「小人馬修要幫我挑衣服？」

「你不會是想要挑些奇怪的衣服吧？」

女性們的眼神刺痛了我。還有，妳沒資格說我。

「我會幫艾普莉兒挑一件適合她的禮服。先從顏色開始挑起吧。」

「顏色？」

「先讓我猜猜看。妳現有的禮服應該都是黑色、藍色與白色的對吧？」

「啊……是啊，我以前告訴過你嗎？」

「如果要搭配妳那頭銀髮，通常都會選擇那幾種顏色。」

憑她爺爺的眼光，肯定都是選些不容易出差錯的顏色。事實上，她平常也都是穿黑色衣服。

「每次都穿同樣顏色的衣服沒什麼意思，妳應該也厭倦了吧？這次不妨試試其他顏色。」

我從陳列出來的布料樣本之中，挑選出一塊自己看上的布料。

「妳覺得紅色怎麼樣？」

我用雙手拿著這塊布料，擺在艾普莉兒的頭髮旁邊做比對。

「還不錯，再稍微偏亮一點的紅色應該會更好。這顏色很適合妳。」

「喔喔……」艾普莉兒發出讚嘆聲。

艾爾玟不發一語，站在離我們不遠的地方，欲言又止地玩著頭髮。

決定布料之後，再來就是禮服的款式了。

「機會難得，我想幫妳挑一件成熟點的禮服。最近很流行那種露胸禮服，但對妳來說還有點太早了。要是看到妳穿著那種禮服，妳爺爺應該會昏倒吧。我們可以選擇這種露肩的款式。」

我從禮服樣本之中，挑選出看起來最符合我要求的款式。

「不過，裙襬也得蓋過腳踝。妳走路的時候要小心一點。要是跟平常一樣到處亂跑，可是會踩到裙襬摔個四腳朝天的。妳要挺直背脊走路才行。如果鞋子也穿紅色的，看起來就會更平衡，但我們還是挑鞋跟比較低的鞋子吧。要是妳穿不習慣，很容易扭到腳。」

「好厲害……感覺還不錯耶。」

每當我選好一樣配件時，艾普莉兒的眼睛都會跟著閃閃發亮。

「禮服大概就是這樣了。再來就是脖子上要戴的項鍊，如果要搭配禮服，那就是紅寶石項鍊了吧。雖然鑽石與珍珠也不錯，但這就得看妳爺爺的錢包夠不夠深了。不過，只要妳去拜託他，就算要把冒險者公會賣掉，他也會想辦法弄到手的。」

「我以前都不知道你這麼懂穿搭。你自己明明總是穿著同樣的衣服。」

如果要討女性歡心，就不能不懂服飾與美容。此外，我總是穿著同樣的衣服，是因為我經常被小混混圍毆，如果身上有值錢的東西，會跟錢包一起被搶走。要是我都穿高級的衣服，不管有多少錢都不夠用。

當我幫艾普莉兒打點好全身上下的行頭時，她的氣也完全消了。再來只要等禮服做好就行了。回程的時候，她還決定先讓馬車送我們回家。

在這輛四人座的馬車裡，我和艾普莉兒面對面坐著。

「謝謝你，馬修先生。你幫了我一個大忙呢。」

信用也總算是成功贏回來了。

「……」

不過，坐在我身旁的公主騎士大人似乎不太開心。自從上了馬車之後，她就一直看著窗外，一句話都不說。

「你下次也要幫我挑衣服喔。」

「只要是為了妳，這點小事不算什麼……好痛！」

我的腳被人踩了一下。我轉頭一看，艾爾玟沒有正眼看我，恨恨地這麼說：

「你少得意了。」

「妳別鬧彆扭嘛。」

「我才沒有鬧彆扭。」

妳鼓著臉頰說這種話，好像沒什麼說服力。

「只要我有心，一樣挑得出好衣服。」

「那我們要來談談妳上次堅持要我穿得像小丑，害我走在街上被人指著嘲笑的事嗎？」

「他們是在笑你的臉。」

「是啊，所以那些小孩子指著我說『那個叔叔穿得好奇怪喔』，也全都是我聽錯了對吧？」

「反正事情都過去了，你到底要拿出來講幾次？」

「沒辦法，我就是這種婆婆媽媽的男人，所以才會當一個小白臉。」

雖然艾爾玟一臉不滿地這麼說，但我還記得她當時原本是跟我並肩走在一起，結果也逐漸跟我保持距離。

「別生氣了。妳不適合臭著一張臉。」

我摟住她的肩膀，但她立刻拍開我的手。

「別碰我，噁心死了。」

「妳真不誠實。」

我這次把她的頭輕輕抱過來。因為我們的身高有段差距，結果艾爾玟的頭靠在我的胸口上。

這樣她還會反抗，我只好輕輕撫摸她的頭，同時用手指梳著那頭亮麗的紅髮。

「我下次也會幫妳挑衣服的。」

「……反正還是我付錢不是嗎？」

「我好想看看妳穿上我挑選的禮服會變得多美。」

我在她耳邊小聲說著甜言蜜語。

還用另一隻手捧起她的下巴，硬是讓不肯正眼看我的她把臉轉過來。

「讓我想想該選什麼顏色才好。不管是白色還是紅色，應該都很適合妳。」

我含情脈脈地看著她，慢慢把臉靠了過去，卻在這時聽到咳嗽的聲音。

「這種事還是請兩位回到自己家裡再做吧。」

侍女諾拉冷眼看著我們這麼說。

艾爾玟這時才回過神來，趕緊跟我保持距離，整個人躲到馬車的角落。

儘管剛才氣氛正好，但我們畢竟是在別人的馬車裡面。

「抱歉，我忘記我們不是在自己家裡了。」

「沒關係。」

艾普莉兒紅著臉搖了搖頭。也許這對小孩子來說太過刺激了吧。

「我只是覺得有點驚訝。因為……艾爾玟小姐平常總是很帥氣。」

「其實她也有可愛的地方。妳下次來我們家玩吧，我叫她穿著輕飄飄的禮服跳舞給妳看。」

艾爾玟罵了我一句笨蛋，還揍了我的側腹一拳。

後來我們又閒聊了一會，馬車就抵達我們家了。

「那我要走了。明天見。」

艾普莉兒在馬車裡向我們揮手道別。天空也在不知不覺間轉為橘紅色。

「我們也該準備吃晚餐了。」

在回來的路上，我還拜託馬車先繞到市場一趟，所以早就買好食材了。

當然，公主騎士大人也沒有忘記提醒我，叫我千萬別買那種紫色的東西。

「那我立刻就去……」

就在這時，我突然在門邊蹲下。

「怎麼了嗎？」

「我發現狗屎了。我猜應該是有野狗跑進來拉屎。我拿去丟掉，妳先進去吧。我晚點會在這裡灑上水和沙子弄乾淨的。」

「要記得洗手喔。」

艾爾玟先一步開門走進屋子。

確認她把門關上後，我把第二張可疑紙條揉成一團，塞進褲子的口袋裡。

這張紙條八成是在我們下午出門的時候，被人偷偷放在這裡的。

第二張紙條上寫著這些話——

你沒有可以安息的地方。
我必定要讓你為自己贖罪。
你這個墮落成癮的瘋子，
也只有現在能沉浸於酒色之中。

內容本身幾乎都一樣。雖然充滿惡意的中傷，但沒有任何具體的指控。

我原本是懷疑犯人就在瑪雷特姊妹那群人之中，但那些傢伙還在「迷宮」裡面。雖然對方也能請別人代筆，但我還沒找到足夠的證據。

不過，犯人沒過多久就留下第二張紙條，還是能讓我感受到對方的怨念有多深。總之，我必須盡快解決這件事。要是讓艾爾玟看到這種東西，她的心情又會變差。

隔天早上，我大大地打了個呵欠，結果被艾爾玟賞了白眼。

「這樣很沒規矩喔。」

「誰叫妳昨晚不陪我睡，害我整晚慾火難耐，根本睡不著覺。」

「……不管你想睡多久都行，不然我也能讓你永遠沉睡不醒。」

我道歉就是了，拜託妳不要笑著拔劍。

「快來吃早餐吧。我今天一定要補上落後的進度。」

因為身體狀況恢復正常，讓她現在充滿鬥志，喊著今天一定要踏進「迷宮」。

她很快就吃完早餐，也換好衣服，準備要出陣了。

我拿出一顆糖果。

「來，嘴巴打開。」

「不需要。」

她拿走我手中的糖果，放進自己懷裡。

「我要出發了。」

艾爾玟打開家門，斜眼看向自己腳邊，然後鬆了口氣。

「路上小心。」

我目送著她的背影，同時也嘆了口氣。枉費我監視了一整晚，結果竟然沒有任何收穫。

要是犯人敢出現，我就能立刻宰掉他了。

當我回到餐廳準備收拾餐具的時候，在桌上發現一個小袋子。那是裝著糖果的袋子。難道她忘記帶走了嗎？要是在「迷宮」裡吃光「禁藥」，可是會害她沒命的。我趕緊鎖上家門，趕往「迷宮」入口所在的城中地區。

「拜託要讓我趕上啊。」

當我來到公會門口時，我看到房屋前面圍著一道人牆。

我探頭從上面看了過去，結果在人牆後面看到艾爾玟的臉。太好了，她還沒踏進「迷宮」。

不過，她的臉色很難看。她是在跟別人爭吵嗎？

「不好意思，借我過一下。」

我努力想要在人群之中前進，卻偏偏在這種時候被那些體格高壯的人擋住去路。我站在遠處看過去，發現那些跟艾爾玟等人對峙的傢伙，正是由瑪雷特姊妹率領的「蛇之女王」一行人。她們不但實力高強，而且六名成員都是年輕女性，是一支充滿魅力的隊伍。我也想要加入她們。我乾脆重操舊業算了。

當我掙扎著想要走過去的時候，艾爾玟聲音裡的怒氣也逐漸高漲。

「我可以接受聯合作戰。如果敵人是塔拉斯克，這也是可以理解的事情。可是，我們只能拿到一成報酬是什麼意思？這也未免太不公平了吧？」

看來她們是因為分配報酬的事情起衝突。順帶一提，塔拉斯克是一種巨大的烏龜型魔物。不過，塔拉斯克有著獅頭、熊腳與蛇尾。我以前也跟那種魔物交手過，那種魔物頗為耐打，實力還算強大。如果要對付那種魔物，多找些人手一起圍毆應該是最好的做法。「蛇之女王」提早回來，應該也是為了招集人手。

「這也是理所當然吧？你們頂多就只有三星級，而我們可是五星級。連小孩子都知道誰比較厲害不是嗎？」

即便艾爾玟如此抗議，碧翠絲也完全不當一回事。她姊姊賽希莉亞坐在不遠的椅子上，大白天就開始喝起紅酒。

「跟星星的數量無關，原則上不是應該按照人數或隊伍數量均分報酬嗎？」

「凡事都有例外。我們這三支隊伍各拿三成，這樣就九成了，剩下那一成給你們。這件事已經決定了。妳看，召集令上也是這樣寫的。」

碧翠絲亮出她手上那張紙。所謂的召集令，就是冒險者公會出於必要徵招冒險者時所使用的文件。平常不會連分配報酬的規則都寫進去，這應該是碧翠絲硬要公會加進去的條件吧。她也可能是用美色拉攏了公會職員。

因為這是公會的正式請求，如果沒有理由就拒絕，會受到懲罰。視情況而定，甚至有可能被禁止踏進「迷宮」。雖然「迷宮」的所有權在國家手上，卻是由冒險者公會全權負責管理。

「當然，例外始終是例外。這點就要看我們怎麼談了，明白嗎？」

言外之意就是要艾爾玟加入同盟。簡單來說，碧翠絲打算憑著公會的權力讓艾爾玟屈服。

「妳真的認為這樣就能讓我們接受？」

「我已經阻止過她了喔。」

賽希莉亞微微歪著頭，一副傷腦筋的樣子，卻看不出有要認真阻止的意思。

「說吧。妳想怎麼做？不諳世事的公主大人。還是說，妳要去讓那個小白臉安慰一下？」

如果她願意跑來向我哭訴，我還比較好處理，但她偏偏很愛硬撐。

現在正是其他人站出來幫助艾爾玟的時候，然而每個傢伙面對公會的權力都嚇得不敢說話。

真是群廢物。

「我有個問題。」

正當我這麼想的時候，諾艾爾一臉疑惑地站了出來。

「我最近才剛加入公會，請問五星級真的有那麼了不起嗎？」

「這不是廢話嗎？」

碧翠絲輕聲冷笑。

「那如果七星級冒險者提出同樣的合作方式，妳也會乖乖接受對吧？畢竟七星級冒險者比較偉大。」

「這不只是星級的問題，還得看整體實力與成績才能做出判斷。」

「成績就算了，實力又該由誰來決定？妳嗎？還是公會？」

「那還用說……」

碧翠絲還來不及把話說完，身體就突然懸空了。因為諾艾爾壓低身體，緊貼著地面對她使出掃腿。碧翠絲整個人趴倒在地上，諾艾爾立刻騎到她身上，伸手繞過她的脖子。同時她還讓身體轉了半圈，用自己的背貼著地面，從後面勒住仰躺在地上的碧翠絲的脖子。

「這樣我從今天開始也算是五星級冒險者了嗎？不對，既然我比妳還要強，那應該是六星級才對吧？」

諾艾爾難得用這種冰冷的語氣說話。最重視的公主大人從前天就一直被人欺負，應該讓她早就靜靜地怒火中燒了吧。

「妳竟敢……」

憤怒與屈辱讓碧翠絲變得滿臉通紅。

「讓我們重新談談吧。這次必須是對大家都公平的條件。還有那張召集令也是，這次要讓我們一起參與討論。」

「放開我！臭女人！可惡，快給我滾開！」

碧翠絲一邊罵著髒話一邊努力掙扎，但身體幾乎無法動彈，就像是一隻完全翻過來的烏龜。因為諾艾爾還用雙腿夾住她的腰，讓她無法行動自如。

「妳們還愣在那裡做什麼！快點殺掉這矮子！」

她向同伴求救，但其他人都愣在原地不敢出手。因為諾艾爾身材嬌小，還躲在碧翠絲背後，讓她們無法出手攻擊。而且這種姿勢，只要諾艾爾認真想要動手，也能折斷碧翠絲的脖子，或是立刻拿出暗藏的匕首割斷她的喉嚨。

碧翠絲的臉色變得鐵青。因為她被勒住脖子還一直大聲喊叫，開始喘不過氣了。要是諾艾爾再不快點放手，她可能真的要去冥界報到了。

「希……救救我……」

聽到自己的名字，賽希莉亞默默站了起來。她一手拿著空酒瓶，邊走邊揮舞手臂，從袖子底下拿出一根短杖，然後低頭看著腳底下的妹妹，用短杖指著她。

「『飄浮（Floating）』。」

被發光的顆粒包住之後，碧翠絲的身體就無聲無息地飄了起來。也許是沒想到事情會變成這樣，諾艾爾放開了手，整個人跌坐在地上。賽希莉亞在她背後揮下酒瓶。

玻璃碎片散落在地板上，紅色液體也滴落在上面。

諾艾爾痛苦地打滾，賽希莉亞一把抓住她的腦袋，逼她把臉轉向自己。

「不准用那種髒手碰我的碧。」

宛如黑色火焰的殺意與彷彿發自地底的聲音，讓公會裡安靜下來。

「碧，妳這樣不行喔。」

賽希莉亞的表情變了。她像個孩子一樣鼓起臉頰，用雙手捧著飄在空中的妹妹的臉頰，讓她轉頭看向自己。

「妳很冷靜，行動力與判斷力也不錯，是一個最強最棒的隊長，但總是很快就掉以輕心，才會跟爸爸搞丟婚戒的時候一樣變得臉色蒼白。」

「諾艾爾！」

艾爾玟用身體撞向賽希莉亞，卻被她用輕盈的步伐不斷躲過。看來不光是魔術，她也鍛鍊過體術。賽希莉亞丟掉原本握在手上的酒瓶瓶口，從袖子下拿出另一把短杖。她的目標是艾爾玟。

「『屏障』。」

魔術在艾爾玟周圍創造出透明的牆壁。艾爾玟對著牆壁拳打腳踢，但牆壁完全不為所動。

「妳就在特等座看我表演吧。」

她用戲謔的語氣這麼說，然後再次看向諾艾爾。拉爾夫等人被「蛇之女王」的其他隊員擋住，雙方陷入膠著。不能讓她們繼續打下去了。我想讓德茲出來勸架，大聲呼喊他的名字，但圍觀群眾告訴我，他今天早上就去「迷宮」裡找尋失蹤的冒險者了。真不湊巧。

「『飄浮』。」

賽希莉亞再次施展魔術。碧翠絲被放下來，換成諾艾爾飄到空中。她還沒昏死過去，卻因為被酒瓶打到而無法動彈。賽希莉亞在這段期間用腳踢著玻璃碎片，讓碎片集中到諾艾爾底下。

「住手！」

艾爾玟看穿賽希莉亞的意圖，大聲叫了出來。諾艾爾擅長靠敏捷的身手戰鬥，所以只穿著輕便的防具。要是被刺到糟糕的地方，就算只是玻璃碎片也會讓她大量失血。賽希莉亞揮舞短杖。

下一瞬間，包覆著諾艾爾的光芒消失無蹤，讓她摔向地面。

玻璃碎片四處飛散，東西在地板上翻滾的聲音也在下一瞬間響起。

「諾艾爾！」

「她沒事。」

艾爾玟叫了出來，我舉起手這麼告訴她。

我剛才迅速衝了過去，在地板上滑行，及時接住諾艾爾了。因為我是先讓雙腳滑過地板，玻璃碎片幾乎都被我踢開了。不過還是有幾塊碎片刺進屁股。

「妳還好吧？」

諾艾爾無力地倒在我懷裡。她還在流血，眼神也有些渙散。

「怕不怕？如果妳不小心漏出來了，現在就自首吧。我原諒妳。」

「從頭上漏出來的算嗎？」

「只要妳不是那種怪人就不算。」

正當我打算把諾艾爾交給「治療師」時，這次換成我的腦袋挨揍。

我抬頭一看，結果看到碧翠絲一臉憤怒地舉起椅子。我趕緊趴到諾艾爾身上保護她。我感受到一陣衝擊，腦袋都麻掉了。碧翠絲瘋狂地拿著椅子敲在我身上。我原本以為她只是個女人，但其實她的力氣相當大。或許她用魔術強化了自己的臂力吧。就算我想要逃走，諾艾爾也還在我懷裡。雖說我早就習慣挨揍，但也差不多該有人出手幫忙了吧。即使是拉爾夫也行，要我下次親他也沒問題。

在感受到衝擊的同時，木頭碎片掉在我頭上。看來是椅子先承受不住了。碧翠絲發出咂嘴聲，把椅腳隨手一扔，然後惱怒地把魔杖對準我們。這位大姊不會是認真想要殺掉我們吧？

「住手！」

我聽到疑似陶器破裂的聲響。艾爾玟靠著自己的力量打破了魔術防壁。艾爾玟像是野獸般撲過去，一拳揍在碧翠絲臉上，然後又接連揮拳擊中她的肚子與下巴。這招快速連打讓碧翠絲搖搖晃晃地倒在牆邊。當她勉強想要站起來的時候，又立刻挨了一記頭槌。

「碧翠絲大人！」

「蛇之女王」的成員從維吉爾等人旁邊鑽過去，直接撲向艾爾玟。對方兩個人一起從背後抓住她的雙手，其他人也從正面揮拳打過去。艾爾玟大吼一聲。在被拳頭擊中的前一刻，她硬是轉動身體，把背後的女人當成盾牌。然後，她抓住對方打到自己人而一時之間不知所措的機會，對著敵人一陣拳打腳踢，還賞了對方一記過肩摔。

「賤貨，不准給我亂來！」

賽希莉亞罵著髒話，在她們旁邊舉起短杖。艾爾玟隨手抓起椅子扔去，然後整個人跳過去。賽希莉亞的魔術遭到打斷，忙著打掉飛過來的椅子，艾爾玟抓住這個機會踢中她的頭。雖然這一腳把下巴都踢到抬起來了，但賽希莉亞還是沒有倒下。賽希莉亞反過來撲到艾爾玟身上，把她推去撞牆。這股衝擊幾乎撼動了整個公會。她一把抓住艾爾玟的紅髮，高舉著被摔爛的椅子的碎片。扭曲尖銳的碎片在艾爾玟眼前停住了。因為艾爾玟抓住她的手腕，硬是擒住她的手臂。

「不准……碰我的頭髮！」

她一手抓住賽希莉亞的頭，直接對著牆壁砸過去。撞個兩三下之後，賽希莉亞就變得眼神渙散了。艾爾玟沒有放過這個機會，揮拳打在她臉上。賽希莉亞流出鼻血，四腳朝天倒在地上。艾爾玟大聲吼叫騎到她身上，繼續揮拳打在她臉上。別說是反擊了，賽希莉亞連防禦都做不到，只能任她毆打。

「喂，住手！夠了。妳贏了。」

要是艾爾玟繼續打下去，真的會出人命。雖然公會原則上不會介入這種事，但如果她在眾目睽睽之下動手殺人，還是免不了會受到懲罰。可是，她似乎沒聽見我的聲音，依然繼續毆打對方。她到底怎麼了？就算她很生氣，做到這樣還是太超過了。

「艾爾玟，快點住手。」

我離開諾艾爾身邊，從後面抱住艾爾玟的身體。

「放開我！」

她硬是甩開我，還用手肘打中我的臉。我有一瞬間眼冒金星，但現在可不是喊痛的時候。我再次抱住艾爾玟。

「冷靜點。妳現在失去理智了，拜託妳冷靜下來。」

「閉嘴！」她扭動身體，把我的手臂甩開。自己的無力讓我感到悔恨。

下一瞬間，我有種身體在搖晃的感覺。不光是我，整棟房子都在搖晃。

這是地震嗎？

簡直像是整間公會被巨人舉起來揮舞一樣。現場響起像是低吼的地鳴聲，讓圍觀群眾蹲下來慘叫。

「大家快點躲到桌子底下，護住自己的頭。拉爾夫，你負責保護諾艾爾！」

當我難得站出來下達指示時，我聽到東西裂開的聲響。我抬頭一看，原來是天花板出現裂縫了。那裡正是某位大鬍子之前教訓愚蠢冒險者的時候，不小心打破的大洞。因為那個破洞還沒完全修理好，才會變得脆弱。這可不妙。天花板要塌下來了。

「喂，艾爾玟。快逃吧。」

不行。她現在太過亢奮，完全沒注意到這件事。我只好撲到她們兩個身上。下一瞬間，我發現好像有堅硬的東西掉在背上。好痛。看來是石頭碎片掉下來了。

這似乎就是地震的高峰，之後晃動就逐漸減弱了。因為掉下來的天花板碎片比想像中的還要輕，讓我沒費多少力氣就鑽了出來。

「妳有受傷嗎？」

被我壓在底下的艾爾玟一臉茫然。怒火從她眼裡消失，看來她恢復理智了。賽希莉亞好像也沒事。

「馬修……」

雖然很想讓她給我一個感謝的吻，但我有更重要的話要說。

「跟我過來。」

我拉著艾爾玟的手，讓她站了起來，然後就這樣邁出腳步。

「我想確認艾爾玟身上的傷勢，跟你們借個房間。」

隨便找了個藉口後，我無視嚇到腿軟的公會職員，把手伸到櫃檯裡面，拿走房間鑰匙就走上二樓。

「馬修，我……」

艾爾玟好像想要說些什麼，但我不想回答。順帶一提，我現在頭很痛，背後應該也流血了，但這只不過是小傷罷了。如果不唸她幾句，我就嚥不下這口氣。老實說，我現在早就氣瘋了。走進二樓的密談室之後，我把門鎖上，讓艾爾玟坐在椅子上。她無力地垂著頭，看起來非常疲倦。她縮起身體，表情就像是個害怕挨罵的孩子。可是，我會生氣不是因為她差點殺死瑪雷特姊妹，也不是因為她用手肘打我。

「多久了？」

「……」

「妳從什麼時候開始就沒吃糖果了？」

我應該早點發現才對。我最近都沒親眼看到她吃下特製糖果。就算我把糖果拿給她，她也會找藉口說要晚點吃，把糖果放到口袋裡面。我還以為她只是害羞，但事實並非如此。

艾爾玟偷偷看了我一眼，然後坦誠自己的罪狀。

「……前天。」

「妳為什麼要這麼做？」

我努力裝出平靜的樣子，其實我氣到快要爆炸了。

其實只要稍微回想，就能發現徵兆了。她在別人面前明明總是戴著「深紅的公主騎士」這張面具，卻一直擺出我們兩人獨處時那種幼稚的態度。我還以為這是她慢慢敞開心胸的徵兆，不是什麼大問題，但其實只是戒斷症狀讓她無法控制情感罷了。最後的結果就是今天這場亂鬥。

「……抱歉。」

「這不是道歉就能解決的問題。這關係到妳自己的命。」

要是「迷宮病」再次發作，她就會失去戰鬥能力。

我能理解她不想服用會摧毀自己的「禁藥」的心情。可是，既然沒有解毒藥與「迷宮病」的特效藥，那就只能慢慢減少劑量，讓身體逐漸適應。如果只靠精神與毅力就能解決這個問題，她就不需要我幫忙了。

雖然我不是醫生也不是藥師，但我為了艾爾玟在這一年裡不斷接觸自己討厭的「禁藥」，也做過不少研究。只要聽說有對身體很好的藥草與香草，就算是做起來很費事的料理，我也會做給她吃。而且我還為了守住她的祕密，親手殺死與我無冤無仇的人。

結果就是換來這樣的回報。不管我多麼努力，只要艾爾玟不願意配合，無論我做什麼都沒用。自己的愚蠢讓我非常火大。

「……如果妳不相信我就早點說，我隨時都能離開這個城市。」

「不是這樣的！」

艾爾玟哀求般地叫了出來。

「……我們認識以後的這一年，你真的做得很好，比我想的還要好。我真的覺得你很可靠。不，你可靠過頭了。」

「可靠過頭？」

「我想過了。如果我們成功征服『迷宮』，你不是就要離開這個城市了嗎？到時候我身體的問題又要怎麼解決？」

如果身體能夠康復，那當然是最好的結果。可是，如果身體還沒康復，她就先一步征服「迷宮」，那她就得帶著脆弱的心靈與身體回到故鄉，而且不會有我這個同伴。天曉得她到時候能否獨自取得「禁藥」，並且徹底守住這個祕密。

還不只是這樣。艾爾玟應該沒有想過這個問題，到時候也沒人能幫她處理掉礙事的傢伙了。

「所以妳才想要盡快戒掉毒癮，讓自己能夠獨自戰鬥嗎？我不知道妳這個人竟然這麼自以為是。妳連『千年白夜』到底有幾層都不知道不是嗎？」

那可是還不曾有人征服的「迷宮」。就算窮盡一生，也不見得有辦法完全征服，現在就煩惱征服「迷宮」之後的問題根本毫無意義。

「抱歉。」

艾爾玟一臉愧疚地垂下目光。翡翠色的眼睛蒙上一層陰影，她無力地低著頭，就像是等待處刑的罪人。

「別向我道歉。」

聽到她這麼說，我怎麼還有辦法生氣？我無心的一句話，竟然在不知不覺中把艾爾玟逼得走投無路，這讓我有種想要勒死自己的衝動。

「我覺得妳對每件事都太過心急了。」

「或許吧。不，你說得沒錯。我想要讓自己快點變強。」

艾爾玟露出寂寞不安的微笑。

「你知道我的全名吧？普林羅斯是我母后的名字。」

「這名字很適合妳。」

「可是我很討厭。」

她毫不客氣地這麼說。

「正確來說，是我討厭那個柔弱的母后。」

然後，艾爾玟小聲說起自己的過去。

「母后是個溫柔婉約的女人。她身為侯爵家的公主，在無憂無慮的環境中長大，後來被父王看上，就當上王妃了。」

可是，雖然馬克塔羅德王國只是小國，但王宮裡依然是個魔窟，充滿著嫉妒與怨恨，以及毫無意義的脣槍舌劍。那是各種惡意與欲望全都混在一起，有如魔女大鍋般的世界。而她母親承受不了身為王妃的責任與壓力，身心都出現狀況，也經常缺席各種公務。

「身邊的人不但沒有安慰她，還說她太過散漫。某人還說『生不出男孩的王妃就是廢物』。你猜那人是誰？就是羅蘭的父親。」

我只能說，有其子必有其父。

「不管在女兒面前被別人說了些什麼，她都只會微笑，連一句反擊的話都說不出來。這讓我非常懊悔，所以才會拿起了劍，想要讓自己變強。這是我在七歲時做出的決定。」

後來就是我以前也曾經聽說的事情。雖然她父親欣然同意了，最重要的母親卻反對這件事，還告訴她「女人不該拿劍」，為此斥責她好幾次。因為艾爾玟不肯聽話，所以也受到了處罰，還被打過一次。

「我當然反抗了，還對她說『我絕不要變成妳這種人』。後來，我跟母后就一直處得不是很好。我很少跟她交談，就只是一味揮著劍。拜此所賜，我成了眾人公認的全國最強劍士。」

可是，因為魔物大量出現，讓她失去了雙親，國家也滅亡了。

「你叫我不要心急，但時間是不等人的。重要的人事物轉眼間就會消逝。」

艾爾玟懷念地看著自己的雙手。她那雙眼睛應該正看著過往事物的幻影吧。

「我可以問妳一個問題嗎？」

我打破沉默。

「妳選擇戰鬥這件事，最後有得到母親的認同嗎？」

「我也不確定。」

艾爾玟不太有信心地搖了搖頭。

「自從我開始練劍以後，她曾經對我說過：『只要妳沒忘記自己的志向，總有一天能親眼看到答案。』但我最後還是等不到那一天，我永遠無法得知母后真正的想法。」

「……」

「說不定我別問這個問題才是對的。」

要是被她母親否定，艾爾玟可能會就此一蹶不振。

「總之……」

我把手放在艾爾玟的肩膀上。

「妳以後想做什麼事情，都要先跟我商量。我不是妳的保命繩嗎？要是妳太過亂來，不管我這條保命繩有多麼強韌，也還是會斷掉。」

還用另一隻手撫摸她那頭亮麗的紅髮。因為她的頭髮在剛才打架時弄亂了，我順便用手指幫她梳理。她小聲說話了。

「你說得對。」

艾爾玟把自己的手擺在我手上。

「馬修，我就指望你了。」

後來，從外面趕回來的公會長對「女戰神之盾」與「蛇之女王」做出懲罰。雖然公會原則上不會介入冒險者之間的糾紛，但她們在公會裡大打出手，還破壞了椅子與牆壁，所以還是受到了處罰。不過，因為公會這邊只憑著一介冒險者的命令就發出召集令，也有站不住腳的地方，所以懲罰內容就只有公會長的鐵拳制裁與罰金。順帶一提，因為諾艾爾已經被打破頭了，我只好替她挨揍。這真是太沒道理了。

那張召集令被公會撤銷了。後來我們先替諾艾爾療傷，還被之後趕來的艾普莉兒教訓，接著又幫忙整理公會，結果時間就這樣來到下午，讓他們今天也只能放棄踏進「迷宮」。我留下還要與其他人討論今後計畫的艾爾玟，自己先一步回家。因為我成功讓她吃下糖果了，她短時間內應該不會有問題才對。

為了給她點懲罰，我決定今天要吃茄子大餐，還要順便來點甜椒，而且我絕不允許她剩下。

當我回到家門口時，看到一張白紙貼在門上隨風飄舞。我使勁撕下那張紙。

這是第三張可疑紙條。

你這個被神遺棄的食屍鬼，

我會讓你見識一個膽小鬼該有的下場。

準備迎接正義的鐵鎚吧。

太陽再也不會照在你身上。

我低頭看向腳邊，結果找到一組別人留下的腳印。我嘆了口氣。

看來我好像完全猜錯了。

當天晚上，我承受著充滿恨意的目光吃完晚餐，確認艾爾玟睡著之後才走出家門。

我拿著裝有蠟燭的提燈，走過幾個轉角，來到狹窄的巷子裡。走了一小段路之後，就能看到路邊躺著幾位紳士。這附近是路邊紳士的「社交場所」。我走過去之後，他們就往四面八方逃走了。只有一位待在角落的紳士沒有逃走，而是看似疲倦地蹲坐在地上。他的褲子鬆了，袖子與衣襬也被扯破，應該是被人圍毆了吧。我把提燈拿到旁邊一照，很快就看到他臉上的瘀青。

「你沒事吧？」

「我……我沒事。」

他還是個年輕人。他一看到我的臉，就露出彷彿遇到惡魔的表情。

「怎麼了？我長得太帥，讓你嚇到腿軟了嗎？」

紳士臉上冒出冷汗。我把提燈擺在旁邊，伸手搭住他的肩膀。

「在我家放那些無聊紙條的人就是你吧？」

「我……我不懂你在……」

他還來不及反駁，我就抓住他的腳踝，直接轉了過來。他的鞋底沾著白色粉末。

「其實我在門口偷偷撒了磨碎的貝殼，也就是你腳上的這種白粉。」

紳士臉上浮現出動搖與恐懼。

「你……你怎麼……」

「你想問我怎麼會知道嗎？答案很簡單。三張紙條都是在我們出門時留下的。也就是說，犯人肯定躲在某個地方監視我們。」

附近鄰居都是些身分沒問題的人，那最適合暗中監視我們的地點就是路邊了。換句話說，犯人就是那些路邊紳士。心裡大致有個底，之後就好解決了。只要向衛兵打聽就行了。我問他們最近是不是有鄉巴佬想要跑到我們家附近做生意，結果就打聽到有個完全不懂地盤與營業場所這些紳士規矩的新人了。

「你的目標應該是我吧？所以我才會過來找你。」

沒錯，那些可疑紙條全是寫給我看的。因為艾爾玟直接認定那是給她的東西，讓我也跟著這麼認為，但只要仔細看過那些紙條，就能發現那些話也能套在以前的我身上。尤其是「被神遺棄」與「太陽再也不會照在你身上」這些字句，套用在我身上反倒更合適。

「我認得你這張臉。你是以前跟我有過節的傢伙的親人嗎？」

「我是『屠熊者』迪魯的弟弟。」

雖然這名號很可怕，但我毫無印象。我根本記不住被自己殺掉的傢伙叫什麼名字。

「我一直在找尋你這個殺害我哥的凶手。自從我聽說你在『太陽神之塔』惹火神明，再也不當冒險者之後，我就一直在找你。然後，我在前陣子看到你為了保護老人家，在市場被人猛踹的樣子。」

原來那在他眼中是英雄的行為嗎？其實就只是打不過小混混罷了。

「結果你偷偷跟蹤我，找到了我家，卻沒有膽量上門叫戰，只好寫些爛詩騷擾我是吧？」

我加重抓住他肩膀的力道，讓紳士的身體猛然抖了一下。

他明明一直追著殺死哥哥的仇敵，卻沒有任何本事與膽量。仔細一看，他長得還算有氣質，應該是出生在不錯的家庭。他跑來尋仇，也許是出於對親兄弟的情分吧。

「你……你要殺了我嗎？來啊，你動手吧。我早就做好覺悟了。」

「把手伸出來。」

我拿出一個小錢包，放在這位用顫抖的聲音虛張聲勢的紳士手上。因為錢包是打開的，發出了銀幣與銅幣摩擦的聲響。

「我不是那種屁眼狹窄的男人，不會因為別人寫幾張紙條就殺人。你還不值得讓我弄髒雙手。那些錢給你，拿去當作回故鄉的旅費吧。還有，這個也給你。」

我拿給他一把入鞘的短刀。

「雖然這不是什麼寶刀，你在旅途中還是需要防身的東西。」

說完，我站了起來。

「要是下次再讓我見到你，你就死定了。趕快回去吧。」

我拿著提燈沿著原路往回走。走了差不多十步之後，我回頭一看，發現那位年輕紳士拿著錢包，一邊擦著眼淚一邊站起來，還對我低頭鞠躬。然後他轉身背對著我，緩慢地邁出腳步。

我對著他的背影這麼喊道：

「那把短刀磨得很鋒利，你拔出來的時候可要小心一點。」

當紳士回過頭的瞬間，一道黑影從旁邊撲了上去。黑影跟紳士一起倒下，喘著大氣抓住紳士的褲子，想要搶奪那個錢包。那人也是他的同行。

「讓開！給我滾！」

紳士拚命想要守住錢包，但其他同行從旁邊出現了。對方一腳踹在紳士臉上，然後又給了他兩三拳。紳士發出野獸般的吼叫。正當他準備從刀鞘裡拔出短刀時，第三個同行現身了。紳士被對方抓住雙手，身體無法動彈。第二個同行從巷子的暗處搬來一塊大石頭，用雙手高高地舉起來。沉悶的聲音不斷響起。每當石頭砸在身上，紳士的腳就會跟著抽搐。我看到貝殼碎片從他鞋底掉了下來。

當他變得動也不動的時候，同行們就拿走錢包與短刀，消失在巷子裡面。

我故意搖搖晃晃地走過去，裝出一副受到打擊的樣子。我探頭一看，那位紳士已經死了。

「我的老天爺啊……對不起，我不知道事情會變成這樣。」

我跪在地上，裝出嚎啕大哭的樣子。這個城市的路邊紳士沒那麼好心，不會輕易放過身上有錢的鄉巴佬。如果身上只有錢，那頂多被搶錢就沒事了，但如果身上還有武器，這群紳士也會變得更為凶殘。因為誰也不想受傷，不想被人殺死。

儘管他不值得讓我弄髒雙手，要是讓他活著回國，告訴別人我還活著，我也會很傷腦筋。更重要的是，讓公主騎士大人驚慌失措可是重罪。我給了他活下去的機會，但他做錯選擇，運氣也不好。事情就只是這樣罷了。

「抱歉，請你原諒我吧。」

展現出肯定能在大劇場裡博得滿堂彩的演技之後，我就難過地踏上歸途了。

隔天晚上，我跟艾爾玟正在吃著晚餐。順帶一提，今晚的菜色是絞肉炒茄子與醃茄子，還有茄子、番茄與小黃瓜沙拉。

「今天是最後一次了，快吃吧。」

「我這輩子都不想再吃了……」

艾爾玟一臉厭倦地垂著頭。她明明把茄子都挑出來不吃，還好意思說這種話。

「妳要吃飽一點補充體力，這樣才有辦法戰鬥。」

因為諾艾爾的傷勢沒有大礙，他們明天又要去挑戰「迷宮」了。關於那些可疑紙條的事情，我告訴她犯人是我過去的仇家，我給了對方一點錢，對方就心滿意足地離開了。我沒有說謊，只是對方在離開這個城市之前就被別人殺掉了。

「我反倒覺得這會讓我消耗體力……」

當我無視公主騎士大人的喪氣話，準備把茄子拿到她嘴邊時，聽到了敲門的聲音。

「我去應門。」

她做出尊貴之人不該有的反應，猛然站了起來，笑容滿面地走向玄關。現在明明是用餐時間，這樣實在很不得體。我也跟著追了上去。

「公主，大事不好了。」

打開家門一看，看起來有些慌張的諾艾爾就站在門外。不會又來了吧？

「什麼事？不會是那對姊妹又找上門了吧？」

「正是如此。」

在她說出這句話的同時，家門也完全打開了。兩張同樣的臉孔出現在門外。她們就是瑪雷特姊妹——賽希莉亞與碧翠絲。她們昨天被艾爾玟痛打一頓時，臉明明腫了兩倍大，現在已經完全復原了。

「找我有什麼事？」

「我們是來做個了斷的。」

碧翠絲把一瓶價值不菲的葡萄酒拿給艾爾玟。

「酒裡當然沒有下毒，妳就放心喝吧。昨天真是不好意思。老實說，我誤會妳這個人了。因為聽說妳是個公主，讓我以為妳是那種討人厭的大小姐，沒想到妳其實很凶悍。那一拳真的很猛。我喜歡。」

「啊……噢。」

碧翠絲興奮地說個不停，讓艾爾玟有些不知所措。

「我也要向那位小妹妹道歉，抱歉，我不該敲破妳的腦袋。下次讓我請客吧。」

雖然語氣輕佻，但賽希莉亞也開口道歉了。

「聯合隊伍的事情就先暫時保留吧。等妳改變心意了，記得跟我說一聲。我隨時歡迎妳。」

「妳這樣就要我們相信妳嗎？」

一旁的諾艾爾說出自己的疑惑。她們雙方明明昨天才打了一架，結果對方今天突然就說要和好，這應該讓她不敢相信吧。不過，其實原因很簡單。

「我喜歡強悍的傢伙。」

因為碧翠絲也是個冒險者。只要對方展現出自己的實力，她就會收起那種看不起人的態度，也會開始尊敬對方。所謂的冒險者，就是一群實力至上主義的信徒。

「妳也是這麼想嗎？」

「如果碧覺得無所謂，那我也無所謂。」

面對諾艾爾的問題，賽希莉亞別過頭去這麼回答。她看起來不像是無法接受，而是給人一種滿不在乎的感覺。她應該沒有懷恨在心，那我也不打算出手。要是我在這種情況下殺了她，艾爾玟就會變成嫌犯。

「我們這邊才應該道歉，畢竟是我們先動手的。請容我再次向兩位道歉。」

「真……真的很抱歉。」

艾爾玟低頭鞠躬，諾艾爾也跟著道歉。

碧翠絲笑著鼓掌。

「那我們這樣就算是和好了。大家以後好好相處吧。」

「這不太可能吧？畢竟寶物只有一個。」

「希，妳還是一樣不夠坦率。」

「碧，是妳太溫柔了。」

賽希莉亞從背後抱住碧翠絲。

「妳心胸寬大，宅心仁厚，胸懷就跟老祖母一樣廣闊。」

她把下巴擺在妹妹的肩膀上，嬌聲嬌氣地這麼說。

「差不多該走了吧。我想去喝酒。」

「真是的，如果沒有我在，妳就什麼都辦不到呢。」

碧翠絲無奈地輕撫姊姊的頭。

「總之，我們從明天開始又要去挑戰『迷宮』了……記住吧，率先征服『千年白夜』的人肯定是我們。」

碧翠絲露出自信的笑容，就這樣轉過身。

「我們要走了。下次再見。」

「賽希莉亞・瑪雷特、碧翠絲・瑪雷特。」

聽到自己的名字，兩姊妹同時回過頭來。

「雖然我不能答應聯合隊伍的事情，聯合作戰倒是可以考慮。當然，報酬要平分才行。」

碧翠絲說了一句「我會考慮的」，然後就再次轉身離去。賽希莉亞也抱著妹妹，像是醉漢一樣搖搖晃晃地走出院子。

「那我們就回去吃飯吧。諾艾爾，妳也要留下來吃飯嗎？」

「不用了，我已經吃過了。公主，我想跟妳討論明天的事情……」

因為艾爾玟與諾艾爾開始討論明天挑戰「迷宮」的事情，於是我先一步回到餐廳，為繼續吃晚飯做準備。

不久後，我再次聽到關門的聲音。艾爾玟回到餐廳，臉上掛著愉悅的笑容，讓我感到不寒而慄。

「諾艾爾都告訴我了，聽說你前陣子在城南市場保護了一位老人家。」

「是……是啊。」

我含糊其辭地這麼回答，心臟也跟著狂跳。因為我最不希望被知道這件事的人，問了我這個最不想被問到的問題。該死的諾艾爾，竟然說了這種不該說的話。我該不會是遇到最糟糕的狀況了吧？

「這是件好事。馬修，你做得很棒。我必須稱讚你。可是，你怎麼沒告訴我這件事？」

她把臉靠過來。如果她是要跟我接吻，我當然非常歡迎，但我不管怎麼想，都覺得她現在是要質問我。

「我只是覺得沒必要特地告訴妳。畢竟我只是倒在地上給對方踹。」

「所以，那位老人家給你許多『紫色的那個』當作謝禮，也沒必要特地告訴我是嗎？」

我突然眼前一黑，腦海中浮現出一座處刑台。

「等等，妳先聽我解釋……」

「聽說其他見到那一幕的人，也送了肉與其他蔬菜給你。你還真受歡迎呢。」

「……」

「現在問題來了。既然那麼多『那個』與其他食材都是免費的，我交給你的伙食費到底花去哪裡了？你應該不會告訴我，你沒把那些錢拿去亂花，現在還放在身上吧？」

我被人綁在處刑台上。再來只要處刑人揮下斧頭，馬修先生的人生就要結束了。

「給我從實招來，你拿去做什麼了？」

事情到了這個地步，想要矇混過關已經不可能了。我只能把心一橫。

「……我花在女人身上了。她好像有看到市場裡發生的事情，還說要算我便宜一點。」

「換句話說，你逼我吃那些免費拿到的紫色東西，還用省下來的錢跟其他女人上床是吧？」

艾爾玟不斷點頭，一副瞭然於心的樣子。我腦海中浮現出處刑人的斧頭。

「那你有何感想？」

我現在應該說些好話，盡量討她歡心才對。我可以說那個女人不怎麼樣，也可以說果然還是妳比較棒。雖然我應該努力保住這條小命，但與生俱來的反骨精神，還是讓我失去了理智。

「超爽的。」

如果現在去照鏡子，我應該笑得很燦爛吧。

「是嗎？很爽是吧？」

「嗯。」

「這樣啊……」

艾爾玟笑了出來，我也跟著笑了。我們兩人的笑聲在餐廳裡迴盪。

最後笑聲終於停下。艾爾玟擦去眼角的淚水，重重地嘆了口氣，重新轉頭看向我。

「馬修。」

「什麼事？」

「給我下地獄去吧。」

公主騎士大人親自為我執行死刑。

後來發生的事情，我不是很想說明，也不打算說明。拜託別讓我再次想起來。

你們只要知道我還活著就夠了。

如果要說我從這次的事情學到什麼教訓，那就是「既然連自己都控制不了，那世事無法盡如人意也是理所當然的」吧。

話雖如此，隨波逐流的人生也沒什麼意思。

如果選擇趴在地上投降，也只會任人踐踏。

後來，我徹底體認到了這件事。

而且還是因為那個酒鬼太陽神與「迷宮」。

第五章 聖職者的棄教

雖然發生了些意外，但艾爾玟等人的「女戰神之盾」正順利地往「千年白夜」深處前進。瑪雷特姊妹與其他人也在後面追趕，努力挑戰「迷宮」。

不光是最前線充滿幹勁。只要那些高手有好表現，底下的人也會不願認輸，跟著努力挑戰。這讓整個公會忙成一團。職員們全都忙著應付冒險者，以及處理接到的委託。艾普莉兒也跑來幫忙，替那些不識字的人代筆，還幫忙到處跑腿與配送東西。

因為公會急需人手，最後就連我這個與公會無關的小白臉都被叫去幫忙。我的任務是幫忙拿東西，身上揹著背袋，雙手還拿著手提袋。

「馬修先生，反正你經常在公會出入，不是早就跟這裡的職員一樣了嗎？」

艾普莉兒抱著茶色的袋子，噘起嘴脣這麼說。如果我們兩人並肩走在街上，在旁人眼中應該就像是一對父女，但其實是大小姐與她的僕人。

「我猜你也只是在喝酒，幫我拿點東西又沒差。」

「妳要我做白工？」

「既然你不想做白工，當初就不應該耍賴，乖乖來公會工作就好了。」

原來她還在記恨嗎？可是，我可不想變成德茲的部下。畢竟那傢伙一點分寸都沒有。

「而且你這個人……」

艾普莉兒還想繼續教訓我，這時腳下突然開始搖晃。我趕緊從上方抱住矮冬瓜，伸手按住她的腦袋。

「別亂動。快點低頭蹲下。」

在地鳴聲傳來的同時，周圍的房屋也開始微微晃動。

是地震。

周圍響起幾聲尖叫。石牆都裂開來了。

屋頂的瓦片掉下來，在我們眼前摔碎了幾塊。艾普莉兒放開袋子，抱著腦袋大聲尖叫。

「別怕。不會砸到我們的。」

這裡是馬路中央，離路邊的房屋有段距離。只要不是整棟房屋垮下來，就不會有危險。這種程度的地震很快就會停了。

如我所料，晃動逐漸變小，最後完全停下來了。安心的氛圍籠罩著我們。

「可以站起來了。妳嚇到了吧？」

「嗯，謝謝你……我沒事。」

雖然嘴上這麼說，但她的臉色相當難看。

「妳今天就先回去吧。公會那邊現在肯定亂成一團，妳爺爺應該也在等妳回去。」

我撿起那個茶色袋子，然後就邁出腳步。艾普莉兒小跑步追了上來，用雙手抓住我的袖子。這樣讓我很難拿東西，但我沒那麼不識相，還不至於在這種時候叫她放開。

路邊的店家都忙著把掉下來的商品放回架上，不然就是在清理掉下來的瓦片與牆壁碎片。雖然有人嚇到跌倒，也有人被掉下來的瓦片砸傷，不過好像沒有鬧出人命。

「剛才的地震好大喔。」

艾普莉兒突然說出這句話。

「是啊。我差點被嚇到腿軟。」

「不久前也有一次大地震，前天也有一次，這到底是怎麼回事呢？」

「天曉得，畢竟誰也無法掌控自然現象。」

過去從來不曾發生過的天災，也可能會在明天突然降臨。

「不過，如果這不是自然的地震，那事情可就麻煩了。」

「這樣會有什麼麻煩？」

「就是『大進擊』啊。」

這是一種魔物大舉出現的現象。原本的名稱還要更長，但通常都是簡稱為「大進擊」。據說原因可能是魔物為了找尋食物而大舉遷徙，也可能是因為恐懼而集體奔逃。

這種現象在世界各地都可能發生，但如果起因與「迷宮」有關，危險度就會升高許多。雖然同樣都是魔物大舉出現，許多「迷宮」的周圍都會住人，發展成所謂的「迷宮都市」。一旦魔物大軍突然出現在城鎮中央，那裡就會變成人間地獄，犧牲者的數量將會非同小可。而據說「迷宮」將要發生「大進擊」的前兆就是地震。

「所有『迷宮都市』都跟這裡一樣，用城牆圍住整個城市。妳知道這是為什麼嗎？」

「不就是為了避免魔物從外面闖進來嗎？」

「正好相反。」我搖了搖頭。「是為了把從城裡湧出的魔物關起來。」

因此，「迷宮都市」城牆上的石弓發射台與投石機才會同時設置在城牆的內側與外側。

「除此之外，『迷宮都市』還會修建好幾道城牆，主要通道上也會設置好幾道門，把城市分成好幾個區塊，讓魔物無法出去。因為這裡同時也是魔物的監牢。」

「可是，這樣城裡的居民不就……」

「國家還是會發出避難通知，但要是有人來不及逃走，也不會派人去救援。」

「怎麼這樣……」艾普莉兒忍不住伸手掩嘴。如果讓魔物跑到城外，損失就會變得極為巨大。為了避免這種事發生，就算要犧牲一些人也是在所難免。這就是那些大人物的想法。選擇住在這種「迷宮都市」，就等於自願接受這種對待。

「不過，我記得『灰色鄰人』沒有用來區隔各個城區的門。」

「確實沒有。」

我不曉得這個城市建成多久了，但我從未聽說這裡曾經發生過「大進擊」。也許就是因為這樣，讓這裡的防禦措施建得比其他地方來得緩慢。

這個城市沒有用門隔開各個街區，儘管城市周圍的城牆很厚，但也只有一道。我曾經聽說原因是這個城市發展得太快，讓這些防禦工程來不及先做好，才會導致城市分區工作無法順利進行，但這八成是藉口。王國只是不願意為此花費金錢與勞力罷了。

「那要是『大進擊』真的發生……」

「別再想了。」

矮冬瓜露出不安的表情。我輕輕撫摸她的頭。

「我們已經到了。」

眼前就是冒險者公會的大門。如我所料，因為地震的影響，裡面已經亂成一團。

「我要先去把東西放在那邊。房屋裡的事情就交給妳處理了。要是地震又發生，妳就趕快躲到桌子底下。記得要等地震停止才能逃跑。」

雖然她看起來還是有些不安，但似乎已經轉換好心情，對著我點了點頭。

「還有，妳最好不要跟別人提起我剛才那些話。因為我沒有證據。」

我可不想因為散布危言聳聽的傳聞，被衛兵抓去教訓一頓。就算艾普莉兒不會有事，我也肯定會被抓去坐牢。

「尤其是在艾爾玟面前，請妳千萬不要提起『大進擊』的事情。」

「我知道了。不過，這又是為什麼呢？」

我稍微猶豫了一下，然後才嘆了口氣這麼說道：

「因為據說毀滅她故鄉的那群魔物，也是『大進擊』造成的結果。」

馬克塔羅德王國被魔物大軍毀滅，害她失去自己的祖國。

問題來了，那群魔物「來自何方」？

而且那群魔物至今依然待在原地，沒有要走出國境的跡象。

有人說這是因為馬克塔羅德王國周圍都是山地，但這個推測並沒有確切的根據。

雖然還不知道正確答案，目前最有力的說法就是「大進擊」論。

馬克塔羅德王國可能藏有尚未被人發現的「迷宮」，而那個「迷宮」因為某種原因失控，才會導致「大進擊」發生。城市因此毀滅，國土也被魔物踐踏。

不過，這種說法也存在著不少疑點。「大進擊」終究只是一種暫時性的現象。隨著時間經過，魔物也會平息下來，回到原本的棲息地。如果那些魔物來自「迷宮」，據說絕大多數都會回到原本的「迷宮」。可是，馬克塔羅德王國裡至今依然有許多魔物在四處徘徊。

就算想要確認情況，也沒有那種不要命的傢伙敢闖進魔物大軍之中。雖然可能有過那種人，但應該沒人能成功回來。

到頭來，真相還是無人知曉。

「那……這個城市說不定也會變得跟馬克塔羅德王國一樣嗎？」

「我的祖國怎麼了？」

某人突然從身後向我們搭話。回頭一看，原來是我心愛的公主騎士大人回來了。

「嗨，歡迎回來。平安就好。」

艾爾玟點了點頭。

「對了，艾爾玟小姐，剛才有大地震，妳那邊還好嗎？」

「沒事，我這邊沒什麼感覺。不過，我知道地面上好像搖得很厲害。」

聽到艾普莉兒這麼問，艾爾玟環視周圍，一臉同情地這麼說。

「先不說這個了，妳剛才說馬克塔羅德王國怎麼了？」

艾普莉兒略顯困惑地垂下目光。她應該不知道該對亡國的公主騎士大人說些什麼吧。於是我只好幫她一把。

「我剛才正在跟這女孩聊天。她想知道妳的祖國是什麼樣的地方。」

我只知道那是個被山環繞的小國，但從未去過那裡。雖然歷史長達幾百年，好像沒有什麼特產與觀光景點。最知名的東西，頂多只有「深紅的公主騎士」吧。

「那是個好地方。」

艾爾玟笑著這麼說。

「雖然實在算不上富裕，但農產十分充足，很少有人餓肚子，犯罪者也不多。湖水閃閃發亮，森林柔和宜人，城市充滿活力。那是我深愛的故鄉。」

她原本還在一臉懷念地說著，卻突然換上嚴肅的表情。

「正是因為這樣，我絕對要奪回祖國，不惜任何代價。」

「妳的表情很可怕喔。來，放輕鬆點。」

我從背後幫她揉了揉肩膀。儘管隔著護肩按摩幾乎等於無效，但她好像明白我想說的話了。

艾爾玟微微一笑，牽起艾普莉兒的手。

「如果妳還有其他想知道的事，隨時都能問我。對了，如果我將來成功復興國家，我就招待妳來玩吧。到時候我會親自帶妳去逛逛。」

「真的嗎？」

艾普莉兒笑了出來。

「一言為定。」

「嗯。」

後來，艾爾玟說她還有事情要處理，就跟艾普莉兒一起走向公會。

「喂，馬修。」

當我把東西放好，準備先一步回家的時候，公會職員叫住了我。

「公會長叫你過去。」

「聽說你對我孫女說了些不該說的話。」

「你就為了這種小事把我叫過來？」

消息傳得還真快。畢竟艾普莉兒身旁有名為護衛的監視者，這也是理所當然的事情。

眼前是一位年近六十的老人，名叫葛雷戈里。他長著一張壞人臉，其實內心比外表還要凶惡。他就是冒險者公會的公會長，同時也是艾普莉兒的祖父。

雖然他對孫女很和善，但冒險者都把他當成可怕的惡魔。

「實際情況又是如何？公會準備好應付『大進擊』了嗎？」

「『迷宮』的入口就在冒險者公會前面。要是魔物突然衝出來，這裡就會變成最前線。

「我已經派遣更多守衛了，要是真的出狀況，隨時都能守在這裡抗戰。儲備糧食近期也會多增加一倍。」

「那不就等於什麼都沒做嗎？」

「大進擊」可不是臨陣磨槍就應付得來的小事。

「老實說，我剛來到這裡的時候，確實有人提過要做準備。」

「是嗎？」

「當時的領主也拜託王國幫忙編了預算，但那個計畫在不知不覺中取消，錢也不曉得跑去哪裡了。」

常有的事。

「他們其實是不想把錢花在不知何時會發生的災難上吧。反正只要在自己的任內沒出事就夠了。」

意思就是，之後的問題就留給後面的人去解決。

「結果現在的我們可能要為此付出代價了嗎？」

「不然你要出面解決這個問題嗎？你這個吃軟飯的臭小子。」

公會長不屑地笑了出來。

「你頂多只能摸摸那位公主大人的屁股不是嗎？」

「你下次可以在自己孫女面前，再說一次剛才那句話看看。」

爺爺說不定會被孫女討厭喔。

「你這傢伙有資格教訓別人嗎?」

「你不知道嗎?別看我這樣,我在鄉下地方可是大家公認的虔誠信徒。」

「對了,我想起來了。」

公會長有氣無力地往後一躺,讓椅背發出聲響。

「有個怪人跑來公會說要找你。這才是我叫你過來的主要原因。」

「如果對方是長得漂亮奶子又大,而且飢渴難耐的三十多歲寡婦,那我非常歡迎。」

「不好意思要讓你失望了,對方是個守身如玉的傢伙。」

我聽到了敲門聲。讓男性職員幫忙開門後,一個熟人走進房裡。

「我們又見面了。」

那個人掛在胸前的大地母神紋章發出光芒。「異端審問官」賈斯汀來到我面前,恭敬地低頭鞠躬。

「我可不想見到你。」

他應該確實是個守身如玉的傢伙。我猜他八成還是處男。

「前陣子是我失禮了。雖然為時已晚,我還是要為自己的失禮向你道歉。」

賈斯汀沒有馬上抬起頭,繼續說出道歉的話語。

「此外,我還有一件事想請你幫忙。」

因為賈斯汀說他要跟我私下談談，就把我帶到冒險者公會的小房間裡。我前幾天才剛在隔壁的房間，跟艾爾玟說了些不能讓別人聽見的對話，今天卻是跟一個形跡可疑的修道士單獨談話。

「你找我有什麼事？」

跟修道士在小房間裡獨處，讓我懷疑他想奪走我屁眼的貞操。

「你還記得前陣子見過的那個鎧甲怪物吧？」

我不可能忘記。那傢伙為了得到「貝蕾妮的聖骸布」出現在我面前，結果被賈斯汀打得落花流水，但鎧甲裡面空無一物，就只有一些奇妙的黏液。而且不曉得他是怎麼找到的，藏在葛羅莉亞房間裡的「貝蕾妮的聖骸布」真貨，後來也被他偷走了。

我也調查過他留下來的鎧甲，那只是平凡無奇的鎧甲。我至今依然不曉得那傢伙的真面目。

「你知道那傢伙為何想要得到『貝蕾妮的聖骸布』嗎？」

「我只記得他好像說過想要變回原本的樣子。」

「那傢伙其實是『太陽神』的『傳道師』。」

我的呼吸有一瞬間停止了。我早就覺得那傢伙很詭異，想不到還真是如此。如果我早點知道這件事，當初就會殺掉他了。

「我知道他有何目的。他想刺激這個城市裡的『迷宮』，讓『大進擊』在這裡發生。」

「這又是為了什麼？」

「據說在『大進擊』發生之後，『迷宮』裡出現魔物的機率會比平常還要低，出現的魔物也會變弱。」

「換句話說，那是得到『星命結晶』的最好時機是嗎？」

「就是這麼回事。」賈斯汀點了點頭。

「一旦『大進擊』真的發生，當然會有許多人犧牲。我就是為了阻止慘劇發生，才會來到這個城市。如果情況允許，我想要暗中解決這件事。」

這我倒是可以理解，因為隨便說出這件事，也只會造成混亂。

「你怎麼會知道這件事？總不會是寫在你們教會的會刊或傳單上面吧？」

「我前陣子抓到了太陽神的信徒，這些情報是從那名男子口中問出來的。我記得他好像是『神聖太陽』的人。據說他們的教祖得到了『啟示』。」

太陽神會從自己的手下之中挑選出有資格的人，透過所謂的「啟示」下達指示，並且賦予他們足以完成指示的力量。

「既然對方得到『貝蕾妮的聖骸布』了，那他們應該會繼續照著計畫去做。我們沒時間了。我無論如何都必須找出對方，把那個鎧甲怪物解決掉。」

原來如此，這樣確實說得過去。

「我明白你想要阻止那傢伙的原因了，但你為何要告訴我這件事？你應該知道吧？我只是一個弱不禁風的小白臉。」

「因為我對這個地方不熟，想要在陌生的地方找出躲起來的怪物，實在太困難了。」

「難道你連對方的長相都不知道嗎？」

「就算知道了也沒用。」

也對，畢竟那傢伙全身都穿著鎧甲。

賈斯汀在房間裡看了一圈，然後開口。

「而且我覺得痛恨太陽神的你，應該很樂意幫我這個忙。難道不是嗎？『巨人吞噬者』馬德加斯。」

「這是大地母神的啟示嗎？」

賈斯汀不太高興地抿起嘴唇。

「我只能說，我的消息還算靈通。」

「看來你好像把我誤認成某人了，不過這不重要。」

我這麼說道。

「要我幫忙也行。當然，你得給我足夠多的報酬。你應該不會說這是對神的奉獻，就要我做白工吧？」

賈斯汀把裝滿金幣的袋子擺在我眼前。

「我前陣子原本打算『買下一個昂貴的東西』，但現在沒必要了。要是你找到那傢伙了，就通知我一聲吧。我會把這些錢全部給你。」

我吹了吹口哨。

「你們到底要欺騙多少信徒，才能賺到這麼多錢？」

「如果你不要，我就去找別人了。」

「我只是開個小玩笑。為了偉大的大地母神，我很樂意接下這份工作。」

賈斯汀不悅地皺起眉頭，但他很快就整理好心情，把手伸進裝著金幣的袋子。

「先給你這些。」

竟然直接用手抓給我，這人還真是豪放不羈。

「剩下的等你抓到那個鎧甲怪物再給。那就萬事拜託了。」

既然還能拿到報酬，那我當然沒理由拒絕。反正只要是跟那個噁爛太陽神有關係的傢伙，我無論如何都要擊潰。畢竟那些傢伙就跟在下水道裡亂竄的噁心生物差不多。而且羅蘭曾經說過，今後還會有「傳道師」來到這個城市，所以我想盡量多收集些情報。

隔天，我開始找尋那個鎧甲怪物裡面的傢伙。照理來說，想要在這個城市裡找出一個不知道長相的男人，幾乎是不可能的事情。不過，如果我什麼都不做，就永遠不會有結果。

我決定先從線索開始找起。

我來到城門旁邊的衛兵休息室。為了節省時間，我花了一點錢買情報，那些衛兵就告訴我許多事情。這個城市一共有東西南北四個城門。我從人潮較多的南門、東門與西門依序打聽過一遍，卻沒聽說有穿著全身鎧甲的傢伙經過。

「要是有看過那種人，我肯定不會忘記。」

畢竟現在不是戰爭時期，從頭到腳都穿著鎧甲的騎士一定顯眼到不行。而且穿著那麼舊的鎧甲只會更顯眼。換句話說，就是很容易被人記住。

不管在什麼地方，我都沒聽說鎧甲怪物曾經從城門經過。那些衛兵也不像是拿了封口費的樣子。不過，我從負責在東門檢查行李的衛兵口中聽到了有趣的消息。

據說他曾經在某間防具店帶進來的木箱裡見過類似的鎧甲。他也有檢查過鎧甲內部，裡面好像空無一物。我猜那傢伙應該是在要通過城門時脫掉鎧甲，等到順利通過盤查之後，再重新穿上鎧甲。可是，這樣還是有個問題讓我想不通。

那傢伙到底是怎麼通過盤查的？因為他的外表就跟普通人沒兩樣嗎？還是說，這跟殘留在他脫掉的鎧甲內側，那種摸起來會刺痛的黏液有關？

雖然有很多疑點，我還是大致明白該怎麼繼續調查了。

我決定展開下一步行動，於是前往那間帶進鎧甲的防具店。

鎧甲怪物裡面的人可能就躲在那間防具店，不然就是在那附近。當時負責盤查的衛兵還記得那間店的名字。

我立刻前去調查，卻沒能打聽到與鎧甲裡面的人有關的消息，只打聽到當天被他脫掉的鎧甲是怎麼來的。據說那副鎧甲是他偷來的東西。

「那不是要賣的商品。我只是想放在家裡當擺飾，才會請人幫忙送過來。」

據說因為那副鎧甲很舊，而且又很沉重，完全賣不出去，他才會想要放在家裡當擺飾，請朋友送給他。

「如果有人要偷，明明還有很多更貴更好偷的鎧甲，我也覺得很莫名其妙。」

線索馬上就斷掉了。正當我為此感到絕望時，腦海中突然閃過一道靈光。

「還有其他防具店在賣那種鎧甲嗎？」

鎧甲怪物為何要在各種防具之中選擇那副鎧甲？我猜八成是因為那副鎧甲能完全藏住他的身體，而且就在他隨手可得的地方。

因為那個鎧甲怪物不想讓人看到自己的樣子。而原因或許就跟殘留在他脫掉的鎧甲內側，那種摸起來會刺痛的黏液有關。

因為他在大地母神教會的避難所脫掉那副鎧甲，後來應該又去其他地方偷走另一副鎧甲了。

我請店家介紹幾間防具店給我，然後親自跑了一趟。結果我在第三間店找到線索。他在這間店偷走的東西，果然也跟之前一樣是全身鎧甲。而且這間店就在上次那間大地母神教會附近。我立刻向店家與附近居民打聽消息，但沒人看到疑似鎧甲怪物的傢伙。他應該是躲在某個地方完全不出來，不然就是專門挑不會引人矚目的晚上行動。為了保險起見，我還到處打聽有沒有能讓人躲藏的地方，但什麼都沒問到。

線索完全中斷，我只好在路邊喝水休息。

我抬頭一看，發現天空烏雲密布。還好我在出門之前有先把拿去晾的衣服收好。我們家的衣服是分開洗的，我的衣服都是自己洗，艾爾玟的衣服則是拿去給洗衣店處理。我其實是想要親自幫艾爾玟洗衣服，但她的衣服都是使用高級布料，洗的時候非常麻煩。就算不去管會傷到布料的問題，我也不想因為沒有徹底晾乾，讓衣服留有奇怪的味道。

我該如何繼續調查下去？我不能輕易放棄。因為我不能放著餿水太陽神的手下不管，也不想白白放過那些錢。

「喂。」

某人叫住了我。我抬頭一看，發現對方是「聖護隊」的文森特。

「你在這種地方做什麼？」

「休息啊。你又是在這裡做什麼？」

「我在執行公務。」他不客氣地這麼回答，一臉厭煩地別過頭。

「給我滾到一邊去。你很礙事。」

「有必要這樣嗎？」

我又不是躺在路邊睡覺。

「你的精神這麼緊繃，跟監的時候可不會順利喔。」

文森特一把揪住我的胸口。

「快說，你知道些什麼？」

「我只知道事情並不單純。」

文森特會獨自行動這點也很奇怪。我猜這附近應該有不少人在監視，而文森特就是來查看現場的。他可能是在路上碰巧看到我，不然就是接到我在這裡的報告，特地跑來找我說話。

「……這件事與你無關。」

「你剛才停頓了一下。難不成這件事也跟我有關嗎？」

「我就說跟你無關了。」

「該不會是跟『神聖太陽』有關的事情吧？」

文森特的表情變得僵硬。因為他之前一直把我當成太陽神的信徒，讓我猜測這可能跟太陽神有關，而且還是需要文森特親自出馬的事情，結果真的猜對了。

「你就告訴我吧。不然我可能會跑去到處宣傳。」

文森特擺出顯然不太開心的態度，把我拉到暗處。

他先要求我不能說出這件事，然後才開始為我說明。

「『神聖太陽』最近正利用各種手段吸收信徒，不斷擴大自己的勢力。據說其中還包括某位大人物的公子。」

原來如此，意思就是那傢伙也跟某位侯爵公子一樣變得沉迷宗教了吧。

「那位公子前些日子帶著一大筆錢離家出走，現在似乎就躲在『神聖太陽』的祕密基地。」

為了從邪教的魔掌之中，救出腦袋壞掉的貴族公子，上面的人只好命令「聖護隊」出動。真是辛苦他們了。

「那你們只要直接衝進對方的基地，把人統統抓起來不就得了？你們應該有那種權力吧？」

「我們已經查獲對方的幾個集會現場，但是都沒有找到那位公子。看來他們還有祕密基地沒被找到。我猜武器八成也藏在那裡。」

「武器？」

「我們最近接獲線報，聽說『神聖太陽』正在到處收購武器與防具，所以目前正忙著打探消息。」

他應該是擔心那位公子帶走的錢可能被他們拿去買武器了吧。

「由你這個隊長親自出馬嗎？」

「我們現在人手不足。」

因為是他開除那些違法官員，現在才會負起責任親自出馬是嗎？真不知道該說他是責任感太強，還是太過老實。

「根據我們調查的結果，對方似乎收集了將近一百人份的武器。我猜除了我知道的管道之外，他們應該還有從其他信徒身上收取資金。」

搞宗教還真是賺錢，我也來做做看算了。我要創個「公主騎士」教。

「你只要跟對付我的時候一樣，隨便抓幾個信徒，帶回去舉辦『遊樂會』不就得了嗎？」

聽到我這麼說，文森特露出尷尬的表情。

「他們絕大多數是無知的傢伙，只是沉迷於冥界的幸福與『啟示』這些動聽的話語。」

那些宗教人士會主動接觸他們遇到的每一位窮人，給他們食物、衣服與住處。先施恩於他們，然後再宣揚自己的教義，等到他們完全相信那些瘋狂的教義之後，就能把他們變成自己操控的人偶。他們應該是打算在武裝起義的時候煽動那些信徒，把他們變成一支不怕死的軍隊。

「在這裡遇到也是種緣分，我也來幫忙吧。」

想要繼續透過鎧甲這條線索找尋那個鎧甲怪物並不容易。可是，如果那個鎧甲怪物是「傳道師」，那他跟太陽神的信徒之間或許存在著某種關聯。他也可能會偽裝成信徒混進教團之中。

「給我滾。」

這個答覆完全不留情面。可是，我也有必須達成的目的，不能輕易放棄。

「你想得到情報吧？如果是這個城市的各種小道消息，我可是比那些路邊紳士還要清楚。」

「……」

「現在不是猶豫的時候。平安救出那位公子才是當務之急不是嗎？」

文森特發出咂嘴聲，然後憤恨地對我說了一句「下不為例」。

「如果那位公子不是被綁架，就是在某個地方被人拐走了吧。你有什麼線索嗎？」

「我昨天在城東大街盤問過一位可疑的女子。她長得很漂亮，看起來像是江湖藝人。」

我想起來了，我之前好像也遇過這樣的女人。當時我很擔心艾爾玟，所以很快就向她告別。

「我向她打聽那位公子的下落，結果她說她只是受人所託，幫忙把人帶到說好的地方。她還說自己也是第一次見到那位委託人。據說除了拐人之外，她還會幫忙拉攏傭兵與地痞流氓那種能成為戰力的傢伙。」

她當初跑來找我說話，應該也是為了這個目的。畢竟我看起來也很強壯。就算是聽起來很可疑的事情，只要能賺到錢，還是會有很多人不顧後果跑去湊一腳。

「那個地方是哪裡？」

文森特轉過頭去，用下巴指了一下。我順著看過去，結果看到一間色彩鮮艷的兩層樓房屋。

這不就是上次那間讓柯迪與莉塔藏身的娼館嗎？

我可以輕易想像到那位公子興奮地跟過去的畫面。

「可是，那裡是大地母神教的……」

「我知道內情。那間娼館只是偽裝對吧？可是，如果是娼館那種地方，就算兩人獨處也很合理。更何況，那還是一間違法娼館，很容易被人拿來犯罪。」

「那你要怎麼做？你不直接進去調查嗎？」

「這個嘛……」

他說得吞吞吐吐，看起來有些難為情。我突然想通了。

「你該不會沒上過娼館吧？」

「我曾經上門查案。」

「也就是沒去當過客人的意思嗎？」

「廢話！」

看來他是愛妻一族，就跟德茲一樣。

「如果要進去調查，不是應該盡早行動嗎？」

「我正在召集人手。」

在我們等他做好準備的時候，天曉得那位公子會遇到什麼事情。他可能會變成屍體，也可能會染上奇怪的疾病。

「那我先走一步了。」

「慢著。」

文森特抓住我的肩膀。

「你別擅自行動。」

「為什麼不行？我又不是你的部下或家臣。」

如果是要去當客人，那也是我的自由。

「如果你要妨礙調查，我現在就逮捕你。」

「既然怕我礙事，那你也一起來吧。」

只憑我一個人可能無法解決需要動武的情況。文森特的實力還算不差，正好適合當我的保鑣。反正繼續待在這裡爭執也只是浪費時間。

我拉著文森特的手，跑去向在屋子前面掃地的小姐說話。

「我們這邊有兩位男客，妳們那邊也是兩個人吧。麻煩幫我們找個可愛的女孩。」

我們被帶到二樓角落的小房間。房間不大，裡面擺著兩張床。真令人懷念。我以前也嘗試過三人行與四人同樂的玩法。我當時還太年輕了。

文森特心神不寧地環視房間內部。這裡沒有椅子，讓他只能呆立在門邊。雖然我叫他先坐在床邊，但他沒有理我。

難得來到這裡一趟，我原本想跟莉塔打聲招呼，卻聽說她早就離開這間避難所了。她好像是跟在這間避難所認識的青年，一起帶著妹妹前往其他國家。我只能祝她們得到幸福。

「你接下來有何打算？不會是真的要以客人的身分尋歡吧？」

「不，我就是為此而來。」

文森特面露青筋，高高地舉起拳頭。

人家只是開個小玩笑也不行嗎？

「總之，你就是想要調查有沒有人利用這間店犯罪對吧？這不是很簡單嗎？」

我這麼說道。

「只要聽聲音就知道了。」

因為這間娼館很破爛，一直都能聽到像牛叫的喘息聲，還有慘叫般的嬌喘聲。文森特從剛才就擺出一張臭臉，應該也是因為這個緣故。

「那些做壞事的傢伙不可能在床上扭腰。我們只要找出沒聲音的房間就行了。」

於是我們來到走廊，側耳傾聽每個房間裡的聲音。

「這裡很可疑。」

我們來到二樓樓梯前面的房間。明明感覺得到房間裡有人，但這裡跟其他房間不同，幾乎沒有發出聲響，聽起來也不像是在接吻或扭腰的樣子，實在是很可疑。

門當然從裡面鎖上了。這裡的房間沒有鑰匙那種高檔貨，都是只要把棒子橫著擺就打不開門的打掛式門鎖。我把鐵絲插進門縫，硬是把門鎖撬開。

「搞定，我打開了。」

「讓開！」

文森特推開我，然後一腳把門踹開。

「不准動！」

文森特拿著劍衝進房間裡，結果卻愣在原地。

因為房間裡有一對全身赤裸的男女躺在床上，而且正在挑戰有些特別的玩法。難怪他們沒發出聲音。嗯，謎題都解開了。

「啊，抱歉。我們搞錯房間了。兩位請繼續。」

我抓住文森特的衣領，把他拉到房間外面。當我準備把門關上時，突然想起一件重要的事情。房間裡那對男女還保持著同樣的姿勢愣住不動。

「對了，那種玩法爽嗎？晚點記得告訴我感想。」

「你快點給我過來！」

文森特把我拉出房間。

「相信你這種人是我太傻了。」

文森特快步走在前面，嘴巴一直抱怨個不停，對我大發脾氣。他的臉也有點紅。看來剛才那一幕有些太過刺激了。

「明明就是你擅自衝進去的不是嗎？真不愧是騎士大人，竟然還叫人家別動。」

回想起剛才那一幕，害我又笑了出來。肚子好痛。我不會就這樣笑到死掉吧？

「不准笑。」

「這不是很有參考價值嗎？你下次可以跟老婆試試看，她說不定會重新愛上你喔。」

文森特突然轉身揍了我一拳，害我整個人撞上走廊的牆壁。

「不准汙辱我妻子。」

「抱歉。」

因為他好像真的生氣了，我只好乖乖道歉。

「我沒有看不起她的意思。我是說真的。文斯，我們下次一起去喝酒的時候，我願意請你喝一杯作為賠罪。」

「我不會跟你一起去喝酒，也不打算讓你請客。還有，不准叫我文斯！」

丟下這句話之後，他走下樓梯。

「等等。」

來到一樓後，我指向某個房間。

「這裡也很可疑。從剛才就一直沒發出聲音。」

「應該只是沒人使用吧？」

「我們進到這間店裡的時候，我有看到一個男人走進去。」

我試著推動門把，但門從裡面鎖上了。這扇門也是使用跟二樓一樣的打掛式門鎖，所以輕易就能撬開。

「喂，你怎麼又擅自……」

「噓，安靜點，卡萊爾大人。」

這樣就搞定了。我推開房門。

房間裡找不到客人的身影，床鋪也不像是有人躺過的樣子。雖然這裡有窗戶，果然也從裡面鎖上了。

「裡面完全沒人。」

也許是發現這裡不太對勁，文森特也跟著環視屋內。

我也伸手在牆壁與地板上摸索，同時還會試著敲打看看。

「就是這裡。」

我搬開房間角落的大型擺飾，結果連地板都被移開了。這東西比我想的還要輕。

我找到一個通往地下的樓梯。

「這是什麼？」

「應該是祕密樓梯吧。」

這個機關算是相當費工夫了。可是，這裡是大地母神教會經營的娼館，怎麼會讓太陽神的邪教團體拿來使用？難不成大地母神的信徒之中出了叛徒嗎？

正當我抱頭苦思時，文森特從我身旁走過，直接踏上樓梯。

「不用先去叫援軍嗎？」

「沒那種時間了。」

丟下這句話之後，他就逕自走下樓梯。操之過急可不會有什麼好結果喔。

算了，既然被我們找到祕密通道，那對方遲早會發現有人入侵。反正都會被發現，還不如趁對方沒準備的時候直接殺進去。

我也跟了上去。

通道裡一片漆黑。正當我還在煩惱該怎麼辦時，眼前就爆出火花，發出微弱的亮光。

拿著燭台的文森特就站在我眼前。

「你什麼時候弄到蠟燭的？」

「這東西就擺在樓梯旁邊，我就直接借來用了。」

那是對方的東西嗎？原來如此。

文森特努力不發出腳步聲，扶著牆壁躡手躡腳地前進。從摸起來的手感可以得知，這是一條用石塊打造的通道。牆壁上有磨損，可見這裡的人應該也會摸著牆壁前進。

天花板並不高。只要一個不小心，頭就會撞到天花板。不光是我，文森特的個子也很高，看起來好像很不好走路。大家都很辛苦呢。正當我以為自己要變成鼴鼠的同伴時，我看見些許光芒從通道深處射了過來。這條通道意外地短，出口就在不遠的地方。走在前面的文森特停下腳步。看來是走到盡頭了。

通道的盡頭果然還是階梯。階梯的盡頭有一扇門，但當然早就被人鎖上，讓文森特怎麼推都打不開。

我別無選擇。雖然有些風險，但我也不能就此回頭。

「哎呀。」

我假裝沒站穩，讓文森特手中的燭台掉到地上，燭火也跟著熄滅。

地下通道再次變得一片漆黑。

「不好意思，給我一點時間吧。」

我一邊這麼說，一邊從懷裡拿出「片刻的太陽」。

「這次換我來試試看。說不定我能從門縫撬開門鎖。」

詠唱咒語後，我們立刻被耀眼的光芒包圍。

這陣強光讓文森特轉過頭去。

我趁機把手擺在門上，一口氣往上舉起。金屬門閂直接被撞開，發出刺耳的聲響。因為門被打開了，我立刻解除「片刻的太陽」。我能發揮全力的時間有限，所以必須有效運用。

「我打開了。」

「你到底是怎麼打開的？」

「我只是輕輕推了一下。因為有燈光幫忙，我很快就找到生鏽的地方了。」

「可是……」

「也可能是『她』在暗中幫助我吧。」

我亮出掌中的「片刻的太陽」，文森特不知為何露出不甘心的表情。

「別管這個了，我們走吧。卡萊爾大人，我讓你打頭陣。」

「不需要你來命令我。」

文森特走上樓梯。我很快就聽到打鬥的聲音，但聲音也很快就停下來了。我跟著走上樓梯，結果看到疑似守衛的男子倒在地上。他好像沒死的樣子。

「看來這裡就是對方的根據地。」

我環視周圍，發現四面八方都是土牆。看來我們還在地底下，而且這裡到處都擺著石棺。我探頭看了一下，發現石棺裡裝滿武器與鎧甲。

「他們把『地下墓地』當成武器庫了嗎？」

文森特小聲低語，聲音中充滿著不悅與憤怒。這種做法實在很沒天良，也可說是惡劣，那些大地母神教的信徒還真是可憐。

「喂，你看那邊。」

在這些排列整齊的棺材後方有個大洞，我發現那裡好像有燭光，還能聽到有人在說話的聲音。雖然沒看到守衛的身影，但為了避免被人發現，我們還是躲在棺材後面，小心翼翼地走過去。在這個天花板挑高的大廣場裡，有一座巨大的女神像。

這座雕像實在是低俗至極。女神高舉著巨劍，用另一隻手拿著巨大的盾牌。這應該是大地母神戰鬥時的模樣吧。我原本還以為這是石像，結果竟然是由鋼鐵打造而成。這樣花錢真是太豪邁了。可是，雕像的臉部被人削掉了一大塊。

在損毀的神像前方，有個疑似祭壇的石座。祭壇旁邊躺著一位被人捆綁的金髮少年。我向文森特確認過了，看來他就是那位貴族公子。

他的嘴裡被塞了東西，腳踝好像還被銬上鐵製腳鐐，讓他無法逃跑。看樣子他是不可能靠自己掙脫了。

祭壇前方擺著長桌和椅子。椅子總共有十一張，有一半都沒人坐。

五個年紀各不相同的男人和女人坐在那裡，沒看到那個鎧甲怪物。

他們離我們很遠，讓我聽不清楚他們的聲音，但他們好像是在討論該怎麼處置那位公子。

有人說應該把他當成人質要求贖金，而不是把他殺掉，也有人說拿贖金的時候最危險，不要貪心直接把人殺掉，才不會留下後患。看來我們剩下的時間不多了。

「我們現在該怎麼做？」

「當然是救人。」

文森特拿出一顆用白紙包起來的小球。

「那該不會是『煙霧彈』吧？」

「不，這是『爆光彈』。」

「爆光彈」能發出閃光與巨響，讓敵人陷入混亂。雖然材料費高昂，但效果也很巨大。這是一種沒有殺傷力的武器，我也曾經用過好幾次。要是在地底下引爆，那種巨響應該會讓人暫時失去聽力。

「這是你自己做的嗎？」

「不，這是『聖護隊』的備用品。」

想不到他們連這種東西都準備了。不過，威力應該比某位大鬍子的作品還要差。

「我先過去看看情況。只要我給你信號，你就衝過去搗亂。我會趁機把這個丟過去。等到他們失去行動能力的時候，我們就把那位公子救出來。」

「你要我去當誘餌？」

「是你自己要跟過來的，至少也該幫點小忙吧。」

這位騎士大人真愛使喚人。

「那我就硬著頭皮上吧。」

「慢著。」

這句話不是對我說的。

一名灰髮男子突然出現在神像底下。他的年紀大約在四十歲到五十歲之間，穿著一身黑衣，還有一雙細長銳利的榛果色眼睛。雖然看上去是個性格和善的人，眼神中卻閃爍著危險的光芒。

他拿著鑲有寶石的魔杖，還把前端對準那群人。他是什麼時候出現的？

「那人又是誰？」

突然有人闖進來，讓文森特也顯得有些困惑。

「請你們把那孩子還給他的父母。只要你們願意照做，我就不會傷害你們。」

有個疑似傭兵的壯漢拿起手邊的椅子扔了過去。雖然會被這位不速之客躲過，但他應該是打算趁對方露出破綻時衝上去吧。

可是，這位不速之客沒有閃躲，而是從魔杖發出耀眼的電光。電光發出激烈的聲響，把椅子直接彈開，還把壯漢擊倒在地上。這一擊看起來很威猛，但壯漢好像只有昏死過去。

「我再說一次。請你們乖乖照著我的話去做。」

他出言牽制那些想要接著衝過去的傢伙。肯定錯不了。雖然感覺起來不太一樣，這是那個鎧甲怪物的聲音。他就是躲在鎧甲怪物裡面的傢伙？看起來不就只是個平凡的大叔嗎？

更重要的是，他跟鎧甲怪物的體格不一樣。他的身高比較矮。難道他是用魔術操縱那副鎧甲嗎？還是說，鎧甲裡面還躲著使魔或某種東西？我完全猜不到其中的原理。更奇怪的是，他為何要幫助那位公子？難道他不是那群人的同伴嗎？

文森特好像也不知道是否該出手。

「請放心。我是你的同伴。」

當神祕男子替貴族公子鬆綁的瞬間，金屬圓環也劃破了黑暗。雖然沒有擊中，還是讓神祕男子被迫遠離那位公子。

「總算找到你了。尼古拉斯．伯恩斯。」

某人說出這句話，聲音中充滿著憎恨與歡喜。那人正是大地母神的「異端審問官」賈斯汀。

那傢伙怎麼會出現在這裡？

「被一群野狗追趕，終於把你從巢穴裡逼出來了嗎？想不到你竟然會主動現身。」

「原來是你。二話不說就出手攻擊，實在不是什麼值得稱讚的事情。」

名叫尼古拉斯的男子揮舞魔杖，發出一道電光。

「要是不小心傷到這位少年該怎麼辦？」

賈斯汀躲過有如雷雲般的連續攻擊，直接用手抓著戰輪砍過去。這一擊重得像是只要打到就能擊碎骨頭，卻在擊中之前揮空了。

尼古拉斯彎曲膝蓋，一個大幅度後仰避開了攻擊。他的身手就跟柳樹一樣柔軟有力。在躲過拳頭的同時，他再次伸直膝蓋，用魔杖前段毆打賈斯汀毫無防備的側腹。現場響起沉悶的聲響，還有骨頭折斷的聲音。

「果然厲害。不愧是能逃亡『幾十年』的傢伙。」

「我討厭暴力。我勸你還是早點投降吧。」

「我要把這句話原封不動還給你。」

仔細一看，剛才那位公子已經被太陽神的信徒們挾持了。

「尼古拉斯．伯恩斯，把魔杖丟掉。你贖罪的時刻終於來臨了。」

「該贖罪的人不是我，而是太陽神才對。」

「我聽你在放屁。」

公子的喉嚨被人拿小刀抵住。

尼古拉斯丟掉手裡的魔杖。

「結束了。」

賈斯汀心滿意足地這麼說，然後就衝了過去。在奔跑的同時，他拔出插在腰間的劍，揮劍斬開尼古拉斯的胸口。

尼古拉斯從嘴裡吐出紅黑色的液體。賈斯汀反手持劍，直接往尼古拉斯的胸口刺進去。劍從左胸刺進去，又從背後刺了出來。尼古拉斯雙手不斷顫抖，最後就這樣倒下了。黑衣男子躺在血泊之中。

貴族公子發出低沉的慘叫聲，就這樣倒在地上。看來他是嚇到腿軟了。

「想不到會這麼簡單。怎麼樣？就算是你也動不了了吧？」

賈斯汀一腳踩在尼古拉斯臉上。

「畢竟這把劍裡灌注了吾神的力量。制裁的時刻到來了。我立刻就讓你解脫。」

賈斯汀在尼古拉斯的衣服裡翻找了一下。

「……『貝蕾妮的聖骸布』不在你身上嗎？算了，我之後再叫那男人去找吧。」

他應該是在說我吧。

「這個小鬼要怎麼處理？」

「他已經沒用了不是嗎？殺掉他。」

文森特發出咂嘴聲，二話不說就衝了出去，把「爆光彈」丟到天花板附近。

巨響與閃光化為奔流一口氣爆開。

突如其來的閃光與聲響，讓信徒們摀著耳朵與眼睛直接倒下。

「趁現在！」

「知道了啦。」

在光芒消失的同時，我也跟著衝了出去。我從那些信徒的旁邊衝過去，拉起貴族公子的手，叫他趕快逃跑。雖然跟原本想的不太一樣，但還是有照著剛才的計畫進行。

我先把他帶到距離不遠的棺材附近，叫他在那邊躲起來。當我回到大廣場時，文森特正在跟那些信徒交戰。也許是「爆光彈」的效果還沒完全消失，那些信徒像稻草人一樣被他接連砍倒。

當我回過神時，他已經把五個人都解決掉了。

「那傢伙跑到哪裡去了？」當文森特忙著找尋敵人時，一道黑影出現在他頭頂上。文森特迅速跳開，賈斯汀的戰輪也在下一瞬間劈開他原本站著的地方。

「我是列菲爾王國『聖護隊』的隊長文森特。」

文森特重新舉起劍，堂堂正正地報上名號。

「我要逮捕你這個綁架與監禁的現行犯。給我乖乖束手就擒。要是你敢反抗，我可不會手下留情。」

「什麼狗屁王國。」賈斯汀重新用雙手舉起戰輪。

「在吾神面前，每個人都是罪人。」

然後連續丟出金屬圓環。

「沒辦法……那我只好來硬的了！」

文森特大吼一聲，直接衝向飛過來的戰輪。那些戰輪的威力強到連劍都能打斷，但他靈巧地揮劍格擋，把戰輪全部彈開來。我原本還以為他打不過賈斯汀，但他的實力比我想的還要強。

賈斯汀雙手上的戰輪全都沒了。他應該都丟完了。文森特覺得這是個好機會，立刻衝過去。

「結束了！」

「你是說自己嗎？」

賈斯汀從腳踝取下金屬圓環丟了出去。原來他身上還藏有戰輪嗎？文森特沒能完全避開，被戰輪擊中左肩。也許是衣服底下還穿著防具，他的肩膀沒被斬斷，但還是發出了骨頭斷裂的聲響。不過，文森特並沒有停下腳步。

賈斯汀拔出插在腰間的劍迎擊。在刁鑽的刺擊插進腹部之前，文森特直接側身閃躲。劍刃沿著胸口劃過，文森特改用單手持劍，揮劍砍向賈斯汀的腦袋。

銀色劍刃砍進頭蓋骨之中，讓鮮血噴了出來。賈斯汀臉上滿是震驚，放開手裡握著的劍，最後像隻死魚一樣張開嘴巴，就這樣往後倒下。

在此同時，文森特也屈膝跪地。

「喂，你沒事吧？」

「別擔心。只是肩膀骨頭裂開罷了。」

這可不是臉色蒼白的人該說的話。

「先別管我了，這名男子是什麼人？」

「他叫賈斯汀，是大地母神教的『異端審問官』。」

「這種傢伙怎麼會跟太陽神的信徒在一起？」

他會這樣懷疑很合理，但我早就知道答案了。

「因為『日蝕』啊。」

文森特過去曾經這樣告訴我。

「我記得好像是說『太陽總是高掛在天上，就算躲在雲層後面，或是被月亮擋住，也會如影隨形跟著我們』。根據這項教義，信徒可以為了逃離迫害而隱瞞自己的信仰。」

他知道我以前的名字，還毫不在意地把信徒的墳墓變成武器庫，我原本以為這是不可能的事情，但沒想到在「異端審問官」之中，竟然也有太陽神的祕密信徒。

「我猜這傢伙……」

「閃開！」

話才說到一半，文森特突然把我推開。

金屬圓環從我們兩人之間的些許空間飛了過去。

我轉頭一看，發現賈斯汀坐在地上，對著我們伸出手。他應該是把地上的戰輪撿起來，朝著我們丟過來吧。這我可以理解。可是，他頭上的傷口竟然在慢慢再生。

我就知道。我這個人不好的預感總是很準。

這傢伙……賈斯汀其實是從邪惡太陽神那邊得到「啟示」的「傳道師」。

「我剛才只是一時大意，不會再有下一次了。」

賈斯汀站了起來，把掛在胸前的大地母神紋章隨手一扔，然後像是要踩死蟲子一樣用腳踐踏，同時還從懷裡拿出一個小瓶子。瓶子裡裝著白色粉末。那是「解放」。賈斯汀打開瓶蓋，把粉末連同瓶子一起吞進肚子。

下一瞬間，賈斯汀從全身綻放出耀眼的光芒。他發出痛苦的呻吟聲，背後、雙手、腹部與右腳也在同時不斷膨脹伸縮，撐破身上的衣服，最後變成其他生物……不，是變成一頭怪物。

形似黑色獅子的腦袋長出巨大耳朵，變成藍黑色的皮膚上到處都是裂痕。胸前長著沒有瞳孔的眼睛，還有像是蜥蜴的鼻子與嘴巴。手臂變得像手甲一樣厚實，從雙腳伸出刺破鞋子的鳥類鉤爪，讓地板發出硬物碰撞的聲響。還從屁股長出狀似蜥蜴的尾巴，像鞭子般拍打著地板。

這傢伙跟羅蘭長得不太一樣。拜託別在這種地方展現個性行嗎？

「喂，振作點。」

文森特一副失魂落魄的樣子，我拍拍臉頰把他打醒。

「這傢伙到底是什麼鬼東西？」

「我也想要知道答案。」

真不曉得到底要怎麼做，才能變成那種噁心的樣子。這我實在無法理解。

「你這個傷兵太礙事了。我會幫你爭取時間，你趁機帶著剛才那位公子一起逃走。」

「我怎麼可能做出那種……」

「如果你要抗議，麻煩晚點再說。」

現在的情況這麼緊急，可沒有讓我們開會慢慢討論的時間。

「你的任務不就是救出那位公子嗎？那你就去完成任務吧。事情就是這麼簡單。」

而且要是文森特在場，我也不方便出手戰鬥。

「你快走就對了！」

我把他推開叫他快走，然後踹向地面衝出去。下一瞬間，我感覺到文森特往反方向跑走了。

「『萬物皆無法逃過太陽神的法眼(Sol Near Spectus)』。」

賈斯汀說出我不想聽到的屁話，並且朝向我擲出戰輪。我喊出咒語發動「片刻的太陽」，同時揮拳擊落劃破空氣飛過來的戰輪。雖然有點痛，但這種程度還不成問題。

正當我以為戰輪都丟完時，他這次親自朝我衝了過來。

賈斯汀揮出巨大的拳頭，但被我擋了下來。停下腳步之後，他連續對我揮出好幾拳，而且力道相當大。

「可是，這種程度不算什麼。」

這種力量肯定遠遠強過人類。不過，羅蘭的力量比他強多了。雖然不能掉以輕心，但我還擋得住。

我接住他的拳頭往後一拉，同時用另一隻手揮拳反擊。從手上傳來打爛血肉的感觸與聲響。

看來攻擊也行得通。

正當我準備賞他第二拳時，賈斯汀突然消失了。

我並沒有跟丟他的身影。如同字面上的意思，他是瞬間就消失不見。

「啐……！」

我有不好的預感，立刻翻滾閃開。賈斯汀的雙腳突然從我頭頂上出現，踩碎了地板的岩石。

「我看你能逃到什麼時候。」

撂下這句狠話後，賈斯汀再次消失不見。可惡，竟然給我使出這種奇怪的招數。

我跑到牆邊，背後緊貼著牆壁，讓自己的死角減到最少。

「來啊，隨便你要從哪裡殺過來都行。」

「那我就如你所願。」

聲音從我背後傳來。

粗壯的藍色手臂打破牆壁，一把抓住我的腰，把我整個人往後舉起來。賈斯汀用我的身體撞破石牆，然後沒有減速就狠狠砸在地上。破碎的瓦礫掉了下來。我被摔得眼冒金星。眼裡的景象上下顛倒，讓我的腦袋變得一團混亂。我咬緊牙關忍住劇痛，用手肘往背後敲打，趁機從賈斯汀的手裡掙脫。當我連滾帶爬地逃離敵人時，一個龐然大物擋住我的去路。我抬頭一看，發現那是臉被削掉一塊的大地母神女神像。拜託妳管好自己家裡的「異端審問官」行嗎？要是妳願意救我，要我當妳的信徒也行。

我氣憤地回頭一看，卻找不到賈斯汀的身影。

我察覺到動靜，趕緊反手揮拳打向背後。我有一瞬間還以為自己成功擊中賈斯汀，但他的身影有如幻影般晃了一下，我的拳頭也在同時揮了個空。我腦海中的警鐘響個不停。

賈斯汀的拳頭擊中我毫無防備的側腹。我無法呼吸，整個人飛到空中，直接撞破天花板，來到一個明亮的地方。我認得這個地方。當我發現這件事時，身體已經摔落在地板上。我抱著側腹在地上打滾。

我抬頭一看，結果看到另一座大地母神的神像。我想起來了，這裡是大地母神的教會。

我知道距離很近，但看來我們只是跑到隔壁。儘管我成功來到地面上，而且剛好四下無人，我還是沒有脫離險境。

體內傳來一陣劇痛。可惡，就算我想反擊，他也會立刻躲到其他地方。

再這樣跟他耗下去，「片刻的太陽」的持續時間也要結束了。因為上次跟敵人打到時間耗盡，讓我學會計算剩餘的時間，但這樣我很快就會把時間用完。

「我得設法反擊才行……」

「真遺憾。」

戰輪從我頭頂上快速飛過。我還以為他射偏了，結果立刻聽到硬物碰撞的聲響。眼前突然變得一片黑暗，身體也變得沉重。糟了，原來他的目標是「片刻的太陽」。被戰輪擊落的水晶球在地板上滾動，最後被賈斯汀撿了起來。

「這樣你就只是個廢物了。」

戰輪再次飛了過來。雖然我看得見，但這次就躲不開了。我只能勉強用手臂擋住。這一擊有如鐵球般沉重。當我重心不穩的時候，我看到賈斯汀衝了過來。我這次還來不及閃躲，賈斯汀的拳頭就打在我臉上。我背靠著牆壁慢慢倒下。

賈斯汀露出得意的笑容。一隻小飛蟲從他眼前飛過。他不太高興地揮手拍開蟲子，一臉佩服地低頭看著我。

「你果然很耐打，換成是普通人早就沒命了。」

畢竟這是讓我活到今天的原因。

「我有個問題想請教你這位『異端審問官』。」

我背靠著牆壁站了起來。

「為什麼你要成為『傳道師』……成為太陽神的信徒？」

「異端審問官」可不是能靠關係當上的職務，而是必須具備過人的信仰與實績。他為此付出的努力，恐怕不是我所能想像的。可是，他寧願捨棄這一切，也要成為太陽神的奴隸，這我實在無法理解。

「你應該不是別人假扮的冒牌貨吧？難不成你是想要不老不死嗎？」

賈斯汀望向遠方。怪物的眼中閃過一絲懷念與無奈。

「三十年……」

「你說什麼？」

「這是我投身於大地母神門下之後耗費的時間。」

據說賈斯汀原本是一位貴族。

「可是，這個世界上有許多貧苦的人民，就只有我過著衣食無缺的生活，而這也讓我一直受到罪惡感的折磨。」

「……」

為了擺脫那種罪惡感，他在十五歲的時候下定決心投身於宗教，成為大地母神的奴僕。

「在那些日子裡，還是有許多迷途的人民餓死。父母賣掉孩子，孩子殺死父母。這個世界依然是個地獄。不管我如何祈禱，誠心誠意為神服務，大地母神都沒有給我任何回報。」

就算靠著信仰與實力當上「異端審問官」，賈斯汀內心的空虛也沒有被填滿。

「就在這時，我得到了『啟示』。太陽神要我解決掉叛徒，還要我奪回『貝蕾妮的聖骸布』，而我接受了這個使命，得到這股力量與樣貌。」

他說得很得意，甚至有些愉快。

「大地母神過了三十年都沒有給我的東西，太陽神一瞬間就賞賜給我了。就連小孩子都知道該選擇哪一邊不是嗎？」

「所以你就直接讓這間大地母神教會改信太陽神了嗎？」

原來那位神父也變成太陽神的信徒了。賈斯汀當時會碰巧出現在娼館，應該也是因為神父跑去通風報信。

我笑了出來。

「不就只是一個被騙徒欺騙的蠢貨，又被其他騙徒騙了嗎？」

「給我閉嘴！」賈斯汀大聲吼叫，打碎了地板。被我撞破的洞又變得更大了。

「那副模樣就是你要追尋的『救贖』？這樣就能從不講道理的暴力之中，救出那些飢餓貧苦的人民了嗎？」

如果靠著武力逼壞人改過向善，也不過就是另一種暴力罷了。而且只憑那種程度的力量，根本不可能改變這個世界。

「真正的救贖應該是幫差點被父親賣掉的姊妹準備一個藏身處，還有讓吃不飽的女孩把自己的糖果與杏仁分給妹妹。我覺得這種救贖像樣多了。」

「廢話少說！」

賈斯汀再次隱身。他時而出現，時而消失，對我一頓拳打腳踢之後，又再次消失不見。

現在這樣我根本無法反擊，只能任憑他毆打。雖然我勉強靠著直覺防禦，但還是抵擋不住，就這樣被揍飛到教會的牆壁上，然後無力地倒下。

「這是最後的警告。」

我聽到那個渾球的聲音。

「現在還不遲。以『受難者』的身分，跟我們『傳道師』一起信奉太陽神吧。」

「除了你之外，還有其他『傳道師』嗎？」

他們到底還有幾個人？拜託別跟我說還有一百個。

「早在我來到這裡之前，那位大人就一直待在這個城市了。」

「那人是誰？」

賈斯汀一腳踩住我的腦袋，露出得意的微笑。

「再來就要收費了。」

代價就是我的信仰嗎？這玩笑實在讓人笑不出來。

「我身上又沒有那種東西，你要我怎麼給你？」

「那就沒辦法了。」

賈斯汀嘆了口氣。

「為吾神獻出血肉吧。」

「那可不行。」

語音剛落，一道銀色的閃光就劃過賈斯汀背後。賈斯汀從後頸噴出鮮血，慢慢地倒在地上。從傷口噴出的鮮血逐漸化為黑色灰燼。

從藍色怪物背後現身的人，正是「聖護隊」的隊長文森特。

「我來晚了。公子安全了。『聖護隊』很快就會趕到。」

他把我扶了起來。

「你為什麼要回來？」

「要是對你見死不救，我晚上會睡不好覺。我還有很多話要問你，再說……」

文森特別過頭去，小聲說出這句話。

「……我們不是約好要去喝酒了嗎？」

拜託別這樣行嗎？我好像快要愛上你了。

「還有，這個也還給你。」

文森特把剛才掉到地上的「片刻的太陽」交給我。

「這是你的東西吧？」

我就叫你別這樣了。

「之後的事情就交給我。你快點去療傷……」

文森特扶著我邁出腳步，卻突然停了下來。我回頭一看，原來是倒在地上的賈斯汀抓住了他

的腳踝。黑色灰燼在不知不覺中停止冒出，脖子上的傷口也開始再生。

「他還活著！快給他最後一擊！」

「來不及了！」

賈斯汀抓著文森特的腳踝把他舉起來，然後使勁地朝向天花板一扔。文森特整個人撞在教會的天花板上，稍微停頓了一下，然後慢慢掉了下來。我衝到他掉下來的地方，伸手接住他的身體。雖然我平常可以輕鬆接住，但我現在手無縛雞之力，頂多只能當他的肉墊。

「喂，振作點。」

他昏死過去了。誰叫他要這麼亂來。

要是他們兄妹都因我而死，我可是會受不了的。連我都會看不起自己。

當我陷入感傷時，聽到從背後傳來的腳步聲。

「下一個就輪到你了。」

我轉過身與賈斯汀對峙。

「是嗎？」

我把「片刻的太陽」擺在手掌上，用另一隻手輕輕滾動。

「你這是什麼意思？」

「別看我這樣，其實我很擅長占卜。我正在幫你占卜運勢。」

我握住這顆半透明的水晶球，喊出發動的咒語。

「照射。」

「片刻的太陽」對我的聲音做出反應，一邊發出陽光一邊飛了起來。我感覺到全身湧出力量，同時對他豎起中指。

「賈斯汀，恭喜你。」

我這麼說道。

「今天就是你的忌日。」

說出這句話之後，我衝向變成怪物的賈斯汀。沒時間了。只要再過不到一百秒的時間，「片刻的太陽」就會失效。如果無法趁這段時間殺掉他，我們就輸了。

我全力揮出拳頭，但只能揮了個空。我早就猜到了。我立刻反手往背後揮出拳頭，狠狠打在怪物臉上。

當賈斯汀痛苦呻吟無法行動的時候，我一腳踢中他的肚子。賈斯汀雙腳離地，在摔到地板上之前消失不見。又是他擅長的瞬間移動嗎？可是，他想得太天真了。

「找到你了！」

我撿起掉在地上的瓦礫，往頭頂上扔出去。猛然飛出去的瓦礫突然停下來，賈斯汀的身影也浮現在空無一物的半空中。

瓦礫刺進他肚子上的眼睛，讓他連同瓦礫一起從空中摔下來。

「你……你怎麼會……」

「那還用說嗎？」

我聳聳肩膀。

「當然是因為大地母神的保佑。」

我可不是白白讓他揍那麼多次。這傢伙隱身之後，總是會在特定的地方再次現身。他習慣用最小限度的移動，收到最大限度的成效。簡單來說，就是他必定會繞到對方的死角。那我只要對著自己的死角攻擊就行了。

「很威風嘛。可是，你該不會忘記了吧？」

賈斯汀揚起嘴角。

「別以為我不知道。那個『神器』有時間限制對吧？我只要等到時間結束，再來慢慢解決你就行了。」

我想也是。

「可是，我不打算放你逃跑。」

我也揚起嘴角。

「而且我早就做好準備了。」

「你說什麼？」

賈斯汀突然低頭看向自己腳邊，發現有一群黑色蟲子圍了上來。不是只有一隻，蟲子一隻接著一隻爬到賈斯汀身上。

「等等，這是怎麼回事？」

「我早就說過了吧？這是大地母神的保佑。祂化身為蟲子，要來懲罰你這個叛教者了。」

那是「掘墓者」布拉德雷用來製作除臭袋的黑色蟲子。那種蟲子有喜歡聚集在同類體液旁邊的習性。我在請他處理掉手上有天使刺青的藥頭屍體時，又向他要了一個除臭袋。我剛才偷偷把那種體液沾到那傢伙腳上了。

「別過來！」

「你好像很慌張的樣子。不會是因為只要碰到其他生物，你就無法瞬間移動了吧？」

他沒有回答，但那種不知道該如何回答的態度，就是最好的證據。

「這樣你就再也無法逃跑了。」

不管他怎麼殺，蟲子還是不斷跑出來。蟲子的體液與臭味短時間內是不會消失的。

「借用一下。」

我把文森特的劍借來一用。雖然這把劍很細，還是足以砍下那傢伙的腦袋。

我舉起劍，一口氣衝了過去。

黑色蟲子不斷圍上去，讓賈斯汀扭曲著臉，但又突然露出得意的笑容。

「蠢貨。」

下一瞬間，賈斯汀全身冒出火焰。那股熱風讓我不由得停下腳步，伸手擋在臉前面。我從指縫看到那些黑色蟲子被火焰燒得焦黑，一隻接著一隻掉到地上。當火焰終於消失時，賈斯汀身上已經沒有半隻蟲子了。

想不到他還有這一招……

當我為此感到驚訝時，賈斯汀一口氣衝到我面前。我立刻準備逃開，但他的目標並不是我。他抓住文森特的劍，然後一拳打斷。

賈斯汀露出不屑的表情，把斷成兩截的劍隨手一丟，發出清亮的聲響。

「難得你能想到這招對付我，我真是為你感到可惜。」

他故意說著風涼話，但我無意回答，慢慢地單膝跪地，還把「片刻的太陽」解除了。使用時間只剩下一些。

「終於死心了嗎？那我就慢慢解決掉你吧。」

他一步一步走了過來。我動也不動。

就在快要走到我這邊時，賈斯汀停下腳步。

「原來如此。我看穿你的策略了。」

他一副恍然大悟的樣子，抬頭看向天花板。那是剛才被文森特撞破的大洞。

「你在等陽光從那個洞裡射進來對吧？因為你就在那個洞的正下方。你這男人還真是讓人大意不得。可是你運氣不好，你自己看看吧。」

天上烏雲密布，雲層相當厚，無法期待會有陽光射進來。

「而且那個『神器』能發光的時間應該也不多了。一百秒？兩百秒？不，我猜應該只剩下不到十秒。」

「……」

答對了。不過沒有獎品就是了。

雖然還有「我的骨氣」這張王牌，但只要發動之後，我就沒有退路了。要是他選擇逃走拖時間，我就真的完蛋了。

情況不妙。

「時機應該就快要成熟了」。還沒好嗎？

「怎麼了？你不過來嗎？還是說，你在等天空放晴？很遺憾，我不會讓你慢慢等的。」

賈斯汀的身體再次冒出火焰，讓腳邊的地板發燙，同時向我逼近。

「你就等著被烈火燒焦吧。就跟那些蟲子一樣！」

賈斯汀高舉拳頭的瞬間，某種冰涼的東西從我的臉頰滑落。

巨大水滴一顆接著一顆從天下掉下來。

「嗯？」

賈斯汀抬頭看向上方，雨滴從天花板上的大洞猛然灌進來。這是一陣傾盆大雨。

大雨才剛碰到賈斯汀的身體，就立刻蒸發了。當我回過神時，賈斯汀的身體已經被白煙籠罩。煙霧從他全身冒出來，讓人無法視物。

因為習慣觀察天氣，讓我練就了預測天氣的能力，可以猜到天空還要多久才會放晴，或是什麼時候可能會下雨。

我原本是打算在突然下雨讓他露出破綻時偷襲，但他主動把自己變成一團火球，讓事情似乎比我想的還要順利，害我不得不強忍著笑意。

好啦，懲罰的時間到了。

我再次讓「片刻的太陽」發光。我感覺到全身湧出力量，同時繞到賈斯汀身後，雙手環抱住他的腰。我從丹田使力，一口氣把他舉起來，就這樣迅速後退。

「等等，你想做什麼？」

「沒什麼。」

終點就在眼前。那就是剛才被這傢伙打穿，通往地底下的洞穴。

「我只是要讓你跟自己的女神接吻。」

我舉起賈斯汀巨大的身軀往後一倒，就這樣跟他一起摔進洞穴底下。

這裡是大地母神女神像的正上方。我們朝著那把指向天空的寶劍迅速墜落。

「去死吧！」

我感受到一陣衝擊。眼裡的景象不規則地搖晃。我用背部著地，順勢在地上滾了幾圈，最後撞上牆壁。我回過神時才發現，原來自己的雙手還抱著賈斯汀的身體。

「好痛！」

半透明的水晶球掉到我頭上。時間到了嗎？我把水晶球放進懷裡抬頭一看，這才鬆了口氣。

「看來是成功了。」

我看到女神像高舉的寶劍前端插著賈斯汀的頭顱。

「老兄，聽得到我說話嗎？」

我放開雙手抱著的無頭屍體，對著那顆頭顱大聲呼喊。賈斯汀俯視著我，充血的雙眼中充滿怨念。黑色灰燼從他脖子斷裂的地方不斷飄落。

「我說過了吧？今天就是你的忌日。」

不管是「占卜」還是「預言」，對我來說都只是小兒科。

賈斯汀的身體逐漸化為黑色灰燼。看來他這次真的要下地獄了。

「我姑且還是問一下吧。你同伴是個什麼樣的傢伙？」

「你以為我會乖乖告訴你嗎？」

我想也是。

「反正這個城市完蛋了。你跟那位公主騎士都得死在這裡。」

「這是你『占卜』算出的結果嗎？」

「不，一切都是命中註定。」

賈斯汀揚起嘴角。

「那位大人是這麼說的。」

「那傢伙到底是誰？快說！」

「想知道就過來這邊吧。我會咬斷你的脖子。」

說完，那顆頭顱放聲大笑。

化為黑色灰燼的地方越來越多，讓頭顱從神像的寶劍上滑落。他明明早就沒有喉嚨、嘴巴與舌頭，卻還是繼續笑個不停。我好像還能聽到他的笑聲。他的身體也不知不覺中完全化為黑色灰燼，消失在虛空之中。

我沒能放心太久，很快就聽見許多腳步聲從地面上傳來。看來是「聖護隊」趕到了。之後的事情就交給他們去處理吧。

反正我之後肯定會被叫去問話。

今天我想早點回家休息。

可是，我還有一個重要任務。

我拖著疼痛不堪的身體，走向大地母神的女神像。尼古拉斯還睜著眼睛倒在那裡。

他胸口插著賈斯汀的劍。我在附近找了塊布，把手腕跟劍柄綁在一起，然後一口氣倒向後方，用體重拉扯劍柄。就算我手臂使不出力，也能靠著體重把劍拔出來。劍慢慢地被我從尼古拉斯體內拔出。

「嘿咻。」

我吆喝一聲，把劍從他身上拔出來，然後跌坐在地上。

「如何?身體動得了嗎?」

下一瞬間，男子的身體抖了一下。

「謝謝你救了我。」

他緩慢地坐了起來。我就知道他還活著。

雖然賈斯汀刺穿了他的胸口，卻沒說自己殺掉他了。

「想不到他竟還準備了這種東西。我差點就被幹掉了。我記得你是……小白臉先生對吧？」

他果然就是從葛羅莉亞家裡偷走「貝蕾妮的聖骸布」的犯人。他應該是趁著我跑到葛羅莉亞家裡，跟她大打出手的時候把東西偷走了吧。

「我叫馬修。」

雖然我說得很輕鬆，卻完全笑不出來。因為他胸前的傷口正在迅速復原，而且衣服也一樣。

「你是『傳道師』嗎？」

「我只能說你猜對了一半。」

我剛剛才見識過這種不合常理的怪物。

尼古拉斯露出苦笑。

「那另一半呢？」

「我是個罪人。」

尼古拉斯站了起來，把手伸進自己的胸口。他的胸口像是水面一樣出現波紋，然後他從體內拿出一塊破布。那是「貝蕾妮的聖骸布」。

下一瞬間，尼古拉斯的身體化為泥土掉在地上。皮膚變了顏色，手腳這些身體部位也全部混成一團，只剩下一塊巨大的紫色黏液。我試著稍微碰了一下，結果指尖立刻傳來刺痛的感覺。

正當我不知道該如何是好時，巨大黏液動了起來，爬到「貝蕾妮的聖骸布」上面，然後吸收到自己體內。

下一瞬間，尼古拉斯的身體再次變成那位黑衣男子。

「請容我再次自我介紹。我名叫尼古拉斯・伯恩斯，過去曾經從太陽神亞力歐斯多爾那邊得到『啟示』。」

因為感覺不到敵意，我決定先聽看看他怎麼說。

我們照慣例來到冒險者公會二樓的小房間。

「那是二十多年前的事情了。我當時還住在薩尼黑茲，是個信奉太陽神的神父。」

薩尼黑茲是太陽神教的聖地，據說那裡充斥著各種大大小小的宗派。而尼古拉斯就在那裡獨自經營著一間小教會。那裡就在太陽神掌管的「太陽神之塔」附近，所以有許多信徒。據說其他教會都靠著賣名產給信徒賺了大錢，但尼古拉斯沒有跟隨那種不守本分的風潮，而是虔誠地堅守自己的信仰。

就在某一天，一道聲音在尼古拉斯的腦海中響起。

那正是「啟示」。

他很清楚那就是神的聲音，沒有半點懷疑。

為了在這個世界宣揚太陽神的教義，太陽神命令他製作神藥。

尼古拉斯沉浸於興奮的情緒之中，照著命令動手製造神藥。

他原本就精通藥學，還在教會後面種植藥草。

完成神藥之後，他就把藥推薦給住在附近與前來朝聖的信徒。

「我將那種藥命名為『解放』。」

可是，那種藥並不是什麼萬靈藥，也不是奇蹟的神藥，而是會害人變得瘋狂，墜入地獄的可怕「禁藥」。

當他發現不對勁的時候，已經有幾十個人深受戒斷症狀的折磨，隨時都會徹底毀滅。尼古拉斯後悔了。那根本不是神的聲音。那傢伙是可怕的惡魔，而他被惡魔利用了。雖然他想要立刻銷毀那些藥，但那些藥已經外流到其他城市，再也無法追回。

而且盯上尼古拉斯與「解放」的犯罪組織還把寫有製造方法的資料全部偷走，連尼古拉斯本人也被他們抓走。尼古拉斯被關在對方的屋子裡，被迫幫忙製造那種藥。後來，雖然城裡的衛兵把他救了出來，但他也失去活下去的動力了。

「我甚至想要違背神的教誨，親手了結自己的生命。」

他在自己那間徹底荒廢的教會裡服用「解放」上吊了。他曾經一度死去，卻在墳墓底下再次甦醒。當他拚命從不見光明的土裡爬出來時，發現自己不再是個人類。

「『傳道師』可以透過服用『解放』，憑著對太陽神許下的願望與本人的資質改變樣貌。失去信仰的我無法徹底成為『傳道師』，只能用那副模樣苟活下來。」

重新復活後，尼古拉斯決定要治好那些被「解放」折磨的人，粉碎太陽神的陰謀。因為他沒有固定的軀體，不但難以行動，而且太過顯眼，所以平常都躲在全身鎧甲之中。

「就在這時，我得知『貝蕾妮的聖骸布』確實存在。那是沾著太陽神之血的聖遺物。」

我想起剛才的光景，忍不住板起臉孔。總覺得飯都要變難吃了。

「只要有這東西，我就能在某種程度上操控太陽神的力量。雖然無法變回人類，卻能保持人類的模樣。」

他花了不少時間，最後總算在某間大地母神教會找到真貨。他在下手行竊時被人發現，又在逃跑的時候摔進河裡，失去了鎧甲，「貝蕾妮的聖骸布」也被沖到下游，最後卡在岸邊，被碰巧路過的柯迪看到。明明可以放著不管，他卻偏要撿走那塊破布，想要當成「真貨」拿去賣掉。

結果事情就變成現在這樣了。

「我有很多事想問你，但還是先從最重要的問題開始吧。」

我這麼說道。

「『解放』中毒能不能治好？有治療藥嗎？」

只要能找到治療藥，我就可以功成身退，不用繼續玷汙公主騎士大人的名聲。

尼古拉斯搖了搖頭。

「目前還沒有。因為那種身體讓我無法做研究。」

「那將來有希望嗎？」

「我只能說機率並不是零。」

「這樣啊……」

就算無法立刻辦到，只要還有希望，就算是個好消息了。

「要是你遇到什麼麻煩，隨時告訴我。我會助你一臂之力。讓我們給那個狗屎太陽神一點顏色瞧瞧吧。」

我不曉得這個名叫尼古拉斯的前神父能否信任，也不確定他是否有利用價值，但我現在應該拉攏他才對。他可是我亟欲得到的「解放」專家，絕對不能輕易放過。

「對了，你剛才提到太陽神的陰謀，那又是怎麼回事？」

「祂想要再次降臨。」

尼古拉斯眼中燃燒著怒火。

「太陽神捨棄了過去被諸神放逐的身軀，想要用全新的肉體回到地面。為了達成這個目的，祂需要某樣東西。」

「你是說『迷宮』裡的『星命結晶』嗎？」

那傢伙打算引發大進擊，讓「迷宮」裡的魔物變弱，就是為了達成這個目的。

「對了，你知道賈斯汀剛才提到的『那位大人』是誰嗎？」

「這個我也不是很清楚。」

尼古拉斯納悶地歪著頭。

「畢竟我光是逃跑就拚盡全力了，所以知道的事情並不多。不過，那人好像會跟其他信徒聯絡，所以對方可能是教團的相關人士。」

「這樣啊……」

「你最好小心一點。那人八成也是『傳道師』。」

「無所謂。」

不管對方是誰，我都要殺掉。

「總之，我得先決定好今後的計畫。」

終章

保命繩的斷絕

「接下來是最後一個問題。」

「總算要結束了嗎？」

聽到文森特這麼說，我趴倒在桌上。

因為前些日子那件事，我被「聖護隊」叫來問話。

我從一大早就被人刨根問底地問話，現在想睡得不得了。

不過，我隱瞞了不少對我不利的事情。

首先，關於賈斯汀，我告訴他當時算是兩敗俱傷。

對文森特使出最後一擊之後，他就力竭倒下了。

至於賈斯汀為何會變成怪物，我也假裝不知情。

關於找不到尼古拉斯的屍體這件事，我告訴他尼古拉斯其實還活著，還用治療魔法治好自己的傷。

他還問了許多問題，我應該沒露出致命的破綻。

「所以，你想問什麼？如果是要問三圍，從上到下依序是……」

「你到底是何方神聖？」

文森特說這句話的語氣不像是質問，更像是哀求。

「我原本以為你是個整天遊手好閒，寄生在艾爾玟小姐身上的廢物，但你又會賭命保護她。我原本以為你是個死愛錢的傢伙，但你又會插手去管賺不到半毛錢的閒事。你應該對我懷恨在心，卻幫助了我這個仇人，而且不只一次。我不懂，這樣太矛盾了。你的行為毫無原則可言。你到底是什麼人？」

「我只是艾爾玟的小白臉。」

先不論過去，這毫無疑問就是我現在的身分。

「順便告訴你，我當時助你一臂之力，也只是順勢而為的結果。我偶然在那附近遇見你，就順便幫了你一把。事情就是這麼簡單。算你好運。」

事實上，我曾經想要殺了他。如果他今後會危害到艾爾玟，我依然打算這麼做。我現在沒有那麼做，只不過是個偶然，沒有其他原因。

「還有，我並不恨你。別看我這樣，我可是個心胸寬大的男人。就算被人揍個幾拳，我也能笑著原諒。只要你下次請我吃頓飯就夠了。」

雖然文森特看起來不太相信，但也沒有繼續追問。

「問完了嗎？那就換我發問了。」

我這麼說道。

「你們要怎麼處理那間娼館？我是說大地母神教會的那間避難所。」

與「神聖太陽」勾結的傢伙全都被抓住，不然就是死掉了。疑似他們首領的賈斯汀已經死去，那位神父好像也被當成共犯逮捕了。

因為剩下的娼婦和娼館老闆等人與這件事無關，所以沒被逮捕。不過，她們非法賣淫的行為還是必須受到懲罰。以前是因為衛兵與那些大人物高抬貴手，才讓她們得以那樣做生意，既然現在事情鬧大，那也只能加以取締了。

「我們決定把那間娼館跟教會一起拆除。」

這樣那些娼婦應該會失業吧。她們只能改行當在路邊攬客的流鶯，不然就是去其他娼館上班。而大地母神的信徒今後就少了一個可以避難的地方，再也沒地方能讓他們逃離會家暴的丈夫，以及想要賣掉孩子的父母。

賈斯汀，這就是你造成的結果。

誰也沒有得到幸福，弱者也只是變得更弱小。

「我們還把那間娼館裡的人全都交給大地母神教會南東分會照顧。據說他們會在那邊的教會與育幼院擔任員工。」

「真虧你們有辦法讓他們接納那些人。」

那裡的財務狀況明明也一樣困難才對。

「王國直屬部隊可不是徒有虛名。」

「就是靠著權力硬逼他們就範是吧？」

「我只是讓大家能更快達成共識。」

文森特不以為意地這麼說。

「此外，我也跟城北分會那邊聯絡過了。」

簡單來說，就是他讓教會的其他分會幫忙收拾善後。真了不起。

看來文森特選擇了善惡兼容的處世之道。這樣也不錯。

我只希望他不會跨越「最後的底線」。

「我明白了。謝謝你告訴我這些。」

當我準備回去時，又突然想到一個問題。

「對了，你上次說要一起去喝酒，那要約在什麼時候？我也是很忙的，希望你能至少提前三天預約。」

「我可不記得有過這樣的約定。」

文森特如此斷言。

「這也未免太離譜了吧？你上次帥氣地趕來救我的時候，不是親口這樣說了嗎？」

「我只是做個確認，沒有答應要去。」

「你這傢伙竟敢耍我！這就是王國直屬部隊的做法嗎！」

「不管你怎麼說，我都不打算跟你一起去喝酒。趕快回去吧。再說……」

文森特露出挖苦的笑容。

「好像有人來接你了。」

我聽到逐漸接近的腳步聲。門外傳來勸阻的聲音，但門還是猛然打開了。

「馬修，你沒事吧！」

艾爾玟鐵青著臉衝了進來。

「我剛才有聽到怒罵聲，到底發生什麼事了？你該不會是又被他們拷問了吧？」

其實我今天被叫來接受偵訊，艾爾玟也跟著一起來了。我原本是打算獨自過來，但因為前陣子那場遊樂會，讓艾爾玟很反對我過來。

「我可不想讓你再被他們施暴。」

而我跟文森特討論過之後，決定讓她在隔壁房間等我。

「如妳所見，我還活蹦亂跳的。」

雖然我出言安撫，艾爾玟還是仔細掃視我全身上下，毫不客氣地在我身上到處撫摸拍打，簡直像是我老媽一樣。

被一個年紀比較小，而且還矮自己一顆頭的美女當成孩子對待，實在是一種屈辱，但我還挺喜歡這種感覺的。

「他們沒對我做什麼。偵訊就在剛才結束了。我們回家吧。」

我摟著艾爾玟的肩膀走到外面。當我關上房門的瞬間，文森特好像笑了。

「對了，聽說那傢伙有向妳道歉是嗎？」

在回家的路上，我向艾爾玟這麼問道。

「是啊。如果他知道自己認錯人了，我也不打算加以斥責。」

她好像沒有放在心上。畢竟她是個心胸寬大的人。

我暗自決定別告訴她那個冒牌貨的事情。

「挑戰『迷宮』有進展嗎？我看你們的狀態好像還不錯。」

「很順利。」

她的聲音聽起來好像很開心。

「維吉爾他們也繃緊神經了。他們應該是覺得憑現在這種不上不下的實力，可能會被對手超越吧。他們好像會在假日主動鍛鍊自己，也會去收集『迷宮』的資料。」

「這樣啊……」

看來有競爭對手出現，似乎起到了正面的效果。他們應該是發現現在不是搞那種無聊內鬥的時候了吧。自從上次那件事之後，瑪雷特姊妹也不曾來找碴了。不但如此，她們還會積極地與我們這邊交換情報，尋求各種交流。這種能讓彼此都進步的關係可是很寶貴的。

「我想趁現在盡量往前推進。」

挑戰「迷宮」是一場長期戰。身體狀況與精神就不用說了，時機、競爭對手與運氣這些因素，都會在這段期間造成影響。而現在似乎一切都朝著好的方向發展。

「記得小心行事。」

「當然，掉以輕心可是大忌。」

艾爾玟使勁地點了點頭。我們又走了一小段路後，她突然垂下目光。

「總有一天……」

「嗯？」

「總有一天我會征服『迷宮』，把魔物從王國裡全部趕出去。我說到做到。到時候……」

說到這裡，她停了下來，做了個深呼吸，然後轉頭看向我，平靜地這麼說道：

「到時候……我想讓你看看我的故鄉。」

我納悶地歪著頭。

「妳現在是在向我求婚嗎？」

「誰要向你這種人求婚啊？」

我想也是。

「有能力掌握你這條保命繩的人，全世界就只有我。所以，我絕對不會放手。」

「原來如此。」

我注視著她那雙真摯的眼睛，同時微微一笑。沒錯，就算不去求神，人也可以溫柔待人。

「我會引頸期盼的。」

幾天後，我來到位在城裡東北方的「聖賢街」。這裡有許多醫院與藥房，平民與有錢人生病了都會來這裡看病買藥。就在這裡的某個角落，有一間沒有掛著招牌的店。據說以前有位藥師在那裡販售自己製作的藥。雖然他待人和善，但好像是個庸醫，所以那間店沒多久就倒閉了。我開門一看，裡面空無一物，連一罐藥都沒有。我走過煞風景的店面，向店裡的男子搭話。

「情況如何？」

聽到我這麼問，尼古拉斯一臉倦怠地轉過頭來。

「就算你每天都跑來探班，做不出來的東西也還是做不出來。」

我讓尼古拉斯在這裡研究「解放」的治療藥。就算這裡的前任主人是個庸醫，也還是一位藥師，所以相關設備與器材一應俱全。因為我這個居無定所的傢伙申請不到執照，便借用了德茲的名字。材料費與生活費也都是我出的。我跑去調查賈斯汀的住處，結果找到上次那筆巨款，就心懷感激地收下了。畢竟我確實有完成找出尼古拉斯這個任務，所以那當然是屬於我的東西。明明是個小白臉，卻拿錢供養其他男人，連我都覺得自己很可笑。

「萬事拜託了。醫生，你是我唯一的希望。」

我告訴附近居民，說他是一位退休的藥師。據說他偶爾還會幫別人開藥。因此，我也跟其他人一樣叫他醫生。「貝蕾妮的聖骸布」也還在尼古拉斯體內。畢竟我沒義務把東西還給葛羅莉亞，如果能讓治療藥或治療法的研究有所進展，我寧可把東西留給尼古拉斯。

「我會盡力而為。」

關於這裡與尼古拉斯的事情，我還沒告訴艾爾玟。要是讓她有所期待，最後以失敗收場，她可能會很失望，而我不希望見到那種情況。目前就只有我跟德茲知道醫生的真實身分。

「『迷宮』那邊怎麼樣了？」

「目前好像還算穩定。」

艾爾玟今天也踏進「迷宮」了。而我無法顧及「迷宮」裡發生的事情。

雖然艾爾玟在三天前說了一句「我出發了」，就跟往常一樣出門，但她不見得會跟往常一樣回家。人常常莫名其妙就死了。就算自己重視的人陷入危機，我也不可能事前預知。就算我能預測天氣，也無法連人的命運都看透。

「總之，只要經費還沒用盡，我希望你能盡量研究下去……」

我話才講到一半，就感覺到一陣搖晃。我還以為只是微微搖晃，結果很快就開始激烈地左右晃動。店裡的架子也因為晃動而倒下。

醫生已經躲到桌子底下。我也趕緊抱著腦袋蹲下。雖然這種姿勢不太好看，但安全才是最重要的。

不久後，地震完全停止，我也抬起頭來。架子都倒在地上，有些器材也摔壞了，不過只是些便宜的東西。

「又是地震。剛才的地震還真大。」

「醫生，抱歉了。我得去看看情況。」

我讓醫生負責善後，自己離開研究室，前往冒險者公會。

剛才的地震相當大。看來最近地震不斷發生，果然跟大進擊脫不了關係。

視情況而定，我或許應該請公會派人去通知，叫艾爾玟盡快趕回來。

公會也還處於一片混亂。

中庭裡滿是趕緊逃到外面的人。每個人都露出不安的表情，談論著剛才的地震。有男人從房子裡被擔架搬了出來，頭上還纏著染成紅色的白布。看來他是被掉落的物品打傷了。

艾爾玟人在哪裡？我伸長脖子找尋她的臉孔，但完全找不到人。

「馬修先生！大事不好了！」

艾普莉兒一看到我出現，就立刻衝了過來。

「我正打算去找你呢。大事不好了。」

「發生什麼事了？」

「聽說『迷宮』裡現在突然跑出許多魔物。大家都說這可能是大進擊的前兆，而且還在『迷宮』裡面的人也下落不明……」

我的心臟猛然一跳。

「艾爾玟他們也還在裡面對吧？」

艾普莉兒難過地點了點頭。

「那公會打算怎麼做？」

當大進擊之類的意外情況發生時，公會都會派遣專門的職員前去救援冒險者。然而，要是連派人救援都很困難，也可能直接對那些冒險者見死不救。

「爺爺說他會先派遣救援隊。可是，光靠公會職員還不夠，所以得拜託待在地面上的隊伍前去支援。」

「德茲跑去哪裡了？」

只要那傢伙還在，就不會有任何問題。他可是能從地獄深處爬出來的男人，肯定有辦法救出艾爾玟。

「德茲先生昨天就休假了。他說要去見一位住在遠方的老朋友。」

對了，我記得他曾經提過這件事。他竟然給我選在這種緊要關頭出遠門，如果他能晚幾天再離開就好了。不過，就算怪罪不在場的大鬍子，對事情也沒有任何幫助。

「不知道現在還來不來得及把德茲先生叫回來？如果派人騎馬去追……」

「我想應該沒辦法吧。」

如果那傢伙要出遠門，現在應該早就「進到土裡」了。他大概在一片黑暗之中，板著臉孔吃便當吧。「只要不是身分特殊的矮人」，想要追上他絕非易事。

我亂抓頭髮，拚命思考對策。要是艾爾玟真的遇上大進擊，生存機率恐怕不高。不管是什麼樣的英雄或勇者，只要被為數眾多的敵人壓著打，也是只有死路一條。即便是現在這一刻，她也可能正在生死關頭掙扎。她甚至可能早就喪命了。

我過去一直不敢面對的現實正逐漸往我眼前逼近。艾爾玟隨時都有可能在「迷宮」裡喪命，而我在「迷宮」裡就只是個廢物，什麼都做不到，完全幫不上忙，只能扯別人的後腿。

就算是這樣，我還是要去。

「畢竟我跟她說好了。」

不管發生什麼事，我都要保護她。

「馬修先生，你想做什麼？」

艾普莉兒看起來很擔心的樣子。我輕輕摸了摸她的頭。

「放心吧。」

我走進冒險者公會，目的地是公會長的辦公室。

「打擾了。」

我在敲門的同時直接開門走進去，發現老頭子正盯著桌上的文件，身旁還站著四位公會的職員。他應該是正在聽取報告，同時思考今後的對策。看到我出現，老頭子皺起眉頭，一副搞不懂我在這種時候跑來做什麼的表情。

我無視老頭子無言的抗議，直接走到他面前。

「我接下來要提出一個非常蠢的要求。我知道你會有意見，但還是請你先聽我說完。你們正準備踏進『迷宮』，找尋失蹤的冒險者對吧？我就是為此而來。」

我看著老頭子的眼睛這麼說。

「拜託你們也帶我進到『迷宮』裡面。」

後記

承蒙各位閱讀這本《公主騎士的小白臉》第二集，小弟真是不勝感激。

多虧各位的支持，我才能順利出版第二集。

第一集得到的好評超過我的預期，我還得到許多充滿熱情的讀後感想。

促銷活動也得到許多人的幫助。諸多電擊文庫前輩的作品人物與聲優也為本作留下了評論。

這讓我在寫第二集時非常煩惱。

因為第一集是參賽作品，我只需要把自己想到的點子與劇情直接寫進去就行了，但到了第二集就必須繼續接著寫後面的劇情。我在第一集讓許多角色退場，所以還必須讓新角色登場。那些在推進劇情時沒說清楚的設定，也必須確實寫出來。更重要的是，我還得讓馬修為自己的行為付出代價。就某種意義來說，這也是我這個作者努力收拾善後的一集。

最讓我煩惱的果然還是這次能不能讓喜歡第一集的讀者也得到滿足。這樣寫真的好嗎？這種劇情大家會喜歡嗎？都是讓我煩惱的問題。我還曾經因為覺得故事不行，就修改了原本決定好的大綱。

結果就是各位看到的這個故事了。

我身為作者，只能祈求這個結果是好的。

馬修和艾爾玟在下一集也會遇到許多困難。他們前進的道路絕不平坦，也絕不安全。那是一條走得越遠，就越是血流成河的荊棘之道。而這條路的終點，恐怕只會是更深的黑暗吧。即便如此，他們還是會在自己選擇的道路上前進。

因為故事預計在第三集來到一個段落，還請各位務必親眼見證馬修和艾爾玟的結局。

在此同時，全新的企劃也開始運作了。插畫家しらび老師將會繪製本作與《86—不存在的戰區—》的連動插畫，而且改編漫畫也要開始連載了。由漫畫家きぃやん老師負責繪製的漫畫版，預計將會在二〇二二年夏天於《ComicWalker》開始連載。

衷心希望各位也能喜歡漫畫版。

最後，我要在此向為第二集畫出美麗插畫的マシマサキ老師，以及各位相關人士致上謝意。真的非常感謝你們。

白金透

下集預告

公主騎士的小白臉

He is a kept man for princess knight.

第3集

Story

馬修為了拯救被留在迷宮裡的艾爾玟，

下定決心潛入迷宮。

各種危機阻擋在受詛咒而無法使出全力的他面前——

最弱的小白臉在陽光照不到的迷宮裡該如何克服！

越趨激烈的黑暗系異世界故事第3集！

敬請期待

因為不是真正的夥伴而被逐出勇者隊伍，流落到邊境展開慢活人生12
Banished from the brave man's group, I decided to lead a slow life in the back country.12
ざっぽん
插畫／やすも
Kadokawa Fantastic Novels

奇招百出的維多利亞 1~2 待續

Kadokawa Fantastic Novels

作者：守雨　插畫：藤実なんな

前頂尖諜報員組織幸福家庭的五年後
破解小說密碼的她展開尋寶大冒險！

維多利亞曾是頂尖諜報員，在她收留了小女孩諾娜並找回真正的人生後，五年過去了。結束瀋國的研究工作後，維多利亞一家返回艾許伯里王國。某一天她發現一本冒險小說《失落的王冠》的珍本，並以天賦輕鬆解開小說中隱藏的神祕密碼……

各 **NT$240~260/HK$80~87**

虛位王權 1~3 待續

Kadokawa Fantastic Novels

作者：三雲岳斗　插畫：深遊

彩葉身為龍之巫女一事被公開，
將使她成為全世界覬覦的目標。

彩葉的影片播放次數在一夜之間突破百萬，背後有爆料系直播主山瀨道慈暗中活躍。彩葉身為龍之巫女一事透過山瀨的影片被公開，為防止情資進一步外洩，八尋動身尋找山瀨，卻反被連合會當成連續殺人案的凶手拘拿。新的不死者們出現，要向八尋索命——

各 **NT$240~260/HK$80~87**

國家圖書館出版品預行編目資料

公主騎士的小白臉 / 白金透作 ; 廖文斌譯 . -- 初版 .
-- 臺北市 : 臺灣角川股份有限公司 , 2023.12-
冊 ;　公分 . -- (Kadokawa fantastic novels)
譯自 : 姫騎士様のヒモ
ISBN 978-626-378-295-2(第 2 冊 : 平裝)

861.57　　112017367

Kadokawa
Fantastic
Novels

公主騎士的小白臉 2

（原著名：姫騎士様のヒモ 2）

2023年12月18日　初版第1刷發行

作　　者：白金透
插　　畫：マシマサキ
譯　　者：廖文斌

發 行 人：岩崎剛人
總 編 輯：蔡佩芬
編　　輯：孫千棻
美術設計：李思穎
印　　務：李明修（主任）、張加恩（主任）、張凱棋

發 行 所：台灣角川股份有限公司
地　　址：104台北市中山區松江路223號3樓
電　　話：（02）2515-3000
傳　　真：（02）2515-0033
網　　址：www.kadokawa.com.tw
劃撥帳戶：台灣角川股份有限公司
劃撥帳號：19487412
法律顧問：有澤法律事務所
製　　版：巨茂科技印刷有限公司
ISBN：978-626-378-295-2

HIMEKISHISAMA NO HIMO Vol.2
©Toru Shirogane 2022
Edited by 電撃文庫
First published in Japan in 2022 by KADOKAWA CORPORATION, Tokyo.
Complex Chinese translation rights arranged with KADOKAWA CORPORATION, Tokyo.